# Donde no te conozcan

Seix Barral Biblioteca Breve

**Enrique Serrano**

# Donde no te conozcan

El autor quiere agradecer especialmente a Juan David Zuloaga, Julián López de Mesa, Juan Esteban Constaín, César Acevedo y Miguel Serrano por su invaluable ayuda y respaldo.

Diseño de colección: Josep Bagà Associats



Calle 73 N°. 7-60, Bogotá

Primera edición: julio de 2007

ISBN-13: 958-42-1705-9
ISBN-10: 958-42-1705-4

Impreso por Nomos Impresores

*A Rocío, por quien escribo*

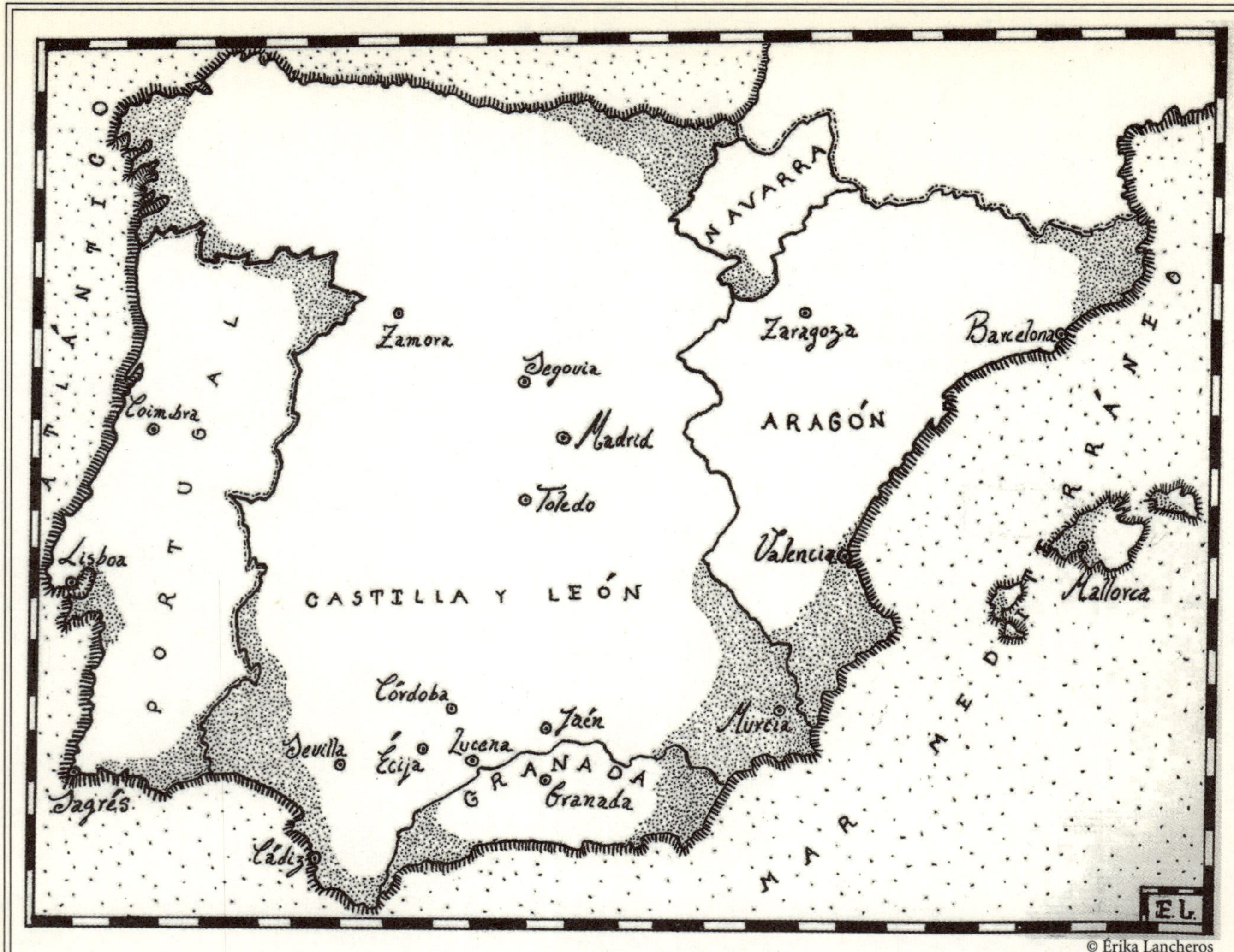
ATLÁNTICO
PORTUGAL
Coimbra
Lisboa
Sagrés
Zamora
Segovia
Madrid
Toledo
CASTILLA Y LEÓN
Córdoba
Sevilla
Écija
Lucena
Jaén
GRANADA
Granada
Cádiz
NAVARRA
Zaragoza
ARAGÓN
Barcelona
Valencia
Murcia
Mallorca
MAR MEDITERRÁNEO
EL

Para ser caballero o hidalgo,
aunque seas judío y moro,
haz mala letra, habla despacio y recio,
anda a caballo,
debe mucho y vete adonde no te conozcan, y lo serás.

*Para saber todas las ciencias y*
*artes mecánicas y liberales en un día*
*Libro de todas las cosas y muchas más*

Francisco Gómez de Quevedo y Villegas

## Advertencia

Hallé los cuadernos que componen esta historia en un cartapacio añoso que yacía en el fondo de un viejo arcón de madroño que trajeron en mil novecientos sesenta y uno los Pinto —primos lejanos míos— a Bucaramanga y que desde entonces ha permanecido en manos de mi familia.

Por su contenido de sorprendente interés, me ha parecido conveniente darlo a conocer sin cambiar ni una coma. No he corregido adrede los errores que pudiere contener, para que conozcan ustedes la historia verdadera de estas familias atribuladas, tal como algún pariente lejano las escribió.

A los veintiséis días del mes de agosto de dos mil seis.

Enrique Serrano

# PARTE I

## La luz

Aquella prosperidad
Que en tan alto fue subida
Y ensalzada,
¿Qué fue sino claridad
Que cuando más encendida
Fue amatada?

*Coplas a la muerte de mi padre*
Jorge Manrique

*Cada acaecer puede entenderse si se contempla bajo la luz certera que lo vio nacer. Las acciones de los hombres son pulso y movimiento y la suma de ellas es la historia del mundo.*

*Las sombras del tiempo lo ocultan todo; la sola labor del historiador consiste en recuperar aquella luz perdida, para que ilumine una vez más lo que yacía anegado en la penumbra. Se entiende entonces por qué corrió la tinta por tratados y códices y cuáles fueron los acicates de esas mentes despiertas; cuándo y cómo florecieron los adalides de las artes y los candiles de las ciencias; cuál fue la llama que parió tan deslumbrante esplendor.*

*Cuando una luz tan intensa brilla, agita los corazones y desata la inquietud e incluso la más grave y tenebrosa. Este pleno mediodía no puede perdurar, porque a toda plenitud la acecha la oscuridad, como la noche envuelve al día.*

*Los destinos de hombres y de pueblos jamás escapan a esta fatalidad y es insensato esperar algo distinto. Hay quienes son capaces de proezas y dejan prueba de ello con sus actos y su palabra, trayendo brillo a todo el mundo; los hay que tan sólo envidian esa claridad, ya que preferirían pintarlo todo con el igualador rasero de su lúgubre ralea. Por desgracia, algunas veces, o casi siempre, esta canalla es la que triunfa.*

*La claridad meridiana que se alcanza es tanta que no puede atribuírsele a un solo hombre, sino que semejante a un río inmenso, va depurando pacientemente todo el limo que, obstinadamente, se empeña en enturbiar u oscurecer la empresa de toda una estirpe que con acierto es guiada por los sabios. En verdad el conocimiento es luz que guía, da calor y cobijo a las pobres almas torturadas que iniciaron a tientas este tráfico por la gruta de la vida.*

## Capítulo I

El abuelo Çag había muerto, pero no de peste. Simplemente la vida se había ido escapando de su lánguido cuerpo, sin que los remedios ni los cuidados de los médicos sirviesen para salvarlo. Como armador y naviero que había sido conocía muy bien los peligros que se corren al estar en contacto con seres infectados o animales enfermos. En sus viajes a Levante había visto morir a cientos, con las bubas blanquecinas y el círculo negro en el centro que caracteriza a los desesperados que pasan atribuladamente sus últimas horas.

Don Çag era un hombre sobrio y sereno cuyas palabras fluían acompasadamente de su boca; estaba acostumbrado al trato con rudos marineros, comerciantes y armadores. Quince generaciones antes que él habían hecho el mismo oficio, portándose en todo de un modo casi igual. La prudente distancia que guardaba para con el mundo no era en modo alguno signo de desprecio sino amable lejanía respecto de aquellos que tenían un trato rudo y un áspero comercio con cualquiera. Los seres que vienen a este mundo con la certidumbre de que es hermoso y no vale la pena abandonarlo precipitadamente temen al derroche de riesgos inútiles.

Para este viejo armador mallorquín era importante no respirar el aire enrarecido de las tabernas ni usar las sucias ropas de los marinos catalanes; se bañaba cada día desde niño con escrupulosa mano y todos sus alimentos eran frescos y saludables, como las mujeres de la aljama los preparaban desde hacía siglos. El riesgo de caer enfermo y morir de peste existía entre los suyos, pero era pequeño. Los cristianos de la ciudad atribuían este hecho a los pactos demoníacos que los judíos tenían suscritos desde antiguo, pero cualquiera podría apreciar que si los judíos alargaban su vida no se debía a pacto alguno, sino a la silenciosa y permanente vigilancia contra enemigos invisibles pero certeros que acarreaban la muerte a los incautos.

Su familia se entristeció pero pasó serenamente el duelo. Los hijos de Don Çag, formados por él desde la infancia en los conocimientos náuticos y en los secretos cartográficos de Al-Idrisi, asumieron inmediatamente los secretos de su padre y todo siguió funcionando como debía, sin interrupciones ni arrebato, tal y como el viejo lo había exigido y tal y como se acostumbraba. El negocio de la familia consistía en construir barcos de tamaños y características diversas, para enfrentar distancias y desafíos previamente establecidos.

Sus barcos habían ido hasta los puertos más lejanos del mar Negro y habían recorrido las costas africanas hasta la Puerta de las Lágrimas, la isla de Socotra y la lejana Zanzíbar, desde donde se traían especias valiosas. Habían llevado hombres e ilusiones, mercaderías secretas de inestimable valor, siempre ocultas de los ojos de los ambiciosos entre enseres de menor cuantía.

Desde los tiempos en los que la Casa de las Dos Estrellas había sido fundada, todos los destinos habían sido concertados por riguroso contrato y cumplidos a satisfacción. Habían ido incluso más allá de la columnas de Hércules, hasta las Islas Afortunadas y a algunos puertos de la costa desierta de África, todo ello en mil trescientos cuarenta y seis del año del Señor cuando moría el abuelo; el cinco mil ciento seis del calendario de la raza hebrea.

La casa no sólo era conocida y respetada por la seriedad con la que emprendía sus despachos y sutiles entregas, sino que además contaba con el menor número de mercaderías perdidas y bajeles hundidos. Quienes en ella disponían, estudiaban con cuidado el tiempo y la estación en que se había de emprender cada viaje, las distancias y riesgos propios de la travesía y la conveniencia o inconveniencia de llevar a cabo empresas de muy dilatada y variada naturaleza. Por ello perduraba la Casa.

Por la muerte de Don Çag se inició la construcción de un barco nuevo que a primera vista habría sido una nao similar a cualquier otra, pero contaba con un dispositivo de corrección de rumbos que se mostraba de la mayor utilidad para lograr el destino en un tiempo inferior al de otras casas de navegación. Además la nao contaba con compartimentos dedicados a la revisión de las cartas de marear y a la consulta de instrumentos de medición de la velocidad del viento.

Don Çag viajó toda su vida y el mar fue la alfombra de sus vigorosas travesías. En un viaje que debió hacer en su juventud a la Aljafería de Zaragoza para entregar unos broches de diamante a David ben Menasseh —viejo y rico comerciante de las orillas del Ebro, quien dominaba la compra y venta de piedras preciosas en el camino de Francia y la ruta de Santiago—, conoció a Rebeca Osorio, que fungía como criada en aquella casa. Esta joven recia de espíritu y de discreta hermosura cautivó su alma de manera inmediata, de modo que antes de regresar a Mallorca ya había concertado la boda. El alma de Çag fue hurtada por la doncella como si de un corte de hacha se tratase: de una vez y para siempre.

Rebeca era una mujer alegre y llena de gracia, por lo cual se le quería mucho. Pero su belleza y juventud ya habían sido estimadas por otro joven judío de Zaragoza que quería casarse con ella. Por tanto, el joven Çag tuvo que demostrar en duelo abierto que su propuesta era más estimable que la del hijo del tesorero de la Aljafería. El duelo se efectuó en un día de mercado, en medio de la algarabía de los puestos de la calle. Çag venció al pretendiente de Rebeca argumentando acerca de la necesidad de cardar la lana al menos dos veces antes de llevar a cabo largos viajes por mar. Su adversario desarrolló con brillantez una discusión sobre la conveniencia de adoptar una moneda de cambio libre en las Españas para facilitar el comercio de mercaderías. Todo se decidió a favor de Çag, sin embargo, cuando la madre de Rebeca le preguntó si sabía salar carnes y preparar encurtidos, y él respondió con extraordinaria precisión y lujo de detalles. Cuando se le comunicó la decisión a su favor se alegró tanto que se alcanzó a ver en sus ojos la sombra de una lágrima. También Rebeca se alegró, pues prefería al joven armador mallorquín.

El matrimonio se cumplió sin demoras en la ciudad portuaria de los Méndez-Pinto y Rebeca fue llevada a vivir a pocas cuadras de la lonja de la ciudad, a la cual acudió su marido con pocas interrupciones durante casi cincuenta años. Tuvieron seis hijos. Dos varones y cuatro hembras que fueron educados por su madre en la misma atmósfera de silenciosa diligencia en la que ella había crecido. Nada los perturbaba ni los sacaba de curso fácilmente, y habían aprendido que incluso la muerte y la desgracia a las que todo está sujeto resultan naturales y la presencia de ellas no debía llevarlos nunca a la desesperación.

La virtud excelsa de Rebeca era la claridad con la que desenmarañaba cualquier ovillo de ideas y era capaz de concluir las discusiones de sus hijos y las perplejidades de su marido, a menudo sumido en hondas preocupaciones.

Rebeca disfrutó de una próspera y larga vida al lado de sus hijos y de su marido y cuando llegaron los últimos momentos del armador mallorquín se hizo cargo de todos sus asuntos con idónea firmeza y se despidió de él con la misma serena dulzura de la juventud. Cuando Don Çag murió, la familia fingió que se lo había llevado la peste. Era ya una tradición simular ser víctimas de la terrible enfermedad para desdecir de las infamantes habladurías de los cristianos. En un mundo tan incierto, resultaba consolador proclamarse apestado y hacer notar que el pueblo hebreo estaba aquejado de los mismos males que sus enemigos, para disipar la terrible creencia de que tenían pactos con el demonio y de que eran ellos mismos los causantes del mal. Ciertamente no eran inmunes al flagelo, pero la pulcritud de sus hábitos y la escrupulosidad de su dieta los ponían a salvo del mal que exterminaba implacablemente a los cristianos en los cuatro confines.

Por todo el mar y por toda la tierra se esparcía la mortífera simiente de la peste y se veía como una fatalidad indomable, castigo de Dios por las iniquidades cometidas y furioso anuncio de los últimos tiempos de la raza humana. No respetaba edad ni condición, pero algunos pueblos sufrían más que otros su rigor: árabes y hebreos, cuyos médicos eran desde hacía siglos los mejores que existían, sabían que la alimentación cuidadosa, el uso de la sal mezclada con el elemento milagroso del yodo y la cuidadosa higiene de las partes pudendas y las axilas evitaban el contagio. Incluso los apestados, cuando eran tratados con la más estricta disciplina, se salvaban de la muerte.

## Capítulo II

Saúl Cardozo nunca fue un niño fuerte. Cuando a los doce años la muerte lo derrotó, había ya soportado tanto dolor como un anciano. A pesar de los cuidados y desvelos de su madre y de los consejos minuciosos de su padre, el niño que en cualquier otra casa habría muerto al nacer logró llegar a los días cercanos a su bar mitzvah, revelando una cualidad excepcional para la sabiduría farmacéutica: recordaba con precisión el orden y las medidas en que debían ponerse los ingredientes para la elaboración de medicamentos y potajes que curan enfermedades y dolencias del cuerpo y del espíritu. Ayudaba a su padre desde los cuatro años a recordar recetas y administrar pociones con la seriedad propia de los niños para acometer todos los asuntos. Su padre Abraham Cardozo era dueño de la Botica El Carnero, la mayor de Lucena en materia de conocimientos médicos y de preparación de adecuadas medicinas.

Reyes de Castilla y León, condes de Barcelona y reyes de las más lejanas taifas se servían de la sapiencia que once generaciones de farmaceutas habían logrado, en lenta asimilación, de los secretos curativos de las plantas y los metales y de la combinación de los mismos en dosis minúsculas que producían arcanas recetas y eran estimadas como milagrosas.

Días antes de la muerte de Saúl, su padre Abraham y su hermano Shasday, el menor de los cinco hermanos, extrajeron de la mente lúcida atrapada en un cuerpo agonizante, todos los conocimientos que poseía acerca de esa sabiduría ancestral. Durante tres semanas Saúl reveló las fórmulas de los setecientos veinticuatro medicamentos más sofisticados que su familia había acumulado durante los últimos doscientos años agregando al vademécum remedios y tratamientos para la consunción, el sarampión y el asma que no se conocían siquiera en Bagdad o Isfahan y que hubieran deleitado al propio Ibn Sina. Estas fórmulas se habían mantenido sin revelar en el receptáculo de la memoria de jóvenes de milagroso talento y en un lenguaje cifrado para hacer más difícil su reconocimiento por parte de los legos. Los secretos más importantes que contenían la sabiduría acumulada por el joven Saúl versaban sobre el uso de yodo en la sal para evitar la inflamación de la linfa que causaba las fatales bubas, los secretos del alumbre para transmitir una misteriosa corriente que provocaba el movimiento involuntario de los músculos y que podía activar las mentes adormiladas, el uso de una hierba poderosa contra las infecciones y una sutil mezcla que devolvía la palabra a los ancianos atrapados por la perplejidad. Los efectos de tal mezcla que se inhalaba se notaban a los siete días por la aparición de una notable locuacidad en el otrora silencioso paciente. También reveló particularismos relacionados con la construcción de instrumentos de cirugía para realizar incisiones en los vientres recién paridos o incluso extraer los fetos vivos, sin riesgos para el niño o la madre. Además, contó el secreto para fabricar un sorprendente remedio para olvidar la ausencia irremediable de seres queridos y apartarlos de la peligrosa melancolía.

No se muere por nada. Cuando Saúl había sido vaciado de sus inestimables secretos, llamó a su hermano Salomón para que le preparara y administrara la fórmula que había de curarle todos los males del cuerpo y la inquietud del alma. Salomón dispuso todo con sorprendente rapidez, de modo que el adolorido rostro de Saúl recuperó en pocos minutos la placidez, y habitando en ella se quedó dormido para siempre. Las honras fúnebres del joven se hicieron inmediatamente, su cuerpo fue lavado adecuadamente y se le puso el sudario blanco. Su rostro resplandeciente conservaba la placidez que la droga le había infundido. Las plañideras lloraron en voz baja y los deudos anunciaron quedamente el deceso por la aljama de Lucena, de modo que sólo los hebreos se enteraron de la muerte de ese niño; el milagroso conocedor de los secretos que curan males pertinaces. Cada judío supo entonces que las muchas y muy misteriosas recetas que Saúl conociera de sus maestros ya estaban a salvo y que sus fórmulas no habrían de perderse jamás, guardadas como estaban en mentes capaces y cifradas en herméticos recintos y arcanos libros que sólo unos pocos podían leer. En Lucena se había cultivado desde siglos atrás un tesoro misterioso de remedios y pócimas que prolongaría la vida del pueblo hebreo, más allá de todo cuanto sabían cristianos y moros. Nadie más debía saber tales fórmulas, porque estaba claro que no podía confiarse en nadie distinto de ellos.

Las siete vueltas al féretro de Saúl tuvieron un sentido singular en virtud de la veneración que su padre y sus hermanos sentían por el prodigioso difunto. Cubiertos de ceniza y lágrimas, los rostros recitaban los guays que expresaban a un tiempo su dolor y su consuelo, mientras que cada uno de los que lo habían conocido dejaba una paletada de tierra en su fosa. Cuando cayó la noche y el banquete fúnebre terminó, y todo fue consumido, una extraña euforia inexpresable se apoderó del ambiente: la convicción restauradora de que los saberes de los muertos seguían intactos para los vivos y habrían de ayudarlos a trasegar por los difíciles años que estaban transcurriendo, y por los más difíciles aún que habrían de venir.

## Capítulo III

Los judíos armadores de Palma de Mallorca, alarmados ante la posibilidad de un nuevo brote de la peste, decidieron ir en busca de un costoso remedio que había sido descubierto recientemente en Lucena. Para tal empresa fueron enviados Efraim y Benjamín, los hijos varones de Don Çag y únicos varones de la familia. Visitaron la renombrada botica de Abraham Cardozo en Lucena. Los recibieron amablemente y les explicaron extensamente las drogas y tratamientos. Recomendaron a Benjamín estudiar medicina por su fina intuición y buen sentido de la armonía, pero él respondió que ya había escogido en la vida auscultar las naves y no los cuerpos y que su oficio de armador no era menos exigente que el de los farmaceutas.

Cuando los hijos de Don Çag arribaron a Lucena, en tierras nazaríes, no pudieron menos que reconocer que en ese reino moro se vivía con más dulzura y libertad que en la ciudad de Palma de la que eran oriundos. El delicado refinamiento de las calles y las casas y el orden que reinaba en cada pueblo, el aroma de las especias que la brisa transportaba y los perfumes de rosas que dejaban escapar las mujeres que pasaban a su lado, la llamativa variedad de mercaderías en el zoco y otra suma de señales causaron la mayor fascinación en los viajeros.

La preocupación extraordinaria de la gente del pueblo por la buena salud y la mesura en el comer y en el beber iba acompañada de gran elegancia para hablar árabe, hebreo y hasta la lengua del pueblo. Lucena estaba mejor preparada que cualquier otra ciudad para enfrentar a los imperceptibles enemigos que se adivinaban en el aire. Pero, por contraste, sus habitantes envidiaban a los de Mallorca por la posibilidad permanente de huir a tierras lejanas y ponerse a salvo de repentinas persecuciones y establecerse en parajes desconocidos o lugares remotos, ajenos a la iniquidad que infestaba a las Españas.

El taller de los boticarios Cardozo era inmenso y estaba repleto de probetas de vidrio y morteros de cerámica. Fabricaban sus propias herramientas y tenían innúmeras muestras de hierbas y extractos de plantas y de minerales, cuidadosamente clasificados. El taller estaba ubicado en las afueras de la inmensa judería que ocupaba casi toda la ciudad; sin embargo, a los mallorquines no les fue permitido penetrar en los recintos más secretos, porque sólo los doctos tenían acceso a esos arcanos cuartos, libros e instrumentos, puesto que habría sido como rasgar las entrañas de los farmaceutas.

Quien guió a los hermanos fue una esbelta joven llamada Zvía, la hija preferida de Abraham, que conocía todos los procedimientos relacionados con la prevención de las pestes y quien podía recetar fórmulas y curar enfermos bajo la ejecución de sus hermanos. Era amable y grácil y se adivinaba en ella un talento excepcional para el conocimiento médico y los hermanos quedaron deslumbrados por la belleza y la sapiencia de Zvía bint Abraham y comprendieron, a través de ella, en qué se cifraban la fama y el renombre de la ciencia de los Cardozo.

Tres días después de esta visita regresaron al puerto de Valencia para embarcarse a Mallorca, cargados con panaceas, remedios y algunos libros de usos y procedimientos. Aunque hubo unos casos de enfermedad en las islas, especialmente entre los cristianos, ningún judío enfermó de la peste bubónica y el uso de ciertas plantas benéficas los curó de la gangrena, el coto y los dolores producidos por la ciática.

Con el regreso de los hermanos a su ciudad nativa, surgió la inquietud en la lonja por comerciar activamente con medicinas y fórmulas curativas que podían salvar la vida de individuos, teniendo a mano la cura para diversos males.

## Capítulo IV

Cuando se marcharon los navieros de Mallorca, la familia de Cardozo, descendiente directa del sabio Shasday ben Šaprut, célebre médico de 'Abd al-Rahmán III, volvió a la normalidad. El gran saber de su antepasado y su fama imperecedera habían hecho sombra sobre sus descendientes, por lo que evadiendo murmuraciones mutaron su nombre y se marcharon a otra ciudad, para ejercer un oficio directo que los dejara vivir en paz por largo tiempo. En lugar de ejercer la medicina y convivir con los califas y reyes en el boato de las cortes, procuraron el regocijo secreto de la búsqueda silenciosa, lenta y constante de nueva sabiduría.

Se marcharon a Lucena, en donde el arte de la botánica y la sabiduría de los fármacos se habían desarrollado con poderoso empeño. Conocer los efectos producidos por cada receta, estudiar las propiedades de las plantas y las piedras, medir cuidadosamente las cantidades y administrar las dosis justas para producir los efectos deseados, leer viejos libros de farmacia persas, griegos, indios y chinos, y hasta buscar la pócima de la perdurable felicidad fueron los oficios permanentes que consumían el tiempo y el esfuerzo y de los que derivaron el sustento de tantas generaciones. Al llegar a Lucena tomaron el nombre de Cardozo por disipar la sombra de su ilustre antepasado y porque su abuela fue diestra en el arte de cardar las lanas.

La semilla del estudio incesante nunca se marchitó y aquel fue el legado más valioso que heredaron. No solamente derivaban de ello el sustento, que ya constituye una gran ganancia, sino que obtuvieron el reconocimiento desde lejanas tierras en las que reyes y comerciantes oían hablar de las maravillas que surtían el uso certero de ungüentos y pócimas. Saúl, el aventajado miembro de la estirpe de Cardozo, recibió la visita de los más importantes médicos de El Cairo y de Damasco que habían oído de su genio y de su fama y que se sintieron atraídos de modo especial por la curiosa fórmula que provocaba el olvido. A pesar de sus esfuerzos por mermar la notoriedad y el atafago, sus investigaciones los habían llevado a una consecuente fama.

Su casa era un remanso de paz y alegría, pulcritud y moderación, sosiego y orden, como corresponde a seres que han dedicado su vida a un oficio tan vasto y exigente. Sin duda, la hermosa Zvía era una prueba viviente de esa mesurada grandeza que quedó grabada en la cabeza de los viajeros mallorquines. El día de su partida, Zvía regresó a sus labores de racionera de pesos y medidas en balanzas precisas y minúsculas.

Pocos días después vería en el mercado a un joven flaco y espigado que había llegado de Toledo para establecerse en la ciudad, descendiente de una estirpe de traductores, grandes conocedores del griego y el árabe. Había ido al mercado a comprar piedra de alumbre cuando se sintió poseída por la extraña sensación de que brotaba una leve luz del rostro de aquel hombre. Cuando quiso saber su nombre se encontró con muchos obstáculos, pues nadie sabía aún quién era aquel forastero.

Una semana después, de nuevo en el zoco, lo vio pasar llevando en la mano un ejemplar de la obra de Dioscórides, titulada *De materia medica*. Era la versión árabe del célebre tratado que Abraham Cardozo le había encargado ocho meses antes al joven Mordecai ben Haim. Se dirigía con paso resuelto a la casa de Abraham para entregar la obra que ya tenía lista. Zvía no pudo evitar seguirle los pasos y su alma se regocijó cuando lo vio entrar a su propia casa. Detrás de las sandalias de aquel joven su vida se estaba decidiendo.

Abraham lo recibió en el estudio en el que había otros muchos volúmenes de tratados médicos y farmacéuticos, contempló al joven con mirada inquisitiva un largo rato. Luego, sin decir una palabra, comenzó a leer el manuscrito que Mordecai le había entregado. Se demoró una hora antes de levantar de nuevo la vista mientras que el muchacho esperaba nerviosamente una respuesta. Después de que sus miradas se encontraron, Abraham sonrió visiblemente complacido. Sólo profirió una palabra: Aleluya.

## Capítulo v

Los navieros mallorquines tenían un temperamento nervioso e irritable que sólo apaciguaban las aguas que golpeaban los acantilados. El mar había moldeado la vida de todos y bronceado sus rostros y sus cuerpos. En su casa estudiaban mucho, pero conversaban más sobre viajes, comercio y aventuras. Todos conocían historias y anécdotas de mar porque desde niños las habían estado oyendo. Hablar bien y convencer eran cuestiones importantes. La indumentaria también era objeto de escrupuloso cuidado, y mapas y cartas de marear estaban bien dispuestos en ordenados anaqueles. Había brújulas, astrolabios y sextantes; timones y gobernalles cuidadosamente guardados en sombreados recintos. Tableros de ajedrez dispuestos para ser usados en cualquier momento y se podían apreciar múltiples partidas sin terminar; se respiraba en todo el lugar una atmósfera de alegre vivacidad.

La riqueza de los armadores era evidente. El vino que traían de Chipre y de Samos, pero también de los viñedos de Castilla, fluía a veces en exceso y los músicos tañían laúdes en las horas vespertinas, al ritmo de las copas que se escanciaban.

La casa era frecuentada por amigos y vecinos que admiraban la magnificencia de la vista sobre el mar. En un altillo, un instrumento de óptica dotado de una lente de aumento servía para divisar las naves en la lejanía. Los armadores tenían bajo su mando a muchos funcionarios que mantenían negocios simultáneos: fletes de barcos, construcción de naos y bajeles, transporte de mercaderías y préstamo de cuantiosas sumas para nobles y reyes interesados en toda clase de empeños. No sólo transportaban especias y joyas, sino también ciencias y disciplinas estampadas en valiosos manuscritos y códices en variadas lenguas y diversas escrituras. Llevaban y traían mensajes de correo a través de ciento cincuenta y dos puertos del Mediterráneo y algunos del Océano Occidental. Con todos estos oficios y ocupaciones tenían poco tiempo para dedicar a los quehaceres filosóficos.

La ciudad de Mallorca era audaz y festiva; inundada de sol durante casi todo el año y de noches despejadas y luminosas era escenario perfecto para el desenfado y la despreocupación. Distraída en las labores del comercio, desde los tiempos fenicios era pródiga en un sin par de deleites para los sentidos: la música y la danza, el vestuario, los brocados y los tejidos con hilos de oro finísimo, guadamecíes y tantos lujosos objetos decoraban abigarradamente la ciudad. Cristianos, moros y judíos se confundían en los recintos de estudios y la lonja de la ciudad, y se enorgullecían de hablar muchas lenguas, traducir textos y hacer compatibles religiones y creencias que en otros rincones de España fueron separadas a ultranza. No en vano el gran sabio Ramón Lull había vivido entre sus murallas y antes de emprender sus extraordinarios viajes y aventuras había trajinado los círculos de Palma de Mallorca con su genio, interesado en conciliar ideas y principios provenientes de fuentes muy diversas.

La familia Méndez-Pinto se había dedicado, como por todos es bien sabido, a las empresas navieras y a suministrar provisiones y adelantos desde hacía siglos. Se cuenta que habían llegado de Salónica hacía ya más de cuatrocientos años, cansados de servir a los emperadores bizantinos. Su riqueza había crecido y su fama era inmensa. Vivían en Palma pero tenían talleres y factorías en todos los grandes puertos del Mediterráneo; las mujeres de la familia, como resultado de una larga tradición, manejaban las finanzas y discutían ampliamente las grandes decisiones, hasta el punto de que sin ellas no se cambiaba el rumbo ni se adoptaban nuevas políticas en ningún respecto. Los impulsos y los hábitos tenían más fuerza que la mente reflexiva, pero no tanto como para evitar proceder con cautela y avizorar los peligros con antelación.

## Capítulo VI

El reino nazarí de Granada, al que pertenecía la ciudad de Lucena, había perdido gran parte del prestigio militar de siglos pasados, pero conservaba la magnificencia y el esplendor de las ideas y de los cerebros. Muchos y muy sabios eran los hombres y mujeres que protegían la aljama y las vegas fértiles de la Sierra Morena, y la belleza y boato de sus ciudades y campos no habían sufrido mengua alguna, sino más bien se acentuaron en aquellos duros tiempos. La villa de Lucena pertenecía orgullosamente al reino nazarí y se caracterizaba porque los judíos eran en ella más numerosos que los moros. Comenzaba a sentir la presión de las tropas cristianas que lentamente rodeaban el reino de Granada pero, a decir verdad, sus preocupaciones iban mucho más allá del hierro y la conquista, y no había nadie que renegase de la ciencia de médicos y curanderos, boticarios y botánicos, para recetar acertados tratamientos y efectivos remedios para toda especie de males y dolencias, y mucho menos en aquel siglo aciago en que la peste había asolado con tanta furia las campiñas del mundo. Los cristianos que habían nacido en Lucena, llamados mozárabes, hablaban árabe con precisión y elegancia y eran estimados en los reinos de las Españas como traductores y maestros, pero su trato con musulmanes y fieles de la judaica religión era tan profundo y tan antiguo que no concebían vivir en otra parte; amaban su mozarabía con la desvergüenza de un niño.

La belleza de la ciudad, su buen aire y la prosperidad de la vega circundante la habían hecho famosa y digna de envidia para otras villas. Después de Granada y Jaén, era ella la tercera ciudad más grande y encumbrada del reino nazarí en lustre y reposada sabiduría. Recatada y estudiosa, se levantaba y se acostaba temprano y en las noches sólo se veían palmatorias lúgubres en las ventanas de los recintos que albergaban a los hombres sabios sumidos en sesudo estudio y diestra experimentación. Pero al amanecer se despertaba animosa y presta para zurcirse con los deberes cotidianos.

La familia de los Cardozo no era la única en ejercer los oficios de alfaquines y boticarios en Lucena con éxito notable y los aprendices podían escoger entre otras casas para formarse en ese arte. Tal sabiduría no daba dinero en abundancia, pero permitía tener una vida plena y libre de necesidades a quienes se dedicaban al oficio. Las calles estaban limpias y las cárceles vacías, el hospital y el hospicio veían llegar peregrinos de lugares distantes para hacerse curas, baños y tratamientos de muy variada índole, con lo cual siempre había trabajo que hacer y la vida transcurría sosegada y entretenidamente.

Por eso en los años de la peste produjo profunda emoción a los habitantes de la villa ver llegar a tétricas cohortes que guardaban la esperanza de que en esta ciudad los curasen de sus males, ya irremediables. La conmiseración para con los apestados, y la misericordia para permitirles morir en paz en lugares tranquilos y limpios, convirtió a Lucena en un sitio particular, en estado de perpetua cuarentena y escrupulosamente dedicado a evitar el contagio que tan implacablemente arrasaba con las gentes. Se construyeron fosas y los muchos cadáveres fueron rociados con cal e incinerados para evitar que el mal pasara al aire. Los médicos de la ciudad fabricaron por aquellos tiempos un arsenal de instrumentos para acentuar la asepsia en todas las intervenciones médicas y quirúrgicas, y renovaron las construcciones afectadas por la presencia de aquellos desafortunados mendigos.

Causó particular aprensión la llegada de un viejo conde procedente de la lejana Navarra y de sus indefensos hijos infestados sin atenuantes por la plaga. Su esposa había muerto en el trayecto, no pudiendo soportar el rigor de la enfermedad y el pesar presidía la comitiva de los navarros que a pesar de poseer cuantiosas monedas de oro y valiosas joyas no pudo salvarse y murió en una casa de extramuros, sobreviviendo tan sólo un niño de cuatro años que fue adoptado por el propio Abraham y que algún día llegaría a ser un médico tan famoso como el mismo Maimónides.

El episodio fue muy comentado en la ciudad durante largo tiempo y algunos perspicaces lo interpretaron como signo de una preocupante sombra cristiana que se precipitaba sobre la ciudad. El renombre de Lucena era su desgracia y rasgaba el velo de inmunidad que durante largo tiempo había tenido en contra de la guerra y de la enfermedad. No faltaba razón a quienes vieron malos presagios en la lúgubre caravana navarra porque indicaba que desde aquel aciago año de mil trescientos cincuenta y uno lo que había sido un tesoro oculto estaba ahora en boca de todos, con lo cual la grandeza nazarí comenzaba un lento pero irreversible tránsito hacia la ruina, el último bastión de lo que otrora fuese el más bello califato del mundo, perla del islam y portento de sabiduría.

Caballeros castellanos, leoneses, aragoneses y catalanes comenzaron a poner sus ojos todos al mismo tiempo en la belleza de la hermosa doncella que era Granada. Pasaría algún tiempo antes de que intentasen forzarla, con sus relucientes espadas y sus pesadas adargas, a convivir con ellos en un matrimonio siniestro.

## Capítulo vii

La pestilencia de las bubas —que se adquiere por el contagio de la saliva de rata o la manipulación de elementos inmundos que infestan el aire— fue la desdicha más sonada de todos los tiempos. Para los cristianos fue el castigo de un Dios que estaba harto de la malignidad de sus fieles y permitió que el Anticristo obrase con suma perfidia; para los judíos era una prueba impuesta por el exigente Yahvé, dirigida por igual a fieles e infieles; para los musulmanes este flagelo era expresión de la falsía y la impostura de los tibios creyentes que no oran con devoto corazón o que maldicen a su Creador, absteniéndose de purificarse con las debidas abluciones.

Fuese cual fuese la causa, el mal se expandió a toda prisa por los cuatro confines diezmando poblaciones y reinos y matando con igual vigor al pobre anciano y al dulce niño, al soldado y a la doncella, al clérigo y al ladrón. La mano vengadora no tenía límites y por ello, todos juzgaron a la peste como el anuncio del fin de los tiempos. Los que sobreviviesen tendrían que expiar las culpas del mundo.

Aunque a decir verdad, quienes sufrían el mal ya estaban de plenos pies en el infierno. Tras adquirir la plaga por ingestión de engañosos frutos, o acaso tan sólo por respirar efluvios inficionados, ya la palidez acudía al rostro del enfermo para no abandonarlo más. Las fiebres cortaban su sueño o lo sumergían en inenarrables alucinaciones. Las desastradas mentes se sumían en el sopor y la confusión, mientras las axilas y la ingle adquirían rápidamente un color blanquecino y lustroso, a la par que los cuerpos supuraban el hediondo pus.

Los había que morían rápidamente y con ello se liberaban de los tormentos de la agonía, pero otros llevaban a cuestas su mal desgarrándose en dolores inefables durante semanas y a veces meses. Paralizados sus miembros y retraídos sus pulmones, caían en la más indefensa postración. Cuando el mal se había esparcido por todo el cuerpo aparecían manchas negras que dieron nombre a la temible peste.

Como no pudieron labrarse los campos, el hombre cundió y no fueron pocos los casos en los que devoraban los vivos a los muertos que yacían sembrados sobre las tierras barbechas. No hubo tampoco sastres, de modo que iban los enfermos casi desnudos, mostrando sus pústulas; el desmaño sorprendía a las mujeres mezclando sus llagas con la sangre de la menstruación que no habían podido lavarse; y se veía a los niños vestidos con sucios harapos.

Sólo en las aldeas remotas la vida siguió su curso o en ciudades que habían tomado rigurosas medidas de cuarentena y en donde la higiene preservaba a la mayoría del contagio. En todas las villas mayores de las Españas se intentó en vano poner a salvo a los habitantes. Cuando fue evidente que tal empeño era lo mismo que arar en las olas, los más se dejaron morir simplemente.

La ruina y el decaimiento se abatieron sobre haciendas y casas, igualando con su furia a los antaño ricos y a los miserables. Cuando el lustro siniestro hubo pasado, todo se vio obligado a recomenzar. Plazas y casas fueron edificadas y el ánimo endurecido y silencioso dio paso a una diligente esperanza. Los años que siguieron fueron de gran recogimiento y devoción y la cautela se hizo sentir por algún tiempo, mientras pasaba la estela del ángel de la muerte.

## Capítulo viii

Giaccomo Ricciotti-Doria era un avezado genovés que había recorrido tres veces el Mediterráneo desde Levante hasta Poniente.

A sus treinta años era un hombre inteligente, rico y orgulloso que tenía grandes proyectos en mente, pero que se percataba de los riesgos que corría por aquel tiempo cualquiera que se dedicase a un oficio tan azaroso.

Conocer los secretos de la navegación y mejorar los instrumentos para orientar el rumbo y resistir las tormentas, así como evitar las rutas infestadas de truhanes eran las preocupaciones de la casa naviera que su familia tenía establecida en Génova desde siglos ha. Por ello entró en contacto con los constructores mallorquines, llegando a ejercer un gran influjo sobre el joven Efraim Méndez-Pinto, a quien conoció en un viaje a la isla de Malta. Éste lo invitó a pasar una temporada en Mallorca; no obstante, se demoró dos meses en superar el recelo natural de la familia, respecto de compartir secretos con casas rivales. Giaccomo era fuerte y vivaz, mientras que Efraim era de talante taciturno; la amistad entre los dos se hizo muy grande y por ello decidieron apostar por la aventura de descubrir rutas nuevas para el comercio de las especias, el oro y los diamantes; para lograrlo tenían la obligación de combinar esfuerzos y conocimientos: leer muchos libros en griego, persa, árabe, entrevistar a herméticos científicos del entorno alquímico, pero sobre todo viajar a expediciones costosas e inciertas que suponían riesgos para sus vidas y para sus haciendas, y que sin embargo sirvieron para conocer y adquirir mercaderías exóticas y lujos exclusivos y para halagar a mujeres curtidas en el trato con los navegantes.

Pero el interés que los movía en sus empresas no era solamente el de enriquecerse, sino el de legar a la posteridad descubrimientos y artefactos útiles para ennoblecer el oficio de navegante y mejorar el conocimiento del escabroso mar que continuaba siendo más un enemigo que un aliado; sus destinos estaban inextricablemente unidos al mar, y sólo allí encontraban el sosiego.

En una ocasión, Giaccomo refirió a Efraim la historia de un sabio navegante negro que habitaba unas islas de la costa de África y que poseía secretos extraordinarios acerca de los insondables caminos del mar y la forma de recorrerlos sin perder la vida en ello. Contaba historias de travesías indecibles y expediciones audaces que el gran rey de Malí Mansa Musa había patrocinado hacia confines desconocidos del poniente y cuyos alcances eran secretos. El marino genovés insistía en la importancia de llegar a tales islas antes de que cualquier otra casa lo hiciera, porque pensaba ya no en la riqueza que de allí se podría obtener, sino en el descubrimiento de lugares vírgenes y a salvo de la peste que había asolado el mundo y de seres extraños que vivían en un perpetuo estado de pureza y concordia.

## Capítulo ix

Y al hacerse a la mar se jugaban a plena luz la suerte y la pericia de todos. Los jóvenes Efraim y Benjamín Méndez-Pinto con el pelo largo, la piel cetrina y el ánimo reposado, zarparon del puerto el dos de septiembre de mil trescientos cincuenta y tres con destino a Chipre con el fin de establecer contactos para la Casa de las Dos Estrellas con comerciantes y sabios árabes especializados en navegación de altura. Midiendo las sutiles variaciones que los astros registran en el cielo durante las jornadas náuticas y estudiando los ritmos de circunvolución de los múltiples cuerpos celestes, era posible orientarse en mar abierto con una precisión comparable a la de la navegación de cabotaje. Los hermanos Méndez-Pinto estaban interesados en primera instancia en aprender a manejar estos instrumentos casi mágicos, pero sobre todo en aprender a construirlos; sabían que todos los barcos tendrían necesidad de ellos cuando las misiones enviadas por reyes de todo el mundo pretendieran surcar los mares de la esfera en la que vivimos; porque en efecto era una esfera, contraviniendo la opinión de campesinos ingenuos y clérigos intransigentes. Todos los navegantes sabían que la tierra podía recorrerse entera por mar, todo era cuestión de dejarse conducir por los vientos correctos y hallar los pasos por los que el agua permite vadear los obstáculos de tierra que se interponen.

Si la forma esférica de la Tierra era compatible con los modelos y cartas de marear que habían construido ya los geómetras y cartógrafos, la mayor parte de la superficie debería estar cubierta por agua. Por consiguiente, las tierras por descubrir no eran infinitas ni el tiempo para recorrerlas era ilimitado.

En el eje de sus averiguaciones tenían claras las líneas generales del destino que les aguardaba si se aventuraban en tales aventuras. Lo que para muchos era una quimera y una muerte segura, para ellos era una navegación difícil pero en absoluto irrealizable. La madurez que habían adquirido en su ciencia les permitía desechar las fantasmagorías que el pueblo repetía incesante e insensatamente. La cuestión de la travesía del mar de poniente se fijó en sus cabezas con extraordinaria firmeza; el mundo se preparaba para adentrarse en sí mismo y para conocer los detalles que ignoraba acerca de sus propios límites. La tierra podía ser ancha pero para algunos estaba claro que podía recorrérsela toda. Los mares eran ciertamente fieros y traicioneros, pero había caminos en ellos que llevaban a las naves hacia puertos seguros y nuevos. Como era arriba era abajo y el extremo del levante concluía con el confín del poniente y los astros bien leídos guiaban al marinero extraviado de regreso a casa.

Habían renunciado a creer que su destino estaba ligado a alguna tierra, aceptando el sino errante de su raza y creían también que los mares eran el camino. A pesar de borrascas, tempestades y naufragios se les hacía evidente que bajeles y bergantines, naos y remeros eran medios más rápidos y seguros para alcanzar sus propósitos que los inciertos caminos plagados de ladrones y gobernantes caprichosos o malvados.

Un sabio chipriota llamado Ibn Albalia, constructor de compases y astrolabios que vivía en Famagusta desde hacía dos años, pero que acostumbraba cambiar de manera intempestiva de lugar de residencia, había respondido sus cartas y estaba amablemente dispuesto a ayudarlos a investigar el asunto maravilloso de los vientos de poniente que estaban cambiando de nombre por aquellos días.

Los recibió en su casa localizada en un peñasco cercano al puerto de Famagusta donde los esperaba Giaccomo Ricciotti-Doria, quien había establecido el contacto. La figura del anciano inspiraba gran respeto a quienes lo visitaban y tenía el gesto que caracteriza a quienes conocen secretos definitivos para la suerte de todos los hombres. El día en que tuvieron por fin la ocasión de conocerlo era una tarde otoñal, precisamente el viento del desierto golpeaba con tal reciedumbre postigos y ventanas que fue necesario ponerse a salvo en una caverna que lindaba con la casa. Los hermanos Méndez-Pinto visiblemente ansiosos preguntaron al anciano en un árabe muy cuidadoso si creía posible un viaje sin riesgo desde las costas de Mogador hasta las Indias arrastrado por tales vientos. El anciano, tras un breve instante, respondió:

—No solamente es posible sino que grandes bandadas de aves lo llevan a cabo desde que la tierra fue creada. Con velas ágiles y marinos bien dispuestos, el viaje puede ser promisorio si se efectúa durante la estación correcta; en cualquier otro caso augura naufragio y ruina —dijo el anciano.

—¿Alguien lo ha intentado? —preguntó Benjamín.

—En nuestro siglo no —respondió el anciano—, pero he oído que en tiempos del gran rey Mansa Musa unos marinos partieron arrastrados por ciertos vientos que soplan desde el levante a mediados de octubre y que, atravesando el desierto, llegan hasta el ancho mar, sin que nadie sepa el punto del oeste en el que se detienen.

Los mallorquines quedaron conmovidos por las respuestas del sabio. Ricciotti-Doria preguntó a su vez cuál podría ser la longitud del viaje de los vientos desde Mogador, para acercar a las naves a Cipango o a Catay.

—Según la medición del diámetro de la Tierra hecha por Eratóstenes, de la que no tengo motivo para dudar, las costas de Cipango y Catay se encuentran a unas setenta y cinco jornadas de la costa de Mogador, si el viento de once nudos fuera constante y no hubiese obstáculo alguno —se quedó callado unos momentos y agregó gravemente—, pero esto es improbable, porque la proporción de tierras emergidas frente a la de los mares no es tan minoritaria como para que un océano doscientas veces más grande que nuestros continentes no se poblase de olas gigantescas que terminara inundándonos a todos. Antes de la mitad del trayecto ha de haber un continente de colosal envergadura.

Ibn Albalia cerró los ojos para contemplar en el recinto del pensamiento las consecuencias de la asombrosa idea que había proferido: las inmensas olas de Cipango y Catay serían amortiguadas por un continente longitudinal que estaría localizado antes de la mitad del camino. Tras un rato, Ricciotti-Doria dijo como para sí:

—Eso explica, entonces, el que los mares tormentosos de Catay que nuestros colegas marinos genoveses han surcado se vean plácidos en las costas occidentales de las columnas de Hércules. Habría entonces dos mares océanas y no una sola como se habría creído hasta ahora.

El anciano sonrió y dijo:

—En efecto, y la porción más pequeña es la que tenemos a poniente, lista para ser explorada como una esposa virgen.

Efraim entonces, dando una respetuosa mirada de soslayo al anciano astrónomo, preguntó:

—¿Cómo es que otros no lo habían pensado antes, si parece tan simple?

El venerable sabio respondió con un rostro grave:

—Las ideas que hoy juzgamos simples no lo fueron en la hora de su nacimiento y aún no estábamos listos para pensar en ello. El miedo a fracasar agiganta los obstáculos frente a nuestros ojos hasta disuadir a las mentes más ágiles y a los pechos más arrojados. Aún no siento llegada la hora para que un viaje hacia el oeste se haga efectivo, pero el porvenir es largo.

Los tres marinos salieron de la caverna con la certeza de que habían encontrado la respuesta que buscaban a sus meditaciones. Si los cálculos de Ibn Albalia eran confiables, una empresa de exploración del continente intermedio hacia Cipango no debía ser postergada infinitamente. La Casa de las Dos Estrellas podía fijarse la meta para que se llevara a cabo discretamente, sin que los entrometidos o los ambiciosos hurgasen en el propósito. Acordaron no hablar de esto con nadie y aun esperar a que el anciano Ibn Albalia muriera para que no hubiese recuerdo siquiera de la visita que acababan de hacer. No tuvieron que esperar mucho para esto porque el anciano murió un año después. En Chipre lo creían loco y sumido en el delirio desde hacía décadas.

Al regresar a Mallorca los expedicionarios habían quedado perplejos y conmovidos por aquella visita que no habrían de olvidar.

## Capítulo x

León Navarro creció en la casa de los farmaceutas como un milagro. No sólo aprendió una parte del arte mnemotécnico que hacía recordar a Saúl, sino que pronto mostró una pericia notable para aplicar compresas y curar heridas. Era capaz de detectar con un solo golpe de vista la debilidad en los rostros de los enfermos o la presencia de efluvios contaminantes con sólo tocar la piel de los pacientes. Se hizo médico sin darse cuenta y toda su juventud recibió el influjo de excelentes maestros, contrastando entre ellos los conocimientos y los consejos que los médicos deben tener siempre presentes. Nunca parecía cansarse de profundizar en su ciencia y no sólo estudiaba los tratados médicos de la biblioteca de Lucena, que a la sazón contaba con ciento trece mil volúmenes, de los cuales la mitad trataban temas médicos, sino que viajaba a visitar farmaceutas y alquimistas acompañando a su padre adoptivo a tierras de Granada, Sevilla y Écija; conoció a los médicos más ilustres de Huelva y Cádiz y acompañó a su padre en un viaje de ocho meses por Fez, Kairuán y Túnez, visitando madrazas, hospitales y casas de curación. No hubo lugar en donde no se elogiase su despierta intuición y su clara habilidad para diagnosticar males incluso ocultos a simple vista y relacionados con la revoltura de las sangres.

León, con tantos viajes, casos y enfermedades estudiadas, cosechó ingente reputación que llegó a oídos del sultán de El Cairo. A los veintisiete años fue convocado este hijo de cristianos a atender al sultán mameluco y a su familia como médico principal. Desde el primer día de su arribo se dejó constancia en los libros de la presencia casi milagrosa de este sabio observador de la fragilidad del hombre y de sus muchas proezas. Cuando se preguntó al sultán si no tenía miedo de poner su vida en manos de uno que alaba a un Dios distinto de Alá, respondió:

—Sí, pero temo aún más el estar en manos de cualquier otro.

## Capítulo xi

Abraham Cardozo era un hombre tranquilo y paciente, capaz de comprender cómo y por qué sucedían los acontecimientos grandes y pequeños en su mundo, y cuáles eran los cimientos sobre los que se posaban las estirpes judía, musulmana y cristiana en las Españas. Cuando la peste se abatió sobre el continente tenía ya cerca de cincuenta años y una serena certidumbre sobre los resortes de las pasiones humanas. No sólo era un médico sobresaliente, sino un conocedor meticuloso de la naturaleza: los frutos y las hojas lo intrigaban tanto como los animales del mar o los astros del cielo. Sentía gran inclinación a investigar las acciones que los seres llevan a cabo sin darse apenas cuenta, como movidos por secretas fuerzas; además era capaz de prever los casos de angustia, melarquía y frenesí que traían a su despacho.

Fue así como dedicó una parte importante de su vida a encontrar remedios para restablecer la calma perdida y sosegar espíritus atribulados por innúmeras afecciones. Solía decir que el alma sufre más que el cuerpo y que muchas veces los males de éste son consecuencia de los tormentos de aquélla. Cuántas veces no recomendó a desesperados seres el remedio para alcanzar el olvido que Saúl había compuesto mezclando narcóticos en su cabeza adolorida.

Le interesaban sobre todo los casos de quienes la vida había golpeado con tal violencia que vivían sumidos en un pasmo profundo; recuperar entonces el desenfado y las ganas de vivir era tanto para él como restablecer la normalidad de un estómago afligido o de un miembro mórbido. También se ocupó de los remedios que proveen a los maridos de mediana edad el vigor necesario para satisfacer de nuevo a sus esposas. Mantenerse fuertes y animosos, despiertos y en pleno movimiento dependía en gran medida de la armonía de la dieta que estaban llamados a consumir; recomendaba por eso comer regularmente moluscos y otros animales marinos que hacían posible que un hombre engendrase hasta veinte hijos y quince de ellos superasen la infancia, aunque los preceptos sobre alimentos desaprobaban precisamente la ingestión de tales bestias de mar.

Visitaba frecuentemente la sinagoga principal de la aljama y sostenía con el rabino Meir largas discusiones sobre los insondables secretos de Dios. En especial en tiempos difíciles el rabino Meir se resistía en ocasiones a admitir algunas atrevidas ideas y extrañas conclusiones a las que llegaba Abraham Cardozo. En una tarde invernal tuvo la audacia de proponerle al rabino una alternativa para resolver el viejo dilema del trabajo en el Šabbat. Según el rabino, Yahvé no veía con buenos ojos que los hombres trabajasen durante el Šabbat, pero la escritura sagrada no decía nada con respecto al trabajo de otras criaturas y así había incertidumbre acerca de si se podían consumir los huevos puestos por las gallinas en el Šabbat. Abraham sostenía que el huevo no había nacido el día en el que la gallina lo ponía, sino cuando empezaba a gestarse secretamente. El rabino Meir replicó entonces a Abraham que aplicar tales paralogismos a las bestias lo llevaría pronto a algún razonamiento para justificar, dadas ciertas circunstancias, el consumo del cerdo o de las inmundas vísceras.

El caso es que Abraham vivía siempre tejiendo sutilezas y encadenando motivos para modificar la forma de su mundo; tal vez su intelecto excitado por la necesidad de producir constantemente mezclas y menjurjes y las noches pasadas en blanco buscando afanosamente moderar la acción de un narcótico o intensificar la de un laxante, lo habían convencido de que sólo la pereza, la ceguera o la desidia de los hombres podía impedir que alcanzaran algún día la maestría que Dios mismo tiene para restablecer la salud de las criaturas y evitar que la decadencia y la muerte se enseñoreasen de los cuerpos y menguasen la estatura de las almas.

## Capítulo xii

Mientras la pestilencia hacía su obra siniestra por todo el mundo, matando sin distingo a judíos, cristianos o musulmanes, y causando la ruina de ciudades y pueblas que antaño habían sido prósperas y rubicundas, la ciudad de Lucena se preservaba del látigo de la inmunda peste, como si de una isla al abrigo de la inundación se tratase. La fama de este portento se expandió por todas partes, llegando hasta lugares muy remotos de cada reino cristiano.

Desde el día aciago en que arribase la tétrica caravana de navarros, encabezada por Don Alfonso Arana, natural de Pamplona, cristiano viejo y devoto de María santísima, Don Abraham estuvo pendiente de la suerte de aquellos recién llegados. Cuando la fatalidad dictó que sólo el pequeño León podría salvarse de la peste, el viejo médico inició una investigación secreta en la cripta más honda de la ciudad.

Se proponía diseccionar los cadáveres enfermos de las víctimas para conocer con exactitud la onda expansiva que la peste iba tomando y los órganos de los que se iba apropiando, las texturas y colores de los mismos durante el acmé del mal de bubas. Todo ello con gran cautela y tomando todas las medidas necesarias para evitar cualquier riesgo de contagio. Después de todo, Don Alfonso había entregado todos sus haberes para intentar salvar a su familia, pero cuando comprendió que no era posible llamó a Abraham y le dijo:

—Si alguno de mis hijos sobreviviere le ruego cuide de él y lo eduque en su sabiduría; además encargo a usted que use de los caudales que conmigo traigo para buscar desesperadamente una cura para esta plaga, haga usted con nuestros cuerpos lo que sea preciso con el fin de desentrañar este misterio.

Don Abraham respondió:

—Si me permite usted, don Alfonso, diré que ya he iniciado hace algún tiempo mis averiguaciones sobre las causas de este mal, por medio de libros y tratados. También he hecho disecciones de animales cuyos órganos son compatibles con los del hombre. La disposición de la linfa que lubrica los nervios parece ser la parte más afectada con el mal de bubas, pero todavía no se sabe cuáles excitantes provocan la inflamación. Tiene que ser, en cualquier caso, algo ingerido por todo el mundo y sobre lo que no hay sospecha.

El anciano moribundo, agotado ya, no dijo una palabra más. Abraham empezó sus investigaciones con diligencia cuando una criada y un muchacho recadero murieron esa misma noche. Los cuerpos hinchados mostraban señales de mucho sufrimiento. Sin embargo, Abraham notó de inmediato que los casos de peste entre los cristianos estaban acentuados por el hedor de los cuerpos y la inmundicia que se adivinaba en ellos.

Las autopsias estaban prohibidas en todos los reinos cristianos; se consideraba una profanación abrir el cuerpo sin vida para observar los órganos y su presunto funcionamiento.

Los médicos musulmanes las efectuaban siempre y cuando se llevaran a cabo con los instrumentos adecuados y en condiciones de limpieza extrema. Se permitía a algunos estudiantes de medicina tomar nota y dibujar los órganos que tan cuidadosamente se extraían para ilustrar los tratados médicos.

Después de llevada a cabo la disección y la observación minuciosa, los órganos eran restituidos a los cadáveres y enterrados con todas sus partes, porque en el día de la resurrección todos los cuerpos volverán a la vida y necesitarán de cada una de sus partes.

Durante varias semanas Abraham Cardozo indagó sobre las causas de la peste en los catorce cuerpos que tuvo a disposición. León era muy pequeño para entender lo que se estaba haciendo con sus familiares y sólo años después vendría a comprender, siendo un médico ya, la utilidad de tales observaciones.

El primer resultado que arrojaron las investigaciones fue que la acidez del estómago de las víctimas indicaba que habían estado comiendo alimentos irritantes durante largo tiempo. También era claro que la suciedad reinante había influido en el rápido progreso de la enfermedad.

A pesar de lo mortífera que había sido en todas partes, en los reinos nazaríes había dejado pocas víctimas y se fue casi silenciosamente en los años siguientes. Hay misterios que sólo el tiempo resuelve y todavía en vida de Don Abraham no logró explicarse plenamente por qué se transmitía con tanta rapidez y se desarrollaba en tan poco tiempo. Cuando los ángeles de la muerte se cansaron de revolotear, los tratados de medicina registraron los síntomas y las etapas del mal de bubas, pero destacaban que aún se desconocía la cura para un mal tan fatídico. Cuando era detectada en sus primeras fases, la dieta se modificaba y el enfermo era meticulosamente mantenido en cuarentena y a resguardo de toda fiebre, entonces se curaba. Según Don Abraham esto sucedía en uno de cada cinco casos, siempre y cuando él mismo revisase las medidas tomadas por sus discípulos. Lo único seguro era no adquirir jamás el mal, lejos del aire pestilente y de las prendas infectadas.

## Capítulo XIII

Giaccomo Ricciotti-Doria era un hombre arrojado y de estirpe navegante. Desde niño había sido testigo de audaces hazañas y magníficos propósitos, pero era preciso que si se disponía a llevar a cabo un viaje tan temerario se preparase con lentitud y discreción. Desde cuando volvió a Génova procedente de Chipre se puso a la tarea de conseguir un financiador secreto para su quimera. Los hermanos Méndez-Pinto podían ayudarlo pero todavía estaban muy lejos de poseer la sapiencia y la influencia necesarias para decidir la suerte de la Casa de las Dos Estrellas. Quizás en el puerto de Génova, o acaso en la República de Florencia, algún rico mecenas estuviese interesado en el patrocinio de un periplo tan peligroso como encomiable. El propio Giaccomo estaba excitado ante la magnitud de la divisa, pero sabía que había que moverse con cautela. No era para pregonar a cualquiera ni para hacer posible en poco tiempo. Conocía las dificultades y no sólo las propias de la expedición, sino muchas objeciones y peligros que corrían tales empresas incluso antes de comenzar.

Por tanto fue primero a buscar ayuda de unos nuevos banqueros florentinos. Estando allí pudo apreciar los efectos de la peste y medir los ánimos de los grandes señores. Como imaginaba, los efectos de la plaga habían despertado sus ansias de descubrir nuevas tierras y hallar refugio para los males presentes; el orbe entero tenía que ser conocido palmo a palmo para descubrir y poblar aquellos sitios puros en donde no penetran los males del cuerpo ni del alma. Enriquecerse no servía de nada si la vida entera estaba en juego y se había hecho hora de proceder conforme a la razón y al juicio de los sabios en lugar de esperar una catástrofe que habría de llegar tarde o temprano para hallar inermes a los melindrosos y a los cobardes, tanto como a los negligentes y envidiosos.

Durante dos años vagabundeó el joven marino por las rondas y los talleres de los puertos y por las casas de los ricos banqueros judíos y toscanos. Conoció y fue conocido por funcionarios sieneses, peones de Pavía, carpinteros pisanos y astrónomos de Ferrara; en Brescia y en Parma fue recibido discretamente por algunos señores principales. Nadie parecía comprender ni compartir la importancia del viaje propuesto; cada uno estaba ocupado en arduos menesteres cotidianos para recuperarse de los daños que ocasionó la peste y de los dolores propios de la separación y del abandono. Por todas partes había huérfanos, viudas y ancianos abandonados a su suerte, necesitando atención, dinero y bienes. Las familias de mecenas y protectores de artes y oficios aún no brillaban por su magnanimidad y los adelantos de la ciencia eran todavía considerados engañosos, sospechosos de herejía y prestos a desencadenar maldiciones. La mente del pueblo estaba sobreexcitada por la ruina y la tragedia, por lo cual había que discutir estos asuntos en cámaras secretas cerradas a medianoche y mediando un pacto de mutismo. Lo que más interesaba a los banqueros era la exactitud de las mediciones y la garantía que podía darse acerca de la duración de los viajes y de los riesgos que en ellos serían hallados.

Giaccomo no cesó en su empeño y antes su fe fue creciendo a medida que se le planteaban dificultades. Finalmente, cuatro marinos árabes que visitó en Alejandría le dieron la información más precisa que hasta entonces se conocía sobre el diámetro de la Tierra. Estos secretos habían sido descubiertos en India y Persia por sabios zoroástricos y gimnosofistas que tenían observatorios e instrumentos de rara precisión en más de veintidós lugares de la cordillera celeste. Midiendo la altura de ciertas estrellas mayores y calculando sus movimientos mediante doctos observadores apostados en la ruta, habían corregido varias veces las mediciones de Aristarco de Samos y de Eratóstenes. Según estos nuevos cálculos y las tablas que se desprendieron de ellos, Giaccomo podía navegar hacia el oeste con provisiones para ciento dieciséis jornadas, al cabo de las cuales tocaría las costas de Catay. Si había un continente en medio de la mar océana podría explorarlo tranquilamente y luego buscar la ruta de regreso. Todo marchaba bien para el propósito del marino hasta cuando los piratas turcos empezaron a hacer peligrar las naves y a raptar por cuantiosas sumas a pasajeros ilustres.

En mil trescientos cincuenta y siete, tras una estadía de dos meses en Mallorca y con recursos escasos para llevar a cabo la empresa de exploración, Giaccomo Ricciotti-Doria se dirigió finalmente a Huelva, en donde halló amigos entrañables y una ocasión perfecta para comprar un bajel casi nuevo a bajo precio.

Una parte pequeña de los bienes de su familia en Génova fue hipotecada ante el prestamista para comprar otro barco fabricado por la prestante Casa de las Dos Estrellas y vendido a pérdida al entrañable amigo de los Méndez-Pinto. El puerto de Mallorca —que para esos días todavía llevaba ese nombre— lo proveyó del dinero que tanto requería para poder pagar las provisiones de los días convenidos y convencer de este modo a la tripulación respecto del feliz regreso. Entre la tripulación se encontraban, además de cuatro veteranos marinos genoveses, hábiles con las gavias y las velas, los vientos y las tempestades, una tripulación de andalusíes impulsivos y animosos, algunos hombres convertidos a la religión verdadera y hasta dos poloneses que habían ido a parar a Génova en su juventud. Llevaba una piara de cerdos, bastante lana recién cardada, veintiséis toneles de aguapié, treinta y dos de agua de manantial, pescado y jamones en conserva y berenjenas encurtidas. Todo fue guardado en el más estricto secreto en compartimentos especialmente sellados y con cerraduras y candados de clave que sólo conocía Ricciotti-Doria.

La pólvora de dos arcabuces turcos y un pequeño cañón de cinta también fueron embarcados sin que la tripulación se percatase.

Las cartas de marear que había confeccionado en Famagusta el sabio Ibn Albalia y una que retrataba con detalle las costas de Mogador y el camino hacia las Islas Afortunadas, estuvieron en el baúl de Giaccomo sin que nadie supiese de su existencia hasta el momento de zarpar. Con estos elementos y el ánimo despierto, Ricciotti-Doria se dedicó en el puerto de Mogador a esperar a que los vientos de travesía de aquel año soplasen con sus mayores ímpetus.

## Capítulo xiv

Rebeca Méndez-Pinto, una mujer de gran encanto y talante misterioso, había parido seis hijos, de los cuales dos niñas habían muerto en la infancia. Los cuatro hijos restantes habían sido educados con esmero para dar lustre y linaje a la Casa de las Dos Estrellas. Cuando nació su hijo mayor, llamado Efraim, Don Çag compró un barco para celebrar el acontecimiento y su esposa rezó las plegarias de agradecimiento en la fiesta de pésaj. Emocionados el padre y la madre vistieron sus galas y dieron un tributo generoso al rabino principal, que había conocido en su juventud al gran sabio Ramón Llull. David ben Schlomo, rabino principal de Mallorca, compartió la felicidad del nacimiento de Efraim y auguró para él un destino de hombre santo y pausado, paciente y sereno para que fuera digno sucesor de su padre y de su abuelo que habían sido ejemplos patentes de tales virtudes.

Pero el nervio de la familia fue la señora Rebeca, que descubrió en la infancia las cualidades de cada uno de sus hijos y las exaltó con primoroso celo. Siempre creyó que la labor de las mujeres consiste en descubrir y proyectar a los seres hacia las metas más altas y grandiosas posibles o, al menos, hacia sus sucedáneos más visibles. Toda madre espera conocer bien a sus hijos, pero sólo algunas tienen la cualidad para hacer despegar de ellos las sombras de los vicios y apuntalar las virtudes con gracia y firmeza a la vez. Rebeca, que había sido hermosa y despierta en su juventud, había impulsado a su marido obsesivamente desde los diecinueve años para que estuviese a la altura de las hazañas de sus progenitores. Valiente y ambiciosa, pero sabia para ocultarlo, jamás admitió que ninguno de sus hijos fuese adormilado o perezoso, o signado por el velo siniestro de la insignificancia. Educar a todos en la firme voluntad, la decisión y hasta la audacia fue su obsesión más honda. Sabía alentar a quien había hecho buena acción con su cariño, pero de inmediato lo impulsaba hacia la próxima meta, con tan sobria insistencia que parecía una orden perentoria. Tenía muy bellos ratos y una memoria excelente para recordar pasajes del Talmud, refranes y proverbios útiles a sus propósitos; cuando reía conquistaba a todo el mundo, cuando lloraba hacía llorar a cada uno con gran pena. Fue siempre el centro y la razón de todos los empeños y los descubrimientos, y más que en el presente puede decirse con justicia que vivía en el futuro, para recordar a todos sin descanso las tareas que debían realizar y los medios que era preciso disponer para tal fin.

Dormía plácidamente y se levantaba llena de vigor, con grandes voces llamaba a las criadas para que irrumpiesen en las habitaciones de sus hijos con el fin de evitar la holganza, el vicio que más detestaba. Incluso cuando sus hijos varones crecieron y se hicieron hombres, los vigilaba con diligencia, de modo que aunque hubieran bebido mucho los hacía levantar poco después de rayar el alba y acudía a tomar con ella la primera colación.

La vida se le fue en tales designios y preocupaciones que la mantuvieron joven hasta bien pasados los sesenta años. Incluso a la muerte de su marido todavía conservaba el orgullo y la ambición que son en las mujeres las virtudes más señeras y que en los hombres suelen considerarse vicios. Pero un día, de improviso, una misteriosa enfermedad empezó a paralizar sus miembros y aletargar sus sentidos; olvidaba sus viejos proverbios y refranes y se quedaba ensimismada, como atrapada entre dos pensamientos. Aumentó su dulzura y sentía un gran placer al acariciar la cabeza de sus nietos.

La desconocida enfermedad produjo mucha tristeza y confusión entre hijos y nietos, al punto que llamaban al mal peste del alma, ya que robaba el brillo a las mentes y las sumía en el olvido y la despreocupación.

## Capítulo XV

Débora había nacido en Zamora, en las tierras de Castilla, a donde sus padres se habían trasladado cuando los almorávides los expulsaron de al-Ándalus. Cuando era niña veía caer la nieve copiosa frente a la casa en donde su padre tenía un taller para pulir joyas; las esquirlas de vidrio en las que vivía inmersa cuando niña y la marcada endogamia de sus padres, que eran primos, la habían hecho casi ciega.

Cuando conoció a Abraham tenía dieciséis años y se hallaba, auspiciada por su belleza, en edad núbil. Torpe y obesa parecía fea y desmañada; pero bastaba oírla por un momento para que su voz produjese el embrujo perdurable que marcó la vida de su marido y de sus hijos. Su bondad natural estaba amparada en una viva perspicacia y una capacidad extraordinaria para anticiparse a los hechos.

Por eso cuando el joven Abraham fue con su padre a Zamora a pedir la mano de la que imaginaba una delicada doncella, según un contrato que había sido arreglado por su abuelo años atrás, no cabía de contento. No sólo amó con locura desde el primer momento a Débora, sino que se puso en sus manos para que ella terminase con las labores de crianza, como suele hacerlo una buena esposa. Débora conocía todo lo que Abraham necesitaba y aun era capaz de prever con antelación lo que serían sus preocupaciones futuras. Tenía un solo defecto temible: era triste. Su bella melancolía lo impregnaba todo y hacía gris la casa de los Cardozo.

Durante su larga vida tuvo cinco hijos, de los cuales sólo Saúl murió en la infancia. A pesar de que casi no los veía, conocía con tanto detalle a cada uno que la presencia de su madre se les convirtió en un hábito. Los amaba como sólo un ser angélico puede amar. Sus hijos obedecieron ciegamente sus consejos hasta bien entrada la edad adulta, y aun los pocos que vacilaban ante sus perentorias órdenes comprendieron que estaba dotada con el terrible don de tener siempre la razón.

Débora no sólo apoyaba a su marido en sus investigaciones de fármacos y en sus experimentos médicos, sino que lo oía en sus interminables soliloquios nocturnos cuando en la penumbra de su habitación Abraham la despertaba repitiendo fórmulas y suscribiendo tratamientos de baños y de emplastos como si continuara con su vigilia.

En las noches de desvelo Débora se sentaba en la cama para pedir que su marido le contara todo cuanto le preocupaba, para que, vacío de pensamientos, pudiese al fin dormir cerca del alba. Nadie sabía su edad con precisión y de su pelo rojizo y de sus pecas emanaban una frescura y una poderosa sensación de confianza. Cuando empezaron a llegar sus nietos, la adoraron como la habían amado sus hijos, sin saber por qué ni preguntarse nunca la causa de su amor.

Su vida transcurrió entre las paredes de su casa, tan agitada como si hubiera vivido en el tráfago perpetuo del mundo. A pesar de ello, un día de mil trescientos ochenta, siendo muy anciana, se cayó en un hoyo que unos labradores habían abierto imprudentemente para hacer un pozo. Cuando la encontraron al día siguiente con el cuerpo magullado y cubierto de barro, todavía agonizaba; llamó a cada uno de sus hijos para darles un último beso y cuando finalmente se despidió del que había sido su marido, la tempestad de llanto se había desatado. La lloraron durante semanas y la extrañaron para siempre. El legado más preciado después de su muerte fue el tesón con el que inculcaba a los suyos la necesidad de librarse para siempre de la melancolía, que abate los pobres corazones.

## Capítulo XVI

Los moros, aunque nacidos como nómadas del desierto, habían llegado a las Españas hace tantos siglos que ya formaban parte de la Iberia y habían labrado con su impronta el alma y el talante de al-Ándalus; aquello mismo que los judíos llamaban Sefarad y que los romanos habían llamado Hispania o tierra de comadrejas.

Eran diversas sus ropas y también algunas de sus costumbres; pero no tanto como para impedir la convivencia de hombres y mujeres que le rezaban a un Dios único, aunque le dieran apelativos distintos. Labraban la misma tierra y comían los mismos frutos; así que pronto barrios, juderías y arrabales fueron contiguos, y la misma lluvia caía sobre los tres y el mismo sol inclemente los tostaba en el verano.

El dulzor de su lengua se dejó oír cumplidamente desde Cataluña hasta el Algarve, coloreando todos los aljamiados, ya para hacer negocios o para cantar casidas, y sus poetas arrebataron ayes y suspiros de los pechos apasionados en las doncellas apostadas en los balcones; guitarras, vihuelas y laúdes cantaron glorias y penas de una tierra que ya era la suya.

Su visión de los avatares del mundo lo nimbaba todo con la certeza de quien se sabe protegido por un Dios clemente y misericordioso. Cristianos y moros se casaron en nutridas ocasiones y tuvieron prole numerosa. Los hebreos aprendieron de los sabios árabes, desde los secretos de la cocina hasta los de la navegación de altura.

Aunque los de Alá perdieron ciudades y campos que habían estado bajo su dominio, y sus ejércitos tuvieron que retirarse vencidos y humillados, siguieron siendo parte de la tierra y del espíritu de la misma; vaho que supo permanecer discreto en los resquicios en donde los necios no penetran.

## Capítulo XVII

El pasmo que produjo el mal de Rebeca y el dolor que suscitó el comprender que jamás volvería a ser la misma arrancaron de cuajo la alegría de la casa. Verla sonreír, ver brillar sus ojos claros desprovistos de la luz de otrora, hacía llorar a los hijos y callar a los nietos. La música que había llenado la casa por muchos años se desvaneció y muchas empresas audaces fueron postergadas indefinidamente. Efraim y su hermano Benjamín, que se habían propuesto acompañar a Giaccomo Ricciotti-Doria en su aventura hacia poniente, perdieron el ánimo y se refugiaron en sus cotidianos menesteres, mientras la Casa de las Dos Estrellas se reponía del nunca esperado golpe. Que una madre muera siempre duele, pero duele más verla morir lentamente y extrañarla por ausente aunque esté presente.

Cuando Giaccomo Ricciotti-Doria llegó a Mallorca lleno de entusiasmo y dispuesto a emprender su extraordinaria travesía que tanto esfuerzo había supuesto, no pudo menos que condolerse de la desdichada suerte de una familia derrotada ante la agonía de Rebeca.

Si hubiera sido judío hubiera considerado un augurio siniestro partir en viaje tan arriesgado en tan aciagos momentos. Comprendió la situación de sus amigos y partió apresuradamente hacia el puerto de Mogador, dejando en Mallorca no sólo a los hermanos Méndez-Pinto, sino a un par de buenos consejeros y sesudos conocedores de los azares del mar. En el palo de mesana de su nave principal colgó una bandera de lino que Rebeca le había tejido por cariño años atrás. Los hermanos Méndez-Pinto contemplaron con nostalgia la partida de las naos con rumbo de poniente y la urgencia del misterioso viento que las guiaba hacia aguas y tierras ignotas y vírgenes. La esperanza, que es capaz de arrastrar a los seres a los más inusitados trasiegos, y una ciencia en extremo falible e incompleta eran los únicos hitos ciertos que animaban al temerario marinero genovés en medio de un ancho mar lleno de incertidumbre e indecibles peligros.

Mallorca empezaba ya a cambiar bajo la tutela de los condes catalanes y algunas de las libertades de las que había disfrutado durante largo tiempo comenzaban a ser vistas como excesivas. La familia, tras prolija discusión, consideró peligrosa una hazaña tan imprudente, aunque todos coincidieron en que el fin que perseguía no sólo era loable sino urgente: había que hacer todo lo posible por hallar refugios seguros en lugar de contemplar la sangre derramada. De este modo se marchaba Giaccomo Ricciotti-Doria con su improvisada flota el año del Señor de mil trescientos cincuenta y siete. El apoyo de la Casa de las Dos Estrellas le permitió alcanzar con prontitud el cabo Mogador. Desde allí saltaría a la sima del mundo.

## Capítulo xviii

Mordecai ben Haim había nacido en Toledo en una familia de eruditos conocedores del árabe y del griego. A los cuatro años repetía pasajes de Jenofonte que su padre Haim ben Ezra le había enseñado sin que el niño tuviese tiempo de percatarse de lo que sabía. Creció entre tratados y opúsculos de proverbios y pasajes de grandes obras. Conocía perfectamente el árabe, el latín y el griego, además del hebreo; y su autor favorito era el mordaz Luciano de Samosata que había escrito, entre muchas otras, una obra satírica sobre un hombre ducho en el arte lancinante de atormentarse a sí mismo.

A sus veintidós años arribó a Lucena y llevaba entonces tres semanas en la ciudad, cuando Abraham Cardozo terminó de revisar la traducción del célebre tratado médico de Dioscórides. A éste le satisfizo enormemente la traducción de *De materia medica* hecha por el joven y quiso por tanto compartirlo con el rabino Meir a quien estimaba mucho, además era su propósito tratar una importante cuestión con él.

Entre tanto el joven traductor había caído preso de la fascinación por las extraordinarias investigaciones respecto de las medicinas que combaten males sutiles destruyendo la salud y acelerando la muerte. Por andar en tales quehaceres volvió a tener contacto con Zvía y sintió que su belleza era un aliciente más para adentrarse en esos mundos. La hermosura de una mujer consiste en pura y simple armonía entre las formas, los gestos y los movimientos del alma. Qué más da el tamaño de su nariz o la proporción de sus miembros si no viene acompañada de la savia del espíritu que lo inunda todo bajo un velo sutil. El encanto femenino proyecta en el alma del amante una promesa de futuro, una perdurable atracción y una invariable esperanza. Pero fue la recatada dulzura y la serena prudencia lo que conmocionaron al sesudo traductor y lo desviaron de sus persistentes soliloquios.

Zvía también se había fijado en él y sus ojos sonreían cuando se hacía presente. Le expuso ampliamente cómo y por qué aquellos descubrimientos iban a ser decisivos más pronto que tarde para garantizar la vida y la salud del pueblo hebreo. Del mismo modo sosegadamente provocativo lo condujo a los ocultos recintos de la botica en los que se preparaban los más certeros remedios para curar almas y cuerpos. Un poco más tarde Zvía le mostró los narcóticos para adormilar miembros y mentes sometidos a un intenso dolor y cuyos síntomas son asombrosamente parecidos a los del amor.

Y mientras Zvía y el pálido ben Haim se adentraban en los misteriosos recovecos de la disciplina del amor, llegó el día en que Abraham fue a la sinagoga para conversar con su amigo y consejero, el rabino Meir, y mostrarle la esmerada traducción del célebre tratado médico. La cuestión que le urgía aquel día estaba relacionada con la restauración de los miembros perdidos tras la venida del Mesías, la vuelta a Sión y el fin de los tiempos.

Con respeto inquirió al sabio acerca de la posibilidad de que el cojo Ezequiel, el manco Jair o el tuerto Dunass recobrasen los órganos que habían perdido para siempre. El rabino se demoró en responder pues estaba una vez más abismado por las ocurrencias del médico, pero tras un meditado silencio respondió:

—Has de saber que para Yahvé no se pierde nada de lo que tú crees perdido; quien tenía dos ojos y pierde uno, en realidad lo guarda en un lugar que sólo Dios conoce; el brazo que yace lejos del cuerpo cortado por la espada no se pierde aunque ante ti parezca putrefacto. El cuerpo, en fin, se deshace en cada tumba y del que sólo quedan los huesos puede ser reintegrado por la maestría infinita de quien ha sido capaz de crearlo innúmeras veces. No creas que lo que tú no puedes lograr no puede lograrse en absoluto; no pienses que lo que no sabes curar no ha de ser curado por Quien conoce todas las fórmulas, todos los remedios, todas las recetas. No hay peste de alma o de cuerpo en donde reposan los seres que han muerto, puesto que la divina sabiduría del Omnipotente no conoce límites si es posible que algo la desafíe. Lo que llamas irremediable es tan sólo lo que ignora tu débil intelecto; lo que crees incurable es lo que tu pequeña ciencia no alcanza hoy ni alcanzará jamás.

Atribulado por la belleza de las palabras del rabino, Abraham se tomó un momento para asimilar la respuesta y ordenar sus pensamientos. Tras un momento surgió en su mente una nueva pregunta; entonces dijo al rabino:

—Tu sabiduría me abruma pero aún quiero saber si aquellos miembros perdidos y desechos que descansan en las misteriosas cavidades que me describes, volverán a formarse al final de los tiempos para ser de nuevo como fueron, ya que la escritura dice que todos los seres se presentarán íntegros el día del juicio.

El rabino Meir volvió a tomarse un respiro para contestar:

—Volverán a ser exactamente iguales, perfectos y sanos. En un mundo en donde ya no importen ni la salud ni la enfermedad, ni la belleza ni la fealdad cada entidad recobrará la apariencia y el esplendor que tuvieron antes de aparecer entre nosotros cuando fueron pensados por Dios. Cada elemento podrá ser comprendido entonces como lo que siempre fue, esto es, como un componente perfecto —como sólo podemos imaginarlo— de la obra excelsa de la creación.

Tras un momento, el rabino agregó:

—El mayor error del hombre consiste en creer soberbiamente que las ideas que se forman en su mente sobre Dios son las ideas de Dios mismo, cuando en verdad son tan sólo deleznables iridiscencias.

## Capítulo xix

A la aljama de Lucena llegó una embajada con emisarios del rey de Francia Carlos v el Sabio. Los lujosos vestidos de los tres embajadores de la corte francesa parecían ser muy viejos y haber sido usados en múltiples misiones. Fueron bien recibidos y llevados a la biblioteca de la ciudad, de donde salieron fascinados. Tenían noticias de la fama de Lucena para los temas médicos y habían sido enviados para invitar una cohorte ilustre a la presencia del rey, para que ayudase a encontrar la cura de las terribles aflicciones que venían azotando sin piedad ese reino del norte.

Don Abraham Cardozo y otros hombres ilustres de Lucena los recibieron con extrañeza, pero de modo cordial respondieron afirmativamente a sus demandas, si acaso la integridad y los bienes de los enviados eran respetados y defendidos por un pacto solemne.

Los embajadores comprobaron durante su visita que la fama de Lucena no defraudaría al rey Carlos v, hombre bien intencionado y admirador de los saberes, las artes y las ciencias.

A pesar de ser eruditos en su tierra natal, se sintieron asombrados ante la magnitud de los tratados y la cantidad de obras que consultaban y conocían los médicos y los estudiantes de medicina. No menos abrumadora resultaba a sus ojos la biblioteca del viejo Abraham, que contaba con novecientos treinta y dos volúmenes de obras primordialmente médicas, pero también de libros de historia, geografía, filosofía y viajes. Encontraron también tres volúmenes con historias escritas sólo para el placer de ser oídas y cuentos similares a los que narraban los juglares en Provenza y diez obras de poesía sublime de legendarios bardos árabes y persas.

Les maravilló también la elocuencia y gracia de la bella Zvía, que recitaba sin esfuerzo largos trozos de tratados en latín usando las formas más depuradas de la lengua que ellos conocían. Además, llamó su atención el hecho de que la doncella fuera desde tan joven un médico competente para recibir pacientes y tratar dolencias que en Francia sólo podían ser mitigadas con sangrías, burdas cataplasmas y presuntas panaceas.

Cuando partieron de regreso a París, a la corte de Carlos v el Sabio, los emisarios llevaban un poco de ese saber desconocido y un novísimo remedio para tratar los penosos dolores de la vena ciática que serían apreciados por muchos fieles cristianos en los años por venir. Uno de los embajadores cavilaba acerca del misterio de sabiduría tan prodigiosa en emplazamiento de apariencia tan modesta.

## Capítulo xx

El puerto de Mogador no pertenecía a ningún rey, pero había muchos que querían apropiárselo. Los genoveses y portugueses lo consideraban imprescindible para las expediciones que anhelaban remontarse hacia el sur siguiendo la costa africana, ya que era el único lugar seguro en donde recalar en un viaje tan azaroso; pero lo que lo hacía más atractivo era la corriente de viento de poniente que allí soplaba con tan patente ahínco y que parecía una trampa de lo fácil. Las naves que se habían aventurado en esa navegación no regresaron jamás ni sus escombros fueron hallados, pero cuando Giaccomo Ricciotti-Doria partió en un día de octubre el viento lo alejó a toda velocidad de la costa y los amigos que quedaron en el muelle despidiendo a los barcos auguraron éxito a tan arriesgada travesía; por ello los vientos que desde allí viajaban fueron llamados de travesía. Este nombre equívoco sería reemplazado un día por el de vientos alisios; es decir, los vientos del mar.

Cuando pasaron tres meses desde la partida y unos marineros árabes preguntaron en Mogador por las cartas y el gobernalle para presumir el rumbo exacto de las naves, nadie quiso responderles nada cierto. Se dijo entonces que ese secreto sólo era conocido por dos de los hermanos Méndez-Pinto de la Casa de las Dos Estrellas y que había que dirigirse a Mallorca para averiguarlo. Los sabios en astronomía y los maestros armadores habían comprendido algo muy importante con el viaje de Ricciotti-Doria: el éxito de la empresa de poniente dependía en gran medida de la exactitud en el cálculo de la duración y la fuerza de los vientos de travesía. Más que de naves ágiles y bien calafateadas, se precisaba de pilotos despiertos y de finos compases. Siempre habría recursos que usar si acaso los vientos no cesaban durante varios meses. Al fin y al cabo las Indias no quedaban en otro mundo, sino en éste.

En torno a la expedición se tejieron diversas hipótesis, que como bien se sabe no son más que habladurías de bocas ociosas. Los más zafios decían que habían caído en el abismo; otros más prudentes argüían que había cesado el viento y que flotaban en una calma chicha en medio del océano desmesurado y que habían muerto de hambre y de sed en el fondo de la mar. Los seguidores de Ibn Albalia presumían que habían llegado a un gran continente atravesado en medio del camino a Catay y que aguardaban la hora de hallar el modo de continuar su circunnavegación.

Los hermanos Méndez-Pinto, que conocían todos los rumores acerca de la expedición, hicieron venir desde Esmirna a Yehuda ben Najmán, geómetra y cartógrafo que había sido formado por Abraham Zacuto en la elaboración de mapas esféricos. Tras varios meses de mediciones y disputas sobre diámetros, jornadas y provisiones, concluyeron que la expedición de su amigo genovés había ya encontrado tierra y era sólo cuestión de tiempo para que regresase de sus rumbos.

## Capítulo XXI

Rebeca había olvidado todo lo que había dicho a sus hijos, pero ellos lo recordaban con tanta precisión que había ocasiones en las que todo parecía como antes y la memoria de los buenos tiempos se hacía nítida y concluyente. La casa parecía animarse entonces y recobrar sus encantos; horas más tarde, sin embargo, había que comenzar todo de nuevo porque la madre volvía a quedar sumergida en el pasmo. Reclinada en su silla pasaba horas en la terraza de su hermosa casa mallorquina cubierta con un velo negro y acompañada por su nieto David, hijo que sería de Séfora, que le repetía las canciones que su madre le había enseñado y las historias de marinos. Era hermoso y conmovedor ver el esfuerzo del muchacho por producir una sonrisa en el semblante vacío de la abuela; pero lo cierto es que lo lograba. David se convirtió desde entonces en un apasionado narrador de historias que adquirían con el encanto de su voz un sorprendente brillo; cuando se dedicó a escribirlas en árabe y en aljamiado, adquirió rápidamente fama de poeta. Los versos narraban los hechos de viejos marineros que habían alcanzado puertos increíbles y regresaban a casa tras años y años de incontables aventuras en los que habían conocido seres extravagantes, semidesnudos y dotados de pasmosa sabiduría. Se dice que un día su abuela lo detuvo en medio de una narración y le dijo:

—Cuéntame de nuevo la historia del genovés.

## Capítulo xxii

En Lucena, los médicos habían llegado a la conclusión de que la sangre mezclada entre parientes era la causa del temible mal de temblores, la enfermedad que el propio Julio César había padecido y que los griegos llamaban epilepsia. Ese mal tan antiguo, aparentemente misterioso y sagrado, signaba a hombres y mujeres por igual: los sorprendía en cualquier momento con su furia para nublar sus pensamientos, someterlos a espantosas convulsiones, hacerlos producir espuma de la saliva y en ocasiones ahogarlos con la soga de sus propias lenguas. Los casos de mal de temblores se habían multiplicado en todas las aljamas en las que los matrimonios se concertaban exclusivamente entre personas conocidas, obligadas por lazos de sangre. Los médicos lo habían advertido muchas veces pero no eran escuchados. Las casamenteras más sensatas tenían en cuenta este problema, pero había muchas otras que hacían oídos sordos, por el obscuro hábito de preservar a toda costa las fortunas familiares. Además de este mal heredado, las secuelas de estos vicios de los sefardíes habían producido casos de hermafroditas y otras rarezas no menos monstruosas. Casi en cada familia había uno o dos idiotas que eran la alegría de las casas, pero que morían pronto dejando en las familias profundas heridas.

Como tratamiento al mal de temblores y con el fin de prevenir que un flagelo tal proliferase, Abraham Cardozo había sugerido en un tratado que los jóvenes solteros y las jóvenes casaderas hicieran largos viajes después de su bar mitzvah, con el fin de buscar en lejanas tierras a las que serían sus esposas futuras.

Las aljamas de todas las Españas y algunas otras situadas en los reinos de Fez o en las islas de Levante en donde se habla griego estaban en perpetuo movimiento para combatir estos males; pero a pesar de todo nunca era suficiente. La muerte es muy astuta y sus hijas las plagas saben burlar incluso a los más sabios. Antes de que una esposa quedara embarazada, los rabinos tenían libros de cuentas para intentar descifrar el peligro que corría la criatura en ciernes. Si era descubierto un riesgo inminente se les advertía a los recién casados desde antes de la noche de bodas, en cuyo caso se hacía beber a la novia hierbas amargas en cuanto la menstruación se hubiese suspendido, para hacerla sangrar. Si el nivel de riesgo era mediano se les decía que tenían «sombra» y que procurasen tener pocos hijos. Si no era posible disuadirlos, estos procedimientos eran adaptados con rigor para aminorar y prevenir los casos de estulticia y del mal de temblores.

León se dedicó a construir unas tablas genealógicas que ayudaban a los médicos a establecer con precisión los casos de inminente desastre causados por la revoltura de las sangres. Cuando años después León viajó hacia El Cairo con miras a servir al sultán, las tablas que había elaborado con tanto celo resultaron una rareza, puesto que entre los fieles de la religión del profeta no solían presentarse semejantes aflicciones.

Shasday, un hijo de Abraham y Débora, sufrió de aquella silenciosa condena que se manifestó por primera vez en su noche de bodas. Su padre se dedicó a tratarlo con tan minucioso celo que no volvió a sufrir de un ataque similar hasta el día funesto en el que, muchos años después, su progenitor murió.

En la ocasión de su primer ataque, los jóvenes se burlaron del atribulado Shasday por pensar que se había excedido en sus funciones de marido y su joven esposa lo apodó «el Tembloroso». Desde entonces el estupefacto marido se dedicó a procrear un hijo cada año hasta conseguir que su esposa estuviese tan ocupada que no tuviera tiempo para burlarse de él.

Se dice que una noche de comienzo del Šabbat en la que la familia estaba reunida y comía plácidamente, se apareció frente a ellos un cuervo herido en la ventana. Shasday le permitió entrar al recinto y lo acercó al hogar de la lumbre porque tiritaba de frío. Su esposa aprovechó para recordar el incidente de su noche de bodas y exclamó:

—Hoy ha llegado de nuevo un tembloroso a habitar entre nosotros.

## Capítulo xxiii

Ninguno de los cincuenta y tres tripulantes de la misteriosa expedición del genovés por la mar océana de poniente fue avistado jamás; así como tampoco lo fueron los despojos del naufragio que presumiblemente sufrieron. Cuando los años pasaron y la esperanza de que regresaran se desvaneció, las gentes concluyeron que toda la aventura había sido una triste quimera y que los cálculos estimados por los sabios estaban plagados de imperfecciones. Pero este era un juicio vano, como todos los que suele hacer el vulgo, que se apresura a descalificar sin seso lo que sale mal y a alabar en exceso lo que sale bien. La empresa podía haber fracasado en verdad, pero la causa no podía ser atribuida a la medición de las distancias; muchos peligros acechan en alta mar a los valerosos navegantes, incluyendo los que provienen de sus mentes angustiadas y sus alborotadas pasiones.

No obstante, Giaccomo Ricciotti-Doria fue recordado desde entonces por los marineros de Mogador como hombre audaz y valiente, pero azuzado fatalmente por cobardes que no tuvieron fe suficiente para embarcarse ellos mismos en tan inusitadas travesías.

En nuestro siglo sabemos que el avezado genovés pudo haber alcanzado sin contratiempos las costas del continente intermedio cuya existencia postulaba Ibn Albalia. Quizás buscando el paso hacia el inmenso océano de Catay se haya visto arrastrado hasta las gélidas aguas del sur o su tripulación haya sido emboscada por nativos feroces. Nada de eso puede saberse con certeza y quedará para siempre en el voluminoso libro de las preguntas sin respuesta cierta. Sin embargo puede decirse, sin faltar a la verdad, que la expedición estaba muy lejos de ser una aventura loca y que tal vez Ricciotti-Doria encontró un feliz destino y murió convencido del acierto de su propósito y de las agridulces bondades del undoso mar.

## Capítulo xxiv

Los hombres y mujeres que se aman con inteligencia despliegan su astucia para poder ayuntarse conforme a las leyes. Zvía y Mordecai se amaban, con tímido y silencioso celo. Se miraban desde la distancia como si no se pertenecieran, con la añoranza que sienten los niños para con sus anhelos recónditos. El matrimonio no resultó fácil de concertar porque los padres de Mordecai habían muerto en Toledo y su tutor era un ajetreado mercader que apenas había tenido tiempo para enviar una carta autorizando el enlace y garantizando la dote. Tras muchas vacilaciones, las nupcias fueron acordadas para dos semanas después del decimosexto aniversario de Zvía.

El día en que todo estuvo listo finalmente, una tormenta vino a empañar el cielo despejado: Mordecai estaba enfermo de raquitismo y debía ser tratado por los experimentados médicos del lugar. Este dictamen habría de demorar la boda por algunos meses más. Mordecai estaba ansioso por disfrutar de la hermosura y la gracia de Zvía cada día de su vida, pero le faltaban las fuerzas. En efecto, la joven no sólo era hermosa y brillante, sino que su presencia imprimía un sello de plenitud y esplendor a cada instante; una asombrosa felicidad flotaba a su lado, infundiendo ánimo y sosiego a cada acto.

Abraham ben Šaprut se quedaba pensativo al ver la obra que hace en el mundo cada persona hermosa:

—En verdad no hay privilegio como el de la belleza ni riqueza mayor que el vigor y la gracia de los seres que palpitan al lado nuestro y que nos aman. Cualquier otra cualidad palidece a su lado.

El rabino Meir se apresuró a interpelar a su contertulio:

—Creo deducir de tus filosofías que la fealdad es una desgracia. Pues así es para este mundo; e incluso una belleza modesta basta para producir un consuelo extraordinario. Pero has de saber que en el espacio eterno de las almas que saben ver lo sutil y gozar de lo intangible no hay nada propiamente feo ni horrible ni brizna alguna que no posea su sentido y su secreto, su encanto y su dulzura ni destello que se produzca en vano; nada se pierde para Dios y cada cosa contribuye al consuelo eterno.

## Capítulo XXV

Mordecai era un gran traductor y había confeccionado unos cuadernos con notas muy prolijas para ayudarse en sus labores de decir lo mismo y conservar el espíritu del discurso original en diversas lenguas. Lo callado y misterioso de su temple se atemperaba cuando de citar a los clásicos se trataba; siempre traía frases de su adorado Luciano de Samosata, a quien conocía con minuciosa precisión en griego y en latín. El estilo sarcástico y la ironía que rezumaban los textos habían terminado por contagiar su espíritu, de modo que en ocasiones ofendía a alguien sin querer o decía imprudentes palabras que acarreaban la ira de algunos y la amable reprimenda de Zvía. Su sapiencia era tan grande a una edad tan temprana que no podía menos que ser vista con una dosis de sospecha; como es apenas comprensible: a los hombres les gusta el saber, pero los inquietan los sabios cuyo desparpajo avergüenza a las almas débiles y a los espíritus enjutos. La fragilidad de Mordecai lo hacía un ser necesitado y ansioso, presto a sufrir el embate de cada adversidad; por ello esperaba con ansias ser redimido por una mirada dulce o una sonrisa sugerente y discreta. El esperado día de la boda terminó por llegar después de su convalecencia y entonces no se vio en Lucena hombre más feliz ni boda más celebrada: Zvía lucía delicadamente bella, mientras su joven marido la miraba tras los vapores del vino de estación y con los ojos velados en lágrimas. El día anterior, durante el baño ritual, la novia se había demorado varias horas en consumir los productos que su futuro cónyuge le había enviado y se había solazado con sus amigas en una alegre despedida.

En el soleado día del mes de adar, marzo del calendario romano, y templado por la brisa fría de la mañana, el cortejo de la boda se dirigía a la sinagoga en desprevenida y festiva procesión, mientras unos caballeros cristianos disfrazados con ropas de moros llegaban a Lucena para consultar secretamente al médico Abraham Cardozo: el rey de Aragón, Pedro el Ceremonioso, cuarto de su nombre, enfermo de un mal incierto, había oído de la fama del sabio galeno y había enviado una embajada para solicitar cordialmente sus servicios. Pasada la fiesta y la noche de bodas, Abraham partió con los mensajeros en un largo viaje hacia levante que habría de durar varios meses.

Zvía y su marido se entristecieron al verlo partir, pues se cree que cuando algo así sucede augura larga y penosa errancia para los contrayentes y sus descendientes. En efecto, los días de Lucena estaban contados y cada día sería más difícil prosperar en ella.

## Capítulo xxvi

Çag y Rebeca tuvieron también dos hijas que crecieron a la sombra de sus hermanos y sus variados negocios. Habían desarrollado una particular cualidad, consistente en recordarlo todo con detalle. Sus nombres eran Séfora y Betsabé y habían crecido bajo la tutela casi exclusiva de su madre. Tenían juicio y buena disposición para todo, con lo cual estar a su lado resultaba un placer y un consuelo.

Curiosas como eran, se metían a los cuartos de los hombres de mar, cuando no estaban presentes, en los que se guardaban las cartas de marear y misteriosos instrumentos de navegación. Fascinadas por las travesías marineras habían leído en secreto bitácoras y diarios de marinos, escritos en mallorquín, árabe y toscano; lo que más las apasionaba eran las historias de los amores de aquellos hombres que partían para siempre dejando a sus amadas en los puertos. Las hazañas marineras les interesaban menos que los menudos detalles en los que incurren los que llegan y se van. Hay algo peligrosamente atractivo en el hecho de estar siempre de paso y de no tener tiempo para fijarse apenas en los seres que permanecen atados a la misma familia, el mismo hogar, los mismos parajes.

Séfora y Betsabé anhelaban ser embarcadas y llevadas a distantes lugares. Se hacían fantasías con la idea de ser raptadas por piratas y conducidas a lugares felices, lejos de su vida habitual y de su encierro. Sólo a través del matrimonio con algún intrépido marino tales sucesos serían posibles. No importaba mucho de quién se tratase con tal de que su destino fueran las inusitadas aventuras de mar.

Llevadas por el embrujo de las historias que oían, habían querido partir hacia poniente con el marinero Ricciotti-Doria e incluso, años después, cuando tuvieron que olvidarse de él, lamentaban su suerte gris de damas a la espera de un marido. Por eso resultó extraordinario el evento del arribo del joven Nuno Álvarez, portugués y cristiano nuevo, armador y dueño de naves que había llegado a Mallorca preguntando por los detalles de la expedición de Ricciotti-Doria. Era soltero y apuesto, hábil conversador y dueño de un talante cordial.

Su origen cristiano, aunque novísimo, impidió a las dos jóvenes establecer conversación afectuosa con él. Vivían pendientes de sus pasos y llenas de inquietud por nuevas noticias. Tras algunas semanas de complejas vicisitudes en las que Nuno Álvarez estuvo ocupado en la lonja mallorquina y en entrevistas con los hermanos Méndez-Pinto, averiguando detalles del renombrado periplo, finalmente fue posible concertar una cita para conocer a las dos hermanas.

En una cena familiar durante el mes de tišri, octubre de nuestro calendario, el destacado joven portugués tuvo ocasión de admirar el talento de las jóvenes para encomiar las maravillas de la vida marítima. Se permitió sin embargo decirles:

—Admiro vuestro entusiasmo para exaltar la belleza de la vida del mar, que es grande e imperecedera; pero grandes son también sus penurias y azares, y profundo el peso de la ausencia que deja en los hogares que visita un hombre de mar. Sin pretender, en modo alguno, desanimaros, os diré que es fácil perder la vida y los bienes en una tormenta o en un naufragio y que los piratas han infestado todas las aguas, haciendo difícil salir airoso hasta de modestas empresas.

Séfora, visiblemente conmovida por las palabras de Álvarez de Mendoza, respondió:

—Por esa misma razón, los hombres de mar deben ser amados con una devoción especial, capaz de comprender el tesoro de su escasa presencia.

Nuno se estremeció, pues jamás había esperado una respuesta tal. Cuando se hubo marchado, y sorprendido como estaba ante la dulzura y el recato de las bellas judías que sentía todavía cercanas, prometió regresar pronto y entablar con la Casa de las Dos Estrellas una alegre correspondencia. Dejó su presencia un aura de esperanza y un aire de nuevas empresas en las mentes de todos los miembros de la familia Méndez-Pinto; mientras Séfora y Betsabé reñían acerca de cuál de las dos había sido mejor vista por los ojos de Nuno. A pesar de su implacable mal, la vieja Rebeca tampoco pudo olvidarlo. Lo que promete es motor de lo que vacila y lo que ilusiona, acicate de lo que recela.

## Capítulo XXVII

Abraham, bajo la triste mirada de su hija que lo veía partir, fuese hacia las tierras de Aragón a la medianoche de la última semana del mes de tišri. Los embajadores acostumbraban marcharse en medio de la noche para evitar encontrarse con salteadores que merodeaban durante el día en las afueras de las ciudades. Iban bien armados pero no querían provocar ningún incidente que despertase la suspicacia de las autoridades del reino nazarí. Además era urgente alcanzar pronto Zaragoza, porque la enfermedad del rey le quitaba el aliento poco a poco y habría sido inaceptable llegar muy tarde, al menos para aliviar los dolores del monarca.

Abraham Cardozo era un hombre locuaz y bien intencionado que quería conocer los detalles de la enfermedad del rey, con el ánimo de preparar un diagnóstico desde antes de llegar a la ciudad. Los embajadores, no obstante, se mostraron parcos y reacios a revelar los pormenores del mal que torturaba a su rey. Tras doce días de marcha urgente, los viajeros divisaron las torres de la iglesia del Pilar en la orilla despejada del Ebro.

El médico oficial de la corte vino a recibir a Abraham Cardozo para comunicarle los síntomas del mal. El viejo sabio viajaba acompañado de León, su eterno aprendiz, quien tomó nota de cada palabra. Don Pedro Ruiz, que era como se llamaba el médico, había determinado que se trataba de una extraña dolencia del pecho y venía tratándolo con cataplasmas y ventosas durante las últimas seis semanas.

El rey se alegró por la pronta llegada de médico tan ilustre y se sometió de inmediato al examen riguroso que tuvo lugar al instante. Bajo la luz pálida de la tarde aragonesa, el médico comprendió que los pulmones del rey estaban infestados de agua y que el tratamiento de ventosas en nada lo mejoraría. Pidió que se preparase una habitación limpia para el rey y que se le hiciese vivir recostado sobre una plancha de mármol tibia, que su pecho se forrase con una fina gasa de lino y que se lo mantuviese haciendo inhalaciones de vapor sulfurosos, para extraer toda la humedad posible de los pulmones. El tratamiento fue severo y provocó alucinaciones y vértigo al rey, pero en tan sólo una semana el paciente se encontraba en perfecto estado.

El monarca, agradecido, quiso pagar los servicios de Abraham ofreciendo a su familia protección en su espléndida corte y resguardo frente a las apasionadas invectivas que algunos predicadores cristianos habían vertido contra los miembros de su raza. Por primera vez Abraham Cardozo comprendió que el odio desatado en las Españas contra los hebreos estaba alcanzando alturas imprevistas.

Ofreció también un magnífico banquete de despedida para el médico y su acompañante y la custodia de algunos de los miembros de su guardia personal hasta el regreso sano y salvo a la ciudad de Lucena. Abraham y León regresaron gratamente impresionados por los favores recibidos y hablaron con entusiasmo a su familia de la generosidad del ilustre rey de Aragón, Pedro el Ceremonioso.

## Capítulo xxviii

Tras el regreso de Abraham, volvieron los Cardozo a su vida habitual de investigaciones sesudas y dispendiosos experimentos, escritura de tratados médicos y clasificación de fármacos. Si Dios les había permitido la gracia de curar a reyes y vasallos su ciencia no había sido en vano. León emprendió el viaje a El Cairo que su padre putativo había concertado con el sultán mameluco años atrás, puesto que ya estaba altamente preparado para ejercer un cargo de tan egregia dignidad. Su sapiencia resonó hasta tan lejos transportada por las lenguas de viajeros agradecidos.

Zvía y Abraham profundizaban en sus saberes mientras que Mordecai estaba dedicado totalmente a la traducción del célebre *Tratado de la luz* del sabio andalusí Abu Nasr Al-Farabi, a la lengua latina. Un libro tal, escrito con tan elevada maestría, era perfecto para retratar los sentimientos que lo acompañaban en estos años de plenitud pasados al lado de su bella esposa, en cuyo vientre palpitaba una nueva vida.

Entre tanto, Abraham consideraba con cuidado y en secreto la oferta que el rey Pedro iv de Aragón le había hecho. Lo más sensato y razonable era declinar si los tiempos eran buenos, pero aceptar la oferta si se tornaban sombríos.

Los estudios sobre el mal de temblores y la revoltura de las sangres estaban casi terminados y el tratado que daba cuenta de su diagnóstico y tratamiento estaba redactado en su totalidad. La vida discurría tranquila y dulce, sin que los graves signos que se fermentaban en el aire hubiesen mostrado todavía su ferocidad, hasta que una noche aciaga, la siniestra huella del odio se manifestase a través de una lengua de fuego. En efecto, el pueblo de Lucena se despertó aturdido por el incendio que había sido provocado en las pesebreras de la ciudad, tras la llegada de unos vagabundos cristianos en el hoy remoto año del Señor de mil trescientos sesenta y siete.

Cuando el fuego hubo consumido varias casas contiguas a las pesebreras y causado la muerte a hombres y bestias, el rabino Meir y su amigo Abraham comprendieron que nadie podía ponerse a salvo del odio ni agachar la cabeza suficientemente como para no ser visto por sus ojos perspicaces. La inquina lo horada todo con su acerada punta, rasgando las costuras y deshaciendo hasta los nudos mejor atados: la lanza de la muerte había sido arrojada sobre la multitud despreciada; algunos sabrían resguardarse; otros serían derribados por su ímpetu.

## Capítulo xxix

El viaje de los Cardozo a tierras de Aragón había sido suficientemente alentador como para incitar a Abraham a emprender aventuras semejantes. Por tanto, el periplo hacia la corte de Carlos v de Francia, llamado el Sabio, se había instaurado en su alma como una impetuosa necesidad. El aire fresco de la tarde permitió a Abraham sumirse en fértiles cavilaciones acerca del destino incierto que el mundo estaba tomando. Una mañana dijo a sus hijos estas solemnes palabras:

—Hijos míos, doy fe de que no es posible detener los torrentes de sangre que ya han empezado a correr y que terminarán por anegarnos e incluso cobrar nuestra propia sangre, si no nos aprestamos a buscar nuevos destinos. Tomad estas jornadas hacia la corte del rey Sabio como una preparación para el sendero que tendréis que transitar muy pronto: una errancia sin fin, como la que siglos ha Yahvé mismo nos ha señalado.

Shasday y Salomón comprendieron con tristeza las palabras de su viejo padre, quien sin embargo estaba por aquellos días nimbado por un sereno aire profético. Dispusieron sus líos y partieron hacia el norte sembrando nostalgia e inquietud en sus allegados que temían los peligros del camino. Partieron en la noche y el primer trecho no fue fácil, pretendiendo esquivar las dificultades que ofrecían caminos ahítos de bribones y truhanes. No obstante, la fama de Abraham lo antecedía y hallaba en todas partes venteros amables y cobijo para sus hijos. En la casa de buenas personas admiraban su sapiencia y lo consultaban como quien revisa los mejores tratados médicos y los libros más dignos. En estas condiciones el resto del viaje transcurrió plácidamente, a pesar de los rumores que corrían acerca de un predicador exaltado que denigraba de la raza hebrea y la tildaba de asesina impune; un tal Vicente Ferrer, fraile obcecado por la furia que había concitado las iras por todos los puntos cardinales de los reinos cristianos.

Cuando por fin penetraron las tierras de Francia en donde las lenguas y costumbres son tan distintas de las nuestras, se encontraron con un nuevo tono de discordia y una animosidad diferente. Los pocos judíos que había en el camino más allá de Gerona les advirtieron claramente que en Francia tampoco hallarían la quietud y el sosiego que andaban persiguiendo. No habían olvidado los de su estirpe cómo habían sido ominosamente expulsados y despojados de sus bienes.

## Capítulo xxx

El rey Carlos v de Francia era un hombre magnífico, interesado en las artes, en las ciencias y presto a ofrecer sus buenos oficios para ayudar a hombres sabios o a artistas de genio con el fin de desarrollar o dar a conocer sus talentos. A pesar de ello, muchos miembros de su corte y numerosos magistrados y funcionarios a su servicio hacían gala de un talante tosco y una escasísima cultura.

Por fuera de monasterios y cenobios aislados no había bibliotecas en el reino de Francia y apenas unos pocos eran suficientemente doctos como para poder leer y escribir libros de perdurable belleza. Las duras labores del campo consumían la fuerza y el vigor de los jóvenes, de modo que el alimento de sus almas era muy frugal. No ignoraba Carlos aquella condición en la que se hallaban sus súbditos, por lo cual se había empeñado en fundar escuelas y traducir obras al latín para sacar a algunos de la abyecta niebla de la ignorancia que ensombrece el paisaje y acorta la vida, aunque se vivan luengos lustros.

Cuando por fin Abraham divisó el castillo del rey, vino a su mente la idea de pedirle una merced especial para el gremio de los médicos y farmaceutas, de modo que al menos los oficiantes de Lucena tuvieran un refugio en sus tierras ocultando su religión y cambiando su nombre, si fuere necesario, para evitar suspicacias.

Cuando supo el rey de su pronto arribo se alegró mucho; tenía en gran estima a hombres sabios venidos de cualquier punto cardinal y de modo más cabal cuando su sabiduría podía ser referida a nobles propósitos. Se preciaba el rey de tener una biblioteca de novecientos once volúmenes, en la que había reunido a los adalides de la Antigüedad y a los padres de la Iglesia, con unos pocos filósofos árabes y persas, cuya sapiencia tenía en gran estima; amén de algunos de los más renombrados poetas. Abraham llevaba para el rey obsequios muy preciados: la *Guía de perplejos* de Moseh ben Maimon, llamado *el Rambam* y conocido entre los cristianos como Maimónides. El célebre tratado versaba sobre las formas de concebir la fe y la razón del hombre para abordar los más grandes problemas del universo y al mismo tiempo los avatares de las más terrenales pasiones.

Tarea similar había emprendido Ramón Llul, senescal del conde de Barcelona, indagador infatigable y escrutador de verdades sublimes; inolvidable filósofo del reino de Mallorca, por lo que habían traducido al latín el memorable libro del gran catalán, *Blanquerna*, titulado así en honor de su hijo. El otro libro que llevaba el farmaceuta para el rey era el recién vertido al latín *Tratado de la luz* de Al-Farabi, en la límpida traducción que había procurado Mordecai. Los tres libros estaban bellamente caligrafiados y fueron apreciados durante generaciones en la corte francesa.

La entrevista de Abraham con el rey se desarrolló en términos muy cordiales, a pesar de que las peticiones del médico fueron amablemente negadas por el monarca. El rey quedó fascinado con el conocimiento que el padre y los hijos tenían acerca de tantas y tan complejas materias. No era para menos: hablaron con precisión y profundidad de todas las obras que el sabio monarca francés poseía y de muchas otras que él no conocía en absoluto; pero lo que más favorablemente impresionó al rey fue la gran habilidad con la que comparaban todas las materias y sacaban conclusiones acerca de la ciencia médica, la matemática y la filosofía, y aun respecto de las artes y la historia, cuyo conocimiento deleitaba al rey más que ningún otro. Se cuenta que al final de la entrevista se le oyó decir en baja voz palabras tales como:

—No sabéis cuánto daría por tener unos hijos como los vuestros. Harto me hallo de inculcar en los míos propios lo que tan grácilmente aflora en los tuyos. Por ello, me veo conminado a la obstinación o al silencio.

Francia era por aquellos tiempos un reino próspero, a pesar de que las guerras con los ingleses deterioraban el fisco y causaban la muerte de muchos jóvenes. No quedaba apenas tiempo para obtener una instrucción razonable, puesto que sus fuerzas y sus días se consumían arrancando el sustento de la tierra o guerreando febrilmente contra los salvajes ingleses, movidos unos y otros por causas mezquinas. Cuando el rey supo cómo se instruía a los jóvenes en los reinos nazaríes y cuán certeramente se traducían y enseñaban las obras más útiles para cultivar los espíritus yermos, exclamó:

—Cambiaría con gusto los campos dorados con el trigo y la lavanda por espíritus floridos y mentes perfumadas con el aroma suave de la sabiduría. Nada son fortalezas y castillos ni el poder sobre los siervos si quienes mandan son tan sólo zafios groseros que en todo se parecen a los peores de sus súbditos.

Al regresar de Francia, atravesando los Pirineos, Abraham y sus hijos sintieron una mezcla de alegría y orgullo al comprobar que habían nacido en un país bendecido por el hálito de la sabiduría que lo impregnaba todo y lo manifestaba con prodigalidad mediante eruditos tratados de altísima ciencia e inefable filosofía. La luz de Sefarad, cristalizada en los anaqueles de sus bibliotecas y las inferencias de sus lectores, tendría ocasión de perdurar bajo sus cielos despejados.

## Capítulo xxxi

Malas lenguas tejieron terribles inquinas por causa de la diferencia con la que la peste golpeó a los reinos cristianos en contraste con los reinos nazaríes. Es claro que murieron muchos más en Aragón que en Granada, en Castilla que en la Extremadura, en Galicia que en el reino de Lisboa.

Las razones que explican el ensañamiento de la peste no son tan misteriosas como para atribuirlas al castigo divino ni a la furia del destino aciago. Simplemente, no había en los reinos que sufrieron el flagelo con mayor furia preparación suficiente en médicos ni remedios para hacer leves los mortíferos golpes de la pestilencia. Hombres, mujeres y niños sucios, acostumbrados a comer sin recato y a usar sal bigua para aderezar las comidas, caían fácilmente en brazos de aquella maldita plaga.

Guardando los preceptos y poniendo empeño en la pulcritud de los vestidos y de las calzas se consiguió refrenar el ímpetu en el reino moro. También se acostumbraba aislar con presteza a las familias que habían caído en desgracia, para evitar a los demás tener contacto con la peste y se los trataba enseguida con cataplasmas de yodo y hierbas amargas que en no pocas ocasiones consiguieron hacer retroceder la inflamación, sumiendo a los enfermos en un revitalizador delirio que no sólo los salvaba de la muerte, sino que solía convertirlos en hombres santos y mujeres cabales.

Las pústulas blanquecinas de los apestados brillaban cuando los cadáveres eran transportados por poblados y ventas de los reinos. Dicen que hubo quien enloqueció persiguiendo el cadáver de su dueña o los restos de sus hijos y se cuenta que en el reino de Burgos una madre fue presa del frenesí cuando al volver de un prolongado viaje halló a su marido y a sus cinco hijos en trance de muerte; y no bien moría el uno entre sus brazos, ya agonizaba el otro clamando misericordia por sus dolores y no quedó ni uno vivo tras una semana de terrible sufrimiento. Historias similares se referían también en muchos otros lugares. Los monasterios, antaño tan solícitos con los peregrinos y los mendigos de la ruta de Santiago, cerraban sus puertas a todo aquel que quisiera franquearlas y aun despedían sin dudar a cualquier monje del que se sospechasen los más leves síntomas de contagio.

Los caminos se vieron poblados de cuerpos insepultos que tan sólo unos pocos famélicos cubrían con cal a cambio de algunas monedas. Reinó la soledad y el desespero por varios años sin que se pudiera estar seguro, a ciencia cierta, de que la pestilencia había sido borrada por completo y sus malévolos efectos totalmente desterrados.

Años después del arribo de la plaga, muchos pueblos antaño alegres y despreocupados se veían sumidos en el silencio y en las caras de los escasos habitantes pintábase la agridulce mueca que mezcla la alegría de seguir vivo y la desesperación por no haber muerto con los seres amados que dejaron este mundo. Padecían tormentos indecibles y hambre los huérfanos que la mano implacable de Dios había salvado para persistir en este mundo de oscuridad que siguió a los años de duelo. Cientos y miles de campos y dehesas quedaron sin dueño y se veían no pocas casas a oscuras, pues no había en ellas nadie para encender la lumbre.

Hubo quien intentó escapar del rigor de la certera fatalidad tomando un barco con dirección a la ciudad de Argel, con tan mala fortuna que cuando reveló su identidad y su procedencia al piloto a quien ya consideraba su salvador, éste lo juzgó infectado y con gran pena lo hizo arrojar al mar. El único remedio cierto era la muerte. Se cuenta que en el momento en el que iba a ser lanzado por la borda del bajel se le oyó decir:

—Tal vez ahora mismo estaría a salvo de haber permanecido en mi covacha.

Las bravas olas lo engulleron en un instante.

## Capítulo xxxii

Cuando pasó el peligro de la primera arremetida, las desgracias estaban lejos de haber terminado. Una sombra de oscuro odio había crecido en el pecho de aquellos que habían sufrido más y el miedo se enseñoreaba del corazón de los indemnes. En tales avatares los predicadores cosecharon magníficas semillas de temor y desconfianza. Toda familia que no hubiera sufrido ni una sola muerte y cuya casa se conservase íntegra era mirada con recelo y puesta entre ojos por su presunta alianza con las fuerzas del mal. El fraile energúmeno que declaraba a voz en cuello que el mal se debía a la tozuda insistencia de la raza hebrea por negar la divinidad de Jesús y burlarse en secreto de los sagrados misterios de la eucaristía, agregaba que Dios padre había esperado pacientemente a que los cristianos se hicieran cargo de tales sacrílegos obligándolos a renegar de sus herejías, pero que la negligencia de obispos y clérigos, reyes y alcaides que los había tolerado con tal pusilanimidad había suscitado el que no quedase más remedio que desencadenar tan oneroso e inolvidable flagelo. A los judíos no había que castigarlos, porque ya lo estaban para toda la eternidad; eran los cristianos los que pacientemente debían soportar el embate de tan despiadado mal.

El temor de que volviese la peste a los reinos de España duró tan largo tiempo que obsesionó a los nietos de quienes habían sufrido su rigor. La vida cambió de valor y la muerte hizo desaparecer la alegría de los niños. Cada vez que llegaba la temporada del carnaval, los trovadores y juglares entonaban cánticos impregnados de saudade que arrancaban las lágrimas de las niñas de los ojos de los presentes.

Los escasos libros que llegaban de Italia y de Granada contaban historias de seres que habían muerto en medio de espantosa tribulación, relatos del anticristo y del infierno, de los pecados de sodomía, lujuria y avaricia que se contaban incluso de muy altos prelados. Estando la cabeza de la Iglesia tan corrupta, cuál piedad podía esperarse para el resto del cuerpo. Por aquellos días resultaba muy difícil alimentar esperanzas en alta voz y correr a los altares para alabar la obra del creador. Todos los legados del cielo llamaban a la penitencia y a la contrición.

## Capítulo xxxiii

Nuno Álvarez cumplió su palabra y regresó a Mallorca tras dos años de agitados viajes por mares lejanos. Había visitado Constantinopla y Alejandría, en donde recibió instrucción acerca de corrientes de aguas y vientos que surcan toda la extensión de la mar océana y había perfeccionado el uso de instrumentos y la lectura de complicadas cartas de marear que se había procurado en diversas ciudades árabes. Betsabé y Séfora florecieron al saber que vendría el marino portugués que recordaban con tanta vivacidad.

Nuno sabía que sus ambiciones de hallar tierras nuevas y seguras para los suyos sólo podían conducir hacia poniente, pues el levante producía nada más que dificultades. Los reyes portugueses simulaban estar interesados en las empresas que él les proponía, pero no aflojaban un escudo ni rebajaban tasa alguna para hacer posible enfrentar los albures de una travesía tan incierta.

Al igual que Ricciotti-Doria, tenía mucha fe en las especulaciones de Ibn Albalia y veía en la asociación con la Casa de las Dos Estrellas la mejor perspectiva para adelantar la empresa.

El asunto estaba lejos de concluirse y su estadía en Mallorca tendría que ser larga y dejar una honda impronta. Cuando finalmente se decidió a casarse ya tenía treinta años y una respetable fortuna que permitieron escoger con holgura a su futura esposa.

Al principio pretendió que su esposa debía ser una mujer cristiana, conforme a su recién adquirida religión, pero pronto desistió al comprender que los compromisos que imponía tal vínculo lo despojaban de un tajo de su ilusión de emprender una tan desmesurada travesía.

Tras vacilaciones que tuvieron en ascuas a las hermanas Méndez-Pinto, se decidió un día a visitar la Casa de las Dos Estrellas repentinamente para pedir la mano de una de las jóvenes casaderas de la familia, sin que nadie supiese por cuál se había decidido. Ciertamente Betsabé era más agraciada y sus generosos pechos prometían un deleite duradero a quien los poseyese; pero la elegida resultó ser la recatada Séfora por su mezcla de dulzura y tesón y por la gracia de la voz que había heredado de su madre. Por otra parte, la alianza era muy conveniente para ambos.

Dicen que Betsabé lloró de celos durante varios días por no haber sido preferida en la puja matrimonial. Pero luego, misteriosamente, se consoló y ayudó de buen talante a propiciar la felicidad de su hermana.

La boda fue acordada para celebrarse en secreto puesto que ofendía tanto a cristianos como a judíos y se adelantaron los detalles con extremada cautela. Unir a un converso con una judía era ya por aquellos días motivo de honda inquietud y ocasión de no pocos recelos. Los hebreos, siempre desconfiados, tenían reparos respecto de un apóstata, fueran cuales fueran los móviles de su renuncia. Los cristianos, por su parte, miraban con reprobación la unión de uno de los suyos con quien todavía no había reconocido al Dios verdadero y persistía en el error.

Efraim también tuvo dudas antes de aprobar la unión, pero se olvidó de todas sus vacilaciones cuando entendió que incluso la permanencia en Mallorca de la familia Méndez-Pinto tenía los días contados. Muy pronto tales reparos carecerían de importancia.

Los esponsales tuvieron lugar cuando el otoño ya derribaba las hojas de los árboles. Durante la rápida y discreta ceremonia el rabino David ben Schlomo advirtió a Nuno Álvarez de Mendoza acerca de los peligros de echar al olvido la fe de sus ancestros y dejar de leer las revelaciones que la Torá contiene.

El novio, poseído por una pasión sincera, aceptó todo sin un murmullo. Su acto se consideró una traición al juramento de fidelidad cristiana que había hecho en Coimbra un lustro atrás; y desde entonces se encontraba enemistado con su Dios, con el agravante de que tampoco los hebreos lo consideraban un buen judío por causa de sus devaneos religiosos.

Durante los pocos instantes en que los ahora esposos corrieron para atravesar el dintel de la puerta del que habría de ser su hogar en Mallorca, algún malhadado les arrojó, desde el tejado de una casa vecina, un pedazo sangrante de carne de cerdo que alcanzó a manchar ligeramente el atuendo de la novia y que suscitó la indignación general. Nadie quiso averiguar quién había sido el autor de aquel ultraje y el acto provocó la presurosa diáspora de los asistentes. Era un indicio cierto de los tiempos por venir; la panacea del olvido parecía ser ahora el único sedante frente a la sórdida fatalidad; callar el único remedio y no recordar las ofensas todas, el único consuelo.

## Capítulo XXXIV

Al despacho del médico del sultán mameluco, León Cardozo ben Abraham —llamado Hakim an Nuri, el sabio de la luz—, llegó una carta bellamente caligrafiada que provenía de Lucena. Más que una misiva, se trataba de una pieza de madura sabiduría que

Don Abraham escribió de un tirón con las pocas fuerzas que le quedaban tras sufrir los embates de la angustia del pecho por donde huía apresuradamente su vida. La carta elocuente era el fiel retrato de una vida llena de aleccionadoras vicisitudes y de acompasada sabiduría.

*Caro hijo: Han llegado hasta nosotros las noticias de tu fama y de tu ciencia que llenan de orgullo y de resplandor a nuestra familia y a nuestra estirpe. En verdad, lo que sabes no es poco y en tu magnífica persona se hace manifiesto el fruto de todos nuestros desvelos desde cuando nuestros antecesores hicieron arribo a las tierras de Lucena, hace más de diez generaciones. Estoy en todo punto seguro de que ellos aprobarán tu labor paciente y generosa y se asombrarán con tus logros dignos de encomio.*

*Por mi parte debo expresarte mi alegría porque la obra de tu vida entera es un bello fruto que yo mismo y mis antecesores soñamos. Cuál otra empresa si no dedicar los cortos años que Dios nos ha permitido transitar sobre la tierra al estudio minucioso de los dolores del mundo para desentrañar de ellos las curas que traen alivio a los cuerpos y sosiego a las almas, puede suponer mayor provecho para la obra entera del Creador. Estoy enfermo y agotado después de tantos años de trabajo y el mal del pecho que quiebra mi respiración y aletarga mis sentidos me hace temer que ya no pueda escribirte nunca más.*

*La vida de nuestra familia corre serio peligro en los reinos nazaríes que habitamos, pero también tememos por los nuestros en los reinos cristianos. El agitador Vicente Ferrer, que los de su religión llaman fraile santo, suplica nuestra muerte por poblados y campiñas y miles de confundidos seguidores forman un ejército macabro en contra nuestra. He tenido noticias de las procesiones siniestras en las que se nos llama pueblo del diablo y asesino de Cristo, y que terminan con grandes fogatas hechas con los rollos santos de la Torá y las reliquias preciosas de muchas sinagogas. Resulta obvio que no sabrán detenerse y harán que las vidas de muchos de los nuestros sean la paja de las llamas de su estulticia.*

*Tu cuñado Mordecai ha ido recientemente a Toledo, en donde ha visto el atrio del templo repleto de fieles hechizados por el pavor a los tormentos del infierno y el cabal propósito de exterminar a aquellos que han sido acusados de ser el motor primero de sus males.*

*No me propongo con estos requiebros llenar de angustia tus horas ni distraerte en tus muchas ocupaciones, pero sí te encomiendo que sigas en la búsqueda de un destino para los tuyos y que no claudiques hasta haber hallado una respuesta que os ponga a salvo de las inquinas, la humillación y la muerte. No repares en aquellos insensatos que creen que este es un mal pasajero. No se saciarán hasta vernos muertos o desterrados, dejando lo que nos retiene, que algunas veces es sutil y casi indecible.*

*Ahora que el rabino Meir ha muerto y tu madre yace en el lecho sin poder levantarse, siento estas horas de mi vida como rocío de amarga tristeza; tal vez la vida provea, por intercesión del Dios altísimo, consuelo a mi aflicción y me permita morir dulcemente, sin darme apenas cuenta. En estas horas inciertas en las que ya no puede verse ninguna aurora sin temer no poder contemplar el ocaso, es para mí un bálsamo de dulzura recordarte y saber que nunca abandonarás la causa de los que te han conducido al camino del amor por la sapiencia y el estudio juicioso de los misterios de la muerte del hombre y de la inquietud de su vida, que son la materia que nos ha ocupado por tanto tiempo. Creo de buena fe que lo que hemos aprendido no es poco y que a condición de que no se eche en el olvido y se enseñe adecuadamente no habrá sido en vano.*

*Se acercan acechantes los tiempos en los que tendremos que escapar y hallar cualquier refugio será difícil, porque nos reconocen en todos los lugares y en cada uno de ellos se nos acusa de herejía y de faltas imposibles de expiar, como no sea muriendo. Nadie parece ya resistir ni nuestro nombre ni nuestra presencia, se nos ha convertido en una raza maldita que sólo en la errancia perenne encuentra algún respiro. Huir hacia donde no nos conozcan, cambiar nuestro nombre y hacernos difíciles de reconocer incluso para nosotros mismos, se ha vuelto la única salida.*

*El viaje incesante que se nos ha impuesto es una marca que todos nuestros antepasados han sabido aceptar y sobrellevar con paciencia. Los dulces siglos de bonanza en Sefarad han terminado y es preciso que entendamos el llamado divino para reanudar la marcha. La vida de los hombres y de los pueblos es cambio y transmutación y ha llegado el momento de emprender de nuevo una cabal retirada, porque ya no es posible continuar con el hálito de los viejos días y se han ido fugando los del otoño de nuestro esplendor; cuando el invierno llegue ya no habrá tiempo para lamentos ni se podrá encender lumbre alguna que nos muestre el camino.*

*Tal vez Dios pueda parecer injusto a los ojos de hombres justos, obligándolos a abandonar aquello que había sido el merecido fruto de rotundos esfuerzos. Pero no hay tal; el rabino Meir alguna vez me hizo comprender que incluso la tristeza y el dolor tienen un sentido excelso a los ojos del Creador y que purifican a una raza adormilada o perezosa, dándole nuevo vigor y un coraje que no creía poseer para poder prolongarse en el tiempo. Es justo ese coraje el que reclamo de ti, queridísimo León, cuando mis fuerzas me abandonan. Sobre tus hombros pongo la riesgosa misión de buscar una salida segura y un firme refugio para los nuestros en los tiempos por venir. Atiende mi súplica pues ya no habrá ninguna otra que hacerte, recibe mi bendición y mi beso de padre devoto que sabe que ya no podrá verte de nuevo.*

*Cuando la vida termina llorar y reír se vuelven una misma experiencia, por ello enjugo mis lágrimas con la alegría infantil que me produce la risa de los nietos que retozan a mi alrededor y paso de esta manera mis últimas horas, prolongando el adiós postrero. Y a Dios.*

*Abraham*

## Capítulo XXXV

Rápido como el rayo, el médico del sultán dispuso su viaje de regreso a las Españas y tres semanas más tarde había llegado a

Lucena cargado de propósitos y de cuantiosos ahorros. Su padre había muerto calladamente, cuatro días antes, como en el acompasado susurro de unos de sus acostumbrados soliloquios.

Cuando se cumplió el funeral, toda Lucena acudió llena de pena; las plañideras paralizaban con su llanto y sus vestiduras desgarradas a los condolidos asistentes. Los primeros días del invierno del año mil trescientos ochenta y seis fueron tristes y se respiraba una inquietud muy honda, incluso entre los jóvenes. La muerte de Abraham conmovió hasta las entrañas a su numerosa familia; pero también a cada miembro importante de la judería de Lucena, prestigiosa como ninguna en el reino nazarí. Casi todos sus habitantes habían sido sus pacientes y recordaban sus consejos y su benevolencia. Su esposa postrada en el lecho lloró en aquellos días las últimas lágrimas de su vida, embargada por la emoción de los recuerdos de muchos días felices. Sus hijos embargados por la pena de su partida juraron ante los rollos de la Torá hacer cumplir con celo la voluntad del anciano, a pesar de la reticencia natural a abandonar la tierra en la que los suyos habían vivido tantas generaciones. Mordecai lo quería con extraordinario amor hasta el punto que sintió que moría su propio padre.

Frente a la tumba del maestro, estudiantes leyeron uno de sus escritos que versaba sobre el estudio de la composición de la materia incorpórea de las almas. No pudo León, ante la lectura de tan entrañables líneas, contener la emoción y dejó salir de su pecho las más recónditas lágrimas. Volvió a su mente el día lejano en el que había sido adoptado por Abraham Cardozo, tras la muerte del último deudo venido de Navarra.

## Capítulo XXXVI

Para profundizar esta congoja, días más tarde sucedió en Valencia a León y a sus hermanos Shasday y Salomón, un doloroso episodio digno de mención. Tras haber llegado a la lonja para vender unas joyas traídas de Egipto, algunos febriles seguidores del joven predicador Vicente Ferrer los abordaron, increpándolos con furia como suele hacerse con los asesinos y con los malhechores. La multitud se había enterado ya del arribo del prestigioso médico del sultán mameluco, de quien conocían el origen y la magnitud de sus proezas.

Alguno de estos energúmenos llegó incluso a abofetear a León en plena calle, causando el estupor general y diciéndole:

—Tú, a quien parió una madre cristiana, ¿cómo osas proteger a los ruines que apuestan por la perdición de nuestra raza y que arteramente, en medio de las burlas, crucificaron a nuestro salvador?

León replicó:

—Debieras pensar que sin ese desenlace trágico no se habría revelado vuestro Mesías ni se habrían cubierto los cielos ni se habría sentido desamparado. Ni tampoco Tomás habría podido cerciorarse de la resurrección de aquel al que llamáis Hijo del Padre.

El sarcasmo patente en la réplica de León enfureció aún más al tosco cristiano que no entendía de sutilezas ni de argucias teológicas, y que respondió con encono:

—Sólo espero que sobre ti y los que proteges lluevan sin compasión las siete plagas de Egipto.

No pudo León ocultar el esbozo de una sonrisa cuando respondió con sutil ironía:

—Se nota que bien poco conoces los sagrados libros de tu credo, pues no sólo fueron siete, sino que fueron diez las plagas que llovieron, y las últimas tres no fueron las menos terribles; además no las desencadenó Yahvé contra su grey amada, sino contra los enemigos de su pueblo tal y como la peste de unos años ha que, furioso tormento, se asemeja a las siniestras plagas bíblicas.

El interpelado no pudo sufrir las risas de quienes ya se congregaban alrededor del episodio y arremetió contra él con furia. La precisa saeta de la respuesta lo penetró con presteza. El incidente pudo haber llegado a mayores de no haber pasado por allí un prelado valenciano que conocía el prestigio del gran médico y que ahuyentó a la multitud con grandes voces llamando a la concordia. Apesadumbrado, León y sus hermanos tomaron el barco hacia Egipto para pedir merced al sultán mameluco.

## Capítulo xxxvii

Llegaban a su fin siglos enteros en los que había sido plausible comprenderse y convivir a pesar de tener credos distintos. No importaba que atuendos y costumbres fueran diversas y resonasen varias lenguas a un mismo tiempo, nadie pareció tener reparos ni sembrar recelos por causa de la admirable multiplicidad. En verdad, las Españas habían atravesado los tiempos siendo reinos brillantes y prósperos en donde cada quien pudo vivir según sus preferencias y costumbres y alimentar sus propias creencias sin temer ofender con ello a su vecino. El amado Sefarad de los hebreos era el mismo país andalusí de los fieles de Alá. Así también sobre ese mismo suelo, los cristianos habían podido habitar sin temer que alguien los obligase a renegar de sus creencias. Era tan profunda la luz de tal encuentro entre fieles de las tres religiones que creían en un Dios único, que su resplandor los inundaba con la sabiduría más alta, el arte más excelso y la filosofía más bella. En efecto, cuando los haces de luz se transponen crean colores nuevos que se mezclan en una blanquísima claridad que hace ver diáfano el mundo entero; crisol inmenso y formidable que produjo tantos de los hitos y monumentos tan celebrados de lo que hoy llamamos España.

Es cierto que tuvieron que partir o que morir muchos célebres hijos de esta tierra gloriosa y cruel, que vivían a un tiempo en hebreo y en árabe, pero que eran españoles; y no es menos cierto que su obra no se perdió y perdura más allá de los mares y se extiende hasta más allá de los confines a donde ha llegado el influjo de su imperio. Es una huella indeleble que ha marcado nuestro ser y que habita en esta tan cara lengua nuestra y en no pocas de nuestras costumbres.

La noche había llegado para aquellos que vivieron con la certeza de que era posible respirar tranquilos cada día, beber el agua de las fuentes, dormir en paz y legar los privilegios de los que gozaban a quienes venían detrás. Se apagó el aliento en su pecho y la sangre corrió a raudales para muchos, pero permaneció en su espíritu la impronta que el fuego de tantas nobles glorias deja en el talante de los pueblos de Iberia; a veces sumidos en el silencio.

***

Fin de La luz

# PARTE II

## El silencio

Las bestias han afán
E mal por non fablar,
E los omres lo han
Lo más por non callar

*Glosas de sabiduría o proverbios morales*

Don Sem Tob

*Hay una música que calla y da sosiego a los corazones sin consuelo, mientras resuena su tañido aun en ecos lejanos. El hombre continúa recitando sus versos alegres, criando a sus hijos y mitigando su soledad; pero el qanun calla y la lira enmudece. La algarabía del mundo se amedrenta y se opaca, quedando reducida a un murmullo que semeja el gemido de un búho solitario; en tales trances tan sólo resuena y perdura el canto de quienes están nimbados por la luz.*

*La filosofía es silencio, aunque los bellacos propendan, con sordo empeño, por gritar para hacerse oír. Cuando todos ululan, hay quien sabe callar y ponerse al margen discretamente para no ser esclavo de sus palabras y no tener que lamentar haberlas pronunciado.*

*Es tan poderosa la palabra y sirve tantas veces para desatar inquinas y desbocar odios que es como el incendio en el campo seco: avivado por el viento, abraza dehesas y landas y no deja espiga sin arder. Sólo quien sabe ponerse al abrigo del crepitar del fuego de la prédica incendiaria y se recluye en los meandros purificadores del silencio, puede confiar en renacer, incluso de las cenizas como un ave Fénix.*

*Lo más grande puede ser dicho por el vigor de la palabra y también lo más ruin; su hálito destruye y construye. No basta a los doctos conocer sus límites para renegar de la posibilidad de arrojar luz a la única pregunta pertinaz de la humana descendencia; y todo al compás del más alegre tarareo, aunque con pausas y silencios vivificantes.*

## Capítulo I

En una mañana cálida y apacible de la primavera de mil trescientos ochenta y siete en la ciudad de Mallorca, en medio del silencio, los transeúntes contemplaron un sorprendente espectáculo sobre la cima de la cúpula de la mezquita de la ciudad. Una cruz reluciente reemplazaba sin ton ni son a la medialuna que había sido recientemente derribada.

Ante la consternación general, el silencio era la regla; sólo cuando el muecín rompió en desgarrados lamentos, los habitantes comenzaron a entender la magnitud de lo sucedido: durante la noche las puertas de la mezquita habían sido violadas y algunos de sus tesoros saqueados o profanados. Llevados por el frenesí, los profanadores habían trepado hasta la cúpula de la casa de oración y derribado la medialuna que brillaba en su cima. La cruz blanca hecha de cal y canto había sido superpuesta con rudeza y apresuramiento. Esto solamente podría tener un sentido: Mallorca jamás volvería a ser la misma. El mensaje diáfano lo comprendió también Benjamín Méndez-Pinto que pasaba todas las mañanas en dirección al puerto para supervisar el armado de una nao y dos carabelas que estaban en dique y que ya recibían el nombre de Mogador, Fermosa y Traviesa.

Al ver lo que ocurría se dirigió de inmediato a la sinagoga del rabino David ben Schlomo para demandar de él algún consejo sobre lo que resultaba más conveniente en tales momentos de incertidumbre. Los fieles de Alá estallaron en furiosa reclamación y la ciudad se llenó pronto de ecos y de disputas. Un moro y un cristiano se mataron mutuamente a cuchilladas en frente de la puerta de la prestigiosa lonja mallorquina.

Cuando llegó Benjamín, el rabino se apresuró a pedirle discreción, aunque su rostro lucía apesadumbrado. Lamentaba que sus queridos rollos hubieran sido robados y los ornamentos sacros desgarrados con sacrílegos cuchillos. El rabino narró a Benjamín los sucesos acaecidos, ante lo cual el armador quedó estupefacto:

—No sólo no se contentan con robar y profanar —exclamó el rabino— sino que se ufanan de sus fechorías y las proclaman con rostro inmutable.

Era evidente que tales tropelías eran producto del influjo incendiario de innúmeros frailes que recorrían las Españas predicando una curiosa doctrina que pregonaba la perfidia de la nación hebrea y la pecaminosa naturaleza de sus fieles.

Desde hacía varios lustros, predicadores fervientes inflamaban los corazones de devotos cristianos, hasta entonces pacíficos, insistiendo en la necesidad de no transigir frente a usos y costumbres distintos a las que postulaba la Santa Iglesia. De pueblo en pueblo, de atrio en atrio y de plaza en plaza, estos incansables soldados de Dios agitaban todo a su paso. Incidentes como éste se volvieron frecuentes y ya no habrían de cesar. Era preciso disponer de una forma nueva de culto y hacer cada vez menos notoria la índole de los pueblos no cristianos. Nunca podrían pasar completamente desapercibidos, pero era posible, en cambio, hacer uso de una discreción cada vez mayor y de un prudente silencio.

El rabino David aconsejó a Benjamín construir una casa en el campo para evitar ataques nocturnos y poner el astillero en manos de obreros cristianos para preservarlo del rencor de los manifiestos enemigos de Yahvé.

Así también hizo saber a Benjamín que los rollos y ornamentos que habían sido destruidos no eran los más valiosos, puesto que éstos habían sido guardados con anterioridad en sinagogas secretas en Mahon y Alcudia.

Recibió con pesadumbre la noticia de la mezquita, porque comprendía plenamente que una desfachatez semejante no tardaría en repetirse y esta vez teñida de sangre. Cuando el odio empieza a desplegarse no se sacia hasta que sus anchas y poderosas alas se han abierto completamente, ensombreciéndolo todo como el vuelo de un ave siniestra.

Partir o simular partir, vivir oculto y sin ruido y disimular toda presencia se habían vuelto las marcas esenciales de la vida en el amado Sefarad y el anuncio inminente de una partida definitiva.

## Capítulo II

Betsabé bint Çag era hermosa y llevaba a cuestas el peso cruel de su hermosura, como el saberse odiada sin causa justa. La fatalidad de no haber hallado marido durante los años de su esplendor, la había arrastrado a una vida solitaria y silenciosa, a pesar de su carácter alegre. Cuando Nuno, sorprendiendo a todos, prefirió a su hermana Séfora, Betsabé se puso a la sombra, cuidando únicamente de las faenas de la inmensa casa de sus hermanos, hacendosa, delicada y discreta.

Los años pasaron rápidamente por sus sienes y se tiñeron del color de la plata; como todas las solteras, se inclinó a la tristeza y con ella su belleza y su misterio aumentaron en lugar de mermar.

El caballero Don Gaspar de Arce, ilustre cristiano de Mallorca, hidalgo y notable, pretendía en secreto los favores de la hermosa Betsabé y se sintió amargado por las negativas que reiteradamente recibiera.

No bastaron en modo alguno los presentes que Don Gaspar enviaba a su casa y que fueron devueltos en su totalidad; por lo cual el ilustre de Arce, herido profundamente y agotados sus recursos y desvanecidas sus esperanzas, urdió una intriga contra Betsabé y los de la Casa de las Dos Estrellas: confabulado con un juez y llevando por testigos a tres de sus criados, Don Gaspar convenció al obispo de Mallorca de que Betsabé vendía sus favores por medio de nocturnas incursiones en las tabernas del puerto y que sus bermejos cabellos habían quedado enredados en las yacijas de zaquizamíes de mala muerte. El propio Don Gaspar perjuró haber visto a Betsabé cruzando desvergonzadamente las callejuelas de Mallorca del brazo de marineros extranjeros de almas lascivas que deshonraban para siempre el honor de su hogar y el lustre de la ciudad de Mallorca. Decía haber sufrido con ello una terrible decepción, puesto que nadie ignoraba que su pasión por la judía lo laceraba desde hacía muchos años; pero alegaba no haber podido soportar las malas artes de la engañosa Betsabé, cuando tuvo, según su relato, el atrevimiento de aparecerse una noche en casa del hidalgo con el pelo suelto y despojada de su esclavina, insinuando arteramente la redondez de su pecho y la perfección de su rostro. Alegaba Don Gaspar que la afrenta enturbiaba la prístina aureola de su nombre y el honor de su casa.

Cuando el juicio tuvo lugar y se esgrimieron tales argumentos, la patraña estaba tan bien anudada con falsos juicios e iniquidades que el testimonio de inocencias de Betsabé no satisfizo a los predispuestos jueces. De poco sirvió la preeminencia que los Méndez-Pinto habían construido durante siglos en la próspera ciudad de Mallorca y la dama fue llevada a una inmerecida celda de la prisión del castillo de Bellver, desde cuya ventana podía divisar su casa natal y desde donde percibía el olor único del mar que eternamente había rodeado la ciudad.

Tras un año en prisión y el pago de una multa, el alcalde permitió que la desdichada saliese del castillo para encontrarse con los suyos y embarcarse de inmediato hacia un puerto desconocido. No pudiendo la judía por causa de su candidez comprender la mezquindad de los hombres desairados, perdonó a Don Gaspar y fue la primera en dejar para siempre la tierra de los suyos, llorando tan sólo unas cuantas lágrimas al partir.

## Capítulo III

Nunca había costado mucho a los Cardozo caminar discretamente por las calles y hablar en baja voz. Todos los miembros de la familia habían sido educados en el respeto minucioso por el estudio y la investigación, que los recluía en el nicho protector del recato y del prudente silencio. Pero ahora era imprescindible conservar tal virtud y enseñarla a los niños con esmero para mantenerse lejos de la desgracia. Hacerse muy visible se había convertido en el peor de los pecados.

Con celo extremo la familia continuaba la investigación de las partículas sutiles que minan la lozanía de las criaturas, aunque se cuidaban de dejar por escrito registro de dichas investigaciones y las grababan, en cambio, en lo más profundo de la memoria. Conocer de qué están hechos los minúsculos seres que conspiran contra nosotros flotando en el aire que respiramos, fue la tarea a la que se consagraron con más ahínco los Cardozo durante varias generaciones y en ese intento pertinaz llegaron a muy sesudas conclusiones. Hay enemigos mortales que acechan en las charcas y las aguas estancadas. El aliento de los seres enfermos debe separarse cuidadosamente del de los sanos y todos los utensilios de que disponen tienen que ser lavados con esmero y aislados convenientemente. A estas investigaciones y procedimientos dedicaron su tiempo los hijos de Zvia y Mordecai, Jaín y Benzion, mientras sus padres envejecían en posesión de una entrañable sabiduría.

Su padre, el eminente traductor de tantas lenguas que había destinado años de su vida a la paciente elaboración de un diccionario políglota, había abandonado la empresa resignado ante los paradójicos efectos que empezaba a tener el conocimiento de las lenguas: ser capaz de traducir el alma de otros pueblos era su gloria, pero las palabras así develadas podían suscitar todo tipo de incomprensión y dejar salir el odio más oscuro del fondo de algunos corazones, hasta entonces pacíficos. Mordecai entendió todo ello de golpe, una mañana en que escuchó un enrevesado sermón de un cristiano vagabundo y perturbado que decía con convicción que mil maleficios provenían de la lengua de la raza hebrea, del conocimiento del árabe y aun del griego que había inspirado a los paganos.

A Mordecai, solo entre la multitud indocta y vociferante, le habría gustado replicar que el hebreo era lengua santa y que el griego que este ingenuo denostaba era también la lengua en la que se habían vertido primero las inspiradas escrituras. Calló, sin embargo, llevado por su habitual prudencia, porque ante la multitud nada se enseña, sino que se pregonan tan sólo las insensateces que ella está dispuesta a escuchar. Tan fuerte fue la impresión que esta diatriba causó en su espíritu que desde entonces se le vio cada vez más callado y solitario, como si revisara, con resignada amargura los afanes de toda su vida.

## Capítulo IV

A la luz de las antorchas y la sombra de la noche cuando los corazones se recogen —agotados los cuerpos tras la dura jornada de los campos— y la oscuridad suscita el temor de las multitudes, los predicadores que seguían las enseñanzas de fray Vicente Ferrer, llegaban a los pueblos con su séquito de cruces y de aduladores que agigantaban el efecto espectral de sus pregones. Con sus invectivas sagaces fustigaban las mentes del pueblo y atribulaban su vacilante espíritu con amenazas de condenación y de llamas eternas. A los buenos cristianos les hacían ver que la connivencia con judíos y moros en la que habían vivido desde siglos ha, era pecaminosa y reprobable.

Así decía el fraile al que llamaban Santo, desde Italia hasta Portugal, en una noche de invierno de mil trescientos ochenta y tres:

—Los endiablados judíos, asesinos impunes del hijo de Dios, tienen que vivir apartados como las prostitutas porque lo inficionan todo a su paso con un aliento que está ahíto de adorar a un ídolo siniestro. Y aun las meretrices tienen disculpa porque calman las ansias de hombres lúbricos, mientras que estas pérfidas raposas, obstinadas en el error avivan la llama de su impudicia sin descansar jamás ni permitir que otros descansen.

Y he aquí que ante Dios es el menos grave de los pecados veniales fustigar los cuerpos de los rastreros hebreos, ya que ellos no tienen pudor en lacerar las almas de los fieles cristianos. Dios me ha llamado para emprender la misión de sacar a sus corazones del error en que han vivido por generaciones y hacerles ver su luz plena y patente, de modo que con sincero corazón y no forzados por el temor al castigo acepten la revelación divina y única y reconozcan que Cristo es el Mesías, salvador omnipotente, que nació entre ellos y se negaron a reconocer.

## Capítulo V

Habiendo ido a Toledo en busca de unos tratados sobre enfermedades del oído, en un día del verano de mil trescientos ochenta y nueve, Jaim y su criado Daniel fueron retenidos por una sórdida multitud que decía estar persiguiendo a los raptores y asesinos de un hijo de Don García Meléndez, hidalgo principal, que misteriosamente había desaparecido semanas antes.

El nombre de Jaim Cardozo fue reconocido por algunos ilustres libreros toledanos que conocían su estirpe; pero su criado, en cambio, fue acusado de conspirar en el terrible rapto y de haber participado en la orgiástica y secreta crucifixión del niño y aun de haberlo devorado en secreto entre los bosques cercanos del Tormes. No fue el único judío al que se acusó de tan infamante crimen. El hecho había alarmado al arcipreste y a los párrocos que exigían un castigo ejemplar para los culpables. La Providencia quiso que el niño apareciese el mismo día en que el juicio iba a llevarse a cabo. Se supo entonces que unos cristianos que debían inmensas sumas a los prestamistas judíos de Toledo, habían escondido al niño para causar animadversión contra los hebreos, poner en su contra al pueblo todo y rehuir de este modo el pago de sus deudas.

Cuando regresaron los enviados a Lucena compungidos y alegres a un tiempo, narraron el hecho con profusión de detalles, de modo que una impostura semejante no pudiese tomarlos de nuevo desprevenidos, eludiendo cualquier contacto con niños cristianos y separando a sus hijos del trato cotidiano con los que habían sido sus amigos durante siglos. La vida que había fluido despreocupada y alegre se había tornado onerosa y sombría, y tal vez para siempre.

## Capítulo VI

Betsabé partió desconsolada y confundida: no había cometido más pecado que el de su nacimiento, que ahora resultaba insoportable e infamante. La nao que la llevó a Cádiz era conducida por hábiles manos hebreas y la tripulación mora se prosternaba a rezar cinco veces al día en dirección a la Meca.

No podía Betsabé explicar su desdicha; incluso los cristianos de Mallorca que había conocido durante toda su vida eran personas amables y confiadas, ajenas a los ayunos de alegría que se habían convertido en el pan de cada día.

Llegada pues a Cádiz e instalada en casa de unos prósperos mercaderes llegó a creer, al igual que los demás miembros de su familia, que los malos días pasarían pronto y podría volver a su amada Mallorca, a pasar sus últimos años junto con sus hermanos y sobrinos.

La obstinada perversidad de los hombres le arrebató para siempre la confianza durante los años que habrían de seguir. Otrora jovial, se tornó silenciosa y huraña; apenas si salía al zoco de vez en cuando y ya provista de las vestimentas cristianas.

Su vida se había despojado de luz y casi no recibía noticias de Mallorca. Su belleza, sin embargo, se mantenía intacta, como en los días de don Gaspar, y los astutos mercaderes de la ciudad tejían historias acerca de la dama misteriosa que aparecía lánguidamente en los corredores del zoco, de tarde en tarde, turbando con su silencio la atribulada algarabía del lugar.

Cuentan que de la ventana de su alcoba salían regularmente hermosas notas de laúd y los ecos de canciones mallorquinas cantadas en ladino, con voz trémula. Algunos muchachos, en las horas de la tarde, apostados detrás de la celosía que daba al jardín la contemplaban con alegría y estupor. Betsabé apenas esbozaba una sonrisa antes de caer de nuevo en el abismo del exilio y del desconsuelo.

## Capítulo vii

Ciertos sabios árabes del reino nazarí aparecieron una mañana en Lucena buscando al traductor toledano Mordecai ben Haim, para solicitar la traducción al latín del sesudo tratado de Ibn Tufayl titulado *El filósofo autodidacto*, para enviarlo como presente al rey de Portugal.

Los recibió Zvía Cardozo con la hospitalidad que se prodiga al huésped ilustre. Para los Cardozo la tradición y la sabiduría árabes habían sido las fuentes de incontables alegrías. No sólo hablaban y leían el árabe con proverbial fluidez, sino que habían compuesto bellas casidas, admiradas en Granada y en Fez y convertidas en sentidas canciones.

Muy orgullosos estaban los Cardozo de estrechar sus vínculos con los filósofos y poetas del reino nazarí y de modo particular con los enviados del mismísimo malík moro de la Alhambra, gran lector y genial conversador. Cuando llegaron los embajadores, toda la familia se reunió para hacerles un agasajo y conversar con ellos. A las doctas preguntas que formulaban los invitados acerca de investigaciones médicas y anatómicas, los jóvenes miembros de la familia respondían con veracidad y discreción.

Cuando finalmente Mordecai fue llamado y el ilustre tratado le fue entregado para su traducción, uno de los enviados leyó un trozo en voz alta frente a todos para que no quedase duda del tesoro que dejaban en sus manos. Era una joya de gran valor, obra preciada del pensamiento y testimonio para la posteridad.

Jaim, hijo de Mordecai y Zvía, disculpó a su padre por permanecer impávido en tan solemne momento y explicó que la impresión producida en su espíritu por las impías palabras de un clérigo obcecado lo habían sumido en la más indecible mudez. Aclaró, no obstante, que su condición de traductor permanecía indemne, la misma que había suscitado la admiración de muy eruditos lectores en todas las lenguas en las que se habían vertido los libros.

Los embajadores, consternados como estaban ante la sorprendente quietud del sabio, supieron disculparlo y aceptaron que se retirase prontamente. Para su sorpresa, Mordecai empezó la traducción de inmediato, como un sediento que recibiera un odre de agua fresca en el desierto. Creía que el único diálogo fructífero era el que se emprendía con las almas egregias de tiempos idos. El saber no es sino el producto del sedimento paciente del tiempo y el olvido, que capa tras capa va tapizando el presente con el zumo de las ideas del pasado.

## Capítulo VIII

El reino de Castilla atravesaba por aquellos días las llanuras de la incertidumbre, la desolación y la muerte; incluso el hambre se asomaba por el visillo de las puertas de cada ciudad, desatando de las almas las cadenas de terribles demonios: la ira y la envidia, la desazón y el cieno de la amargura. Un hijo bastardo de Alfonso XI disputaba el trono a Pedro, legítimo heredero, provocando una guerra cruenta que duró quince años.

Castilla, desde el gobierno deslumbrante de Alfonso X el Sabio, era el reino más ilustrado de la cristiandad; por la cantidad de sus glorias en el campo de batalla tanto por la profusión de sabios que se habían reunido en su seno. Logró el célebre Alfonso x desterrar a los moros de casi todas sus posesiones, sin permitir que con ello se eclipsase el lustre de sus antecesores. Los traductores toledanos habían vertido al latín un número inmenso de obras griegas y persas, a través de la mediación de los filósofos, astrónomos y matemáticos árabes.

Incluso los libros del Antiguo Testamento tuvieron gracias a la diligencia de Alfonso x una traducción más fiel al latín y también a las lenguas de los reinos cristianos desde Navarra hasta Portugal. Entre todas, la más preciada fue su versión de *El cantar de los cantares* a la prosa castellana.

Además de formar las Cortes, el rey trató con entusiasmo de unificar el derecho para abolir poco a poco las costumbres locales que producían dificultades para los legisladores a través del *Fuero real* y las *Partidas*, inspiradas en el derecho romano y glosadas por los sabios de su corte.

Alfonso xi, su nieto e hijo de Sancho vi, se preocupó durante sus muchos años de mando por consolidar la unidad del reino y su brillo. A su muerte dejó el fisco fortalecido, el territorio acrecentado y las alforjas llenas en manos de sus hábiles tesoreros judíos. Añadió la alcabala, es decir, el diezmo sobre todas las transacciones comerciales y comenzó a pedir contribuciones al clero, llamadas las tercias reales que constituían las dos novenas partes del total de los diezmos eclesiásticos. Además pretendió ordenar la administración de las ciudades poniéndolas en manos de regidores, procurando establecer el equilibrio entre las facciones rivales. Tanto en su reino, como en el de sus antecesores, los judíos fueron *servi regis* —esclavos del rey—, disposición originada en el papel que habían tenido en la crucifixión de Jesús, que los sometía a la voluntad del rey sin la mediación de los cabildos locales y los beneficiaba con su protección y un grado elevado de autonomía en la conducción de sus propios asuntos; así, desde Teruel en mil ciento setenta y seis.

Alfonso el Sabio prodigó protección y garantías a la raza hebrea en sus numerosos litigios con los cristianos, hasta el punto de que el testimonio tenía el mismo valor ante los jueces que el de un buen cristiano. Gozaron de autonomía en las aljamas cuyos estatutos propios regían con celo la vida de los descendientes de Moisés. Estos privilegios eran respetados por el pueblo pero vistos cada día más como expresión de una predilección diabólica y una cuidada astucia; propia de esta raza de presuntos embaucadores y sacrílegos. Si bien el Sabio mitigaba sus favores y la comedida autonomía se justificaba diciendo, como lo hizo en las *Siete partidas*, que lo hacía «porque ellos viviesen como en cautiverio para siempre y fuesen remembranza a los hombres que ellos vienen del linaje de aquellos que crucificaron a Nuestro Señor Jesucristo».

## Capítulo IX

Este buen talante hacia los de la raza hebrea perduró hasta los días de Pedro I quien se servía de sus buenas artes para la administración de su gobierno. Samuel Ha-leví fue el primer tesorero del rey Pedro y empleó a muchos otros funcionarios judíos acumulando cuantiosos ingresos, comprobando con celo las actividades de los alcabaleros, tomando tierras a nobles rebeldes y dirigiendo personalmente una embajada diplomática en Portugal.

Esta cordial connivencia con hebreos fue tachada por el envidioso bastardo Enrique de Trastámara como signo de un contubernio pecaminoso y enfermizo que ocultaba los vicios del rey y su alma cruel. Fue ese el epíteto con el que la historia habría de designarlo, tras atribuírsele la vesania homicida tras la muerte de los jóvenes infantes de Leonor de Guzmán, amante de su padre. Célebre fue también su insaciable veleidad sensual. Cuenta el canciller Pero López de Ayala que tras abandonar a su joven esposa Blanca de Borbón, Pedro corrió a reunirse con su amante María de Padilla y la hija que ésta le había dado. María, más sensata, lo instó a volver con su esposa mas después de tan sólo dos días, que a Pedro le parecieron dos siglos, la abandonó para siempre, desatando sus instintos y formando desde entonces un serrallo en las otrora residencia de los reyes moros; los reales alcázares de Sevilla. La principal del serrallo era, desde luego, María.

Vivían con lujo oriental entre baños y perfumes en donde eran corrientes vestiduras y refinadas costumbres de los fieles de Alá. El rey llegó hasta a promulgar un decreto palaciego en el que ordenaba que una vez salida del baño Doña María, todos los presentes debían coger en el cuenco de la mano un poco de agua del baño y beberla con devoción. Cuando alguna vez un ilustre caballero se negó a libar aquel néctar, el rey preguntó irritado por las razones de tamaño desafío, a lo que éste con malicia respondió:

—Temo que, después de probar la salsa, me tiente la perdiz.

También se cuenta que Pedro, a pesar de sus andanzas galantes y el esplendor de su serrallo, desaprobaba el concubinato de los clérigos y persiguió a sus barraganas, cuando en realidad pretendía a muchas de ellas. Los clérigos ganaron la partida, por lo que floreció en su alma un indecible desprecio por la Iglesia, hasta el punto de afirmar con cinismo:

—No tengo mejores vasallos que los hebreos y los moros.

Una noche con el rostro embozado en la negra capa, un vigilante quiso detenerlo y en su impaciencia lo mató sin piedad, ante los ojos de una vieja que a la sazón presenciaba asustada la escena. Cuando fue interrogada acerca del criminal, respondió que la única seña cierta era que al malhechor le chascaban las rodillas. Era célebre en Sevilla esta particularidad del rey, con lo cual se vio forzado a confesar su crimen. No pudiendo la justicia decapitarlo como era el caso y exponer su cabeza en el lugar del crimen, el rey mandó a hacer una estatua a imagen suya y a ponerla en un nicho en el lugar en el que desenvainó la espada. Se hizo de tal forma y aún se ve en la calle de la Candileja.

Para ser el único en el trono se propuso matar sin piedad a los cinco hijos ilegítimos que su padre Sancho el Vengador había engendrado con Leonor. Mató primero a Fadrique de un mazazo en el pórtico del alcázar de Sevilla. Luego correspondió igual suerte a los otros infantes a manos de sus ballesteros, quienes llevaron sus cabezas colgadas ante el rey que se encontraba cenando. La noticia de su crueldad lo llenó de regocijo, pero faltó la cabeza del infante Enrique que habría de ser su perdición.

## Capítulo x

Recién azotadas por la peste y todavía sin recuperar de la ominosa mortandad que ella trajera, las Españas se trenzan en una cruenta guerra fratricida provocada por la ambición de Enrique, conde de Trastámara. El bastardo se alía con el rey Pedro iv el Ceremonioso en procura de una venganza ejemplar por la muerte de sus hermanos. Se toman represalias en Castilla capturando a los hombres del de Trastámara que son quemados y descuartizados frente a Pedro el Cruel; así como a todos los castellanos que hubiesen dispensado acogida a tropas del conde Enrique, como los malhadados habitantes de Miranda, hervidos y cocidos en grandes calderas para solaz del rey y horror de sus enemigos.

Entre tanto se conoce la nueva de la muerte de Doña Blanca de Borbón, a quien el cruel había encerrado en el castillo de Medina Sidonia para que tejiese una bandera con el fondo del color de la sangre y el bordado del color de sus lágrimas.

Este implacable rigor de Don Pedro no hizo más que dar razón a las acusaciones amañadas de su hermanastro, de aliarse con judíos y moros en virtud de su presunto linaje del hebreo Pero Gil que había tenido un hijo varón, mientras que el rey Sancho iv tuvo una niña. Los enemigos del rey no vacilaron en concluir que o Pedro era un bastardo de desdeñable estirpe o una oculta mujer de veleidosa laya.

Las circunstancias de la guerra obligaron a Enrique a aliarse con franceses cuyo poder pretendió contrarrestar el rey de Castilla aliándose con los ingleses. Los primeros combates fueron favorables al de Trastámara, obligando a su oponente a refugiarse en Gascuña bajo el auspicio del príncipe Eduardo de Gales. Con sus mercenarios regresó a España y venció a su rival en Nájera en el año del Señor de mil trescientos sesenta y siete. Para sellar la contienda, Enrique se sirve de doce mil mercenarios franceses comandados por el terrible Bertand Duguesclin y de otros tantos mercenarios aragoneses.

Los judíos partidarios de ambos bandos sufrieron entonces terribles embates de alas tropas mercenarias. Los pertinaces mercenarios de Enrique diezmaron la judería de Briviesca, mientras que los ingleses mataban a los de Villadiego y los cristianos de Segovia, Ávila y Valladolid incendiaban las juderías de sus ciudades.

Las cortes de Burgos declararon usurpador y malhechor a Pedro y proclamaron a Enrique como único soberano de Castilla. El bastardo vendió entonces en subasta pública a todos los judíos de la orgullosa aljama de Toledo y sus haberes pasaron al fisco. Los recaudadores poseían la prebenda de torturar a todo judío que opusiera resistencia. Se cuenta que cuando algunos desgraciados trataron de pedir merced al rey Enrique éste respondía con deferencia a los llamados, pero durante la noche enviaba a sus ballesteros a prender y a asesinar a quienes importunamente rogaban clemencia.

## Capítulo XI

En la ciudad de Écija, en medio de la penumbra nocturna, el febril arcediano Ferrand Martínez predicaba públicamente incendiarios sermones en contra de la raza hebrea. Una noche sin luna se le oyó decir palabras que quedaron labradas en la memoria de los oyentes:

—Sabed todos que los perversos que habitan entre nosotros y fingen ser nuestros amigos y vecinos, llevan una vida de sombras y tinieblas en la que se dedican a las más execrables maniobras y vierten la sangre de los inocentes cristianos que han sonsacado de hospicios valiéndose de malas artes. Aquellos que vosotros juzgáis inocentes y nobles, e incluso sabios, hombres y mujeres que realizan sus labores con diligencia y buen talante se convierten en medio de la noche en crueles verdugos y en mendaces emisarios de los espíritus de la oscuridad.

El libro de Cohelet que es el más bello y más sabio de las Santas Escrituras, os recuerda que todo es vanidad y anhelo de viento, salvo, tal vez, procurar almas fieles para el reino de los cielos. Y nos recuerda que para todo hay un día en esta vida: Hay un día para nacer y un día para morir, un día para contraer deudas y otro día para pagarlas, un día para llorar y otro día para reír, un día para sembrar y otro para cosechar; sabed por tanto, queridos fieles en Cristo, que no está lejano el día en el que habremos de cobrarnos todas y cada una de las iniquidades de la raza hebrea sobre la tierra y en el que su sangre y sus lágrimas regarán el suelo que los vio nacer y los alimentó generosamente. Todo esto será en la hora en que Dios lo tiene dispuesto, porque para Él semejante impiedad no puede pasar impune ni ser perenne.

El rey Enrique ha dado pruebas en más de una ocasión de desear la justicia para los cristianos que han sufrido miserias, dolores y muerte por causa de la raza hebrea, de modo que sus deudas y sus pecados podrían ser expiados tomando justicia por su mano de los mentados crímenes y sacrilegios cometidos por estos malhadados, y habrá para ellos mérito e indulto en cortes y en iglesias.

## Capítulo xii

La guerra parecía no tener fin. Tras sendas victorias de Enrique y de Pedro, en las que ambos pudieron gozar de las mieles agridulces de la victoria, los moros de Granada y los ingleses capturan al gran capitán francés Duguesclin, pero en vez de matarlo exigen por él una cuantiosa suma; fatal error puesto que el mercenario se convierte, tras ser liberado, en la peor de las espuelas para Pedro y sus aliados. El rey Pedro, declarado ilegítimo por facciones enemigas de la nobleza de Castilla, es atenazado por la fatalidad en el castillo de Montiel.

Pretendía huir acaparado por la oscuridad. Unos esbirros de Duguesclin lo sorprenden y lo llevan a la tienda de su señor para negociar un armisticio. Era una noche de fines de marzo del año mil trescientos sesenta y nueve y lo esperaba su rival Enrique sediento de venganza. Los hermanos se miraron con odio y tras pocas palabras de reproche se trenzaron en una lucha a muerte, armados con sus puñales. Se cuenta que Duguesclin favoreció el que Enrique se pusiese encima de su hermanastro —desestabilizándolo con un puntapié— y le propinase las acometidas inclementes que habían de causar la muerte de Pedro I, llamado el Cruel. Tiempo después, cuando le reprocharon su acto, exclamó: «Ni quito ni pongo rey, sólo ayudo a mi señor».

Desde aquel día Castilla y con ella el resto de las Españas tomarían sin remedio un nuevo rumbo, decididamente oscuro para moros y judíos y todos los cristianos que tenían la osadía de favorecerlos. Aunque Enrique trató de moderar el tono de sus palabras infamantes contra los hijos de Judá, ya era demasiado tarde para contener las aguas del odio que habían desbordado sus antaño bienhechores diques.

Se percató también de que, muy al contrario de lo que sus labios pronunciaban, necesitaba de los servicios se competentes recaudadores y mayordomos, así como de los maravedises del financiero Yosef Picho que se convirtió en contador mayor y del recaudador Samuel Abravanel de Sevilla. Más tarde el arcediano de Écija y otros enemigos acérrimos de la causa hebrea habrían de reprocharle su antojadiza blandura para con aquellos mismos que había usado para desprestigiar al rey Don Pedro.

De poco le serviría esta prudencia y moderación, puesto que moriría pocos años después sin poder disfrutar cabalmente de un trono tan arduamente disputado. Sus querellas con los navarros le acarrearon la muerte víctima del veneno y la posteridad lo reconoce con el crudo epíteto de Enrique II el Bastardo.

Su hijo Juan lo sucedió en el trono intentando completar la obra de su padre para dar paz a Castilla. También tuvo que enfrentarse con el iracundo arcediano de Écija, tenido ya por obstinado y díscolo, y a quien debió reconvenir personalmente para que moderara su prédica y sus acciones.

Cuando la mala fortuna quiso que este rey joven y prudente muriese tras caer de su caballo en el año de mil trescientos noventa, ya la desgracia tejía sus hilos desde hacía tiempo con la rapidez y la precisión de una araña que trabaja incesantemente para embadurnar a sus víctimas antes de inyectarles su ponzoña. Tan sólo unos meses después de la muerte de Juan, las Españas se verían de nuevo enrojecidas por la tinta de la cólera. El vacío de buen juicio fue llenado en un instante por la ingente labor de los insensatos.

## Capítulo XIII

Siendo el hijo de Juan I apenas un niño, los pusilánimes validos de la corte, permitieron el ascenso irrefrenable del enconado arcediano de Écija. Adquirió tal poder e influencia que toda la clerecía teminó obedeciendo sus caprichos.

Todas las aljamas de España sintieron el frío puñal de su rigor y el vacío de la protección real. Enrique III a quien se le llamaría el Doliente, en virtud de los años oscuros que le tocaron en suerte, nada pudo hacer para llenar aquella sensación de desasosiego y desilusión que pululaba como otra peste por los cuatro confines de las Españas.

Incluso en Portugal, Cataluña y Aragón, reinos que se ocupaban de asuntos muy distintos, se hizo sentir el peso de la sórdida desgracia que cundía ante las almas atemorizadas de los súbditos de todos los reinos. Aunque brillase el sol como siempre la escarcha empapaba multitud de corazones.

## Capítulo XIV

El caso del niño raptado en Toledo, acaecido tiempo atrás, ocupó la atención de los cristianos viejos durante largo tiempo y se le comparó con las historias que contaban desde antiguo acerca de la perversidad de los judíos.

No había apenas alguien que no supiese los detalles más mínimos de la ceremonia presunta a través de la cual niños cristianos habrían sido degollados y devorados por judíos impíos y vengativos; miembros de la raza maldita que los cristianos habían recusado siglos atrás. Pensando de este modo, los legos y los clérigos habrían esparcido por todas partes la venenosa simiente de un Dios irredento.

Ferrand Martínez, el arcediano de Écija, era uno de los más enconados detractores de la raza hebrea y de sus obras. Convencido de la perversidad de sus gentes, no vacilaba en acusarlos de infiltrarse hasta en los más sacros recintos e intervenir en asuntos de vidas y haciendas con fruición y descaro. De allí que consiguiese innúmeros seguidores entre gentes del pueblo ansiosas de vengarse y de expropiar a los judíos.

De origen humilde, era un sacerdote andaluz que difícilmente habría salido de los lugares medianos de las jerarquías eclesiásticas de Écija y Sevilla. Miraba con recelos las inmensas fortunas que algunas familias judías habían atesorado y la opacidad críptica con la que cubrían todos sus negocios y asuntos. No prestaba atención a las autoridades de la Iglesia que amparaban generosamente la convivencia con el pueblo hebreo y, por el contrario, se proclamó su más enconado detractor.

Además de sus tareas como arcediano se hizo nombrar provisor por parte del arzobispo de Sevilla, con lo cual reclamó el derecho a mediar en casos en los que hubiese judíos implicados. De este modo irregular pudo juzgar y condenar a no pocos descendientes de la raza de Moisés, de todos los estratos y con particular dureza a familiares de persona importantes en casi todas las diócesis andaluzas. Hasta tal punto llegó su ilegal interferencia en las disputas entre judíos y cristianos, de modo que fue denunciado ante las autoridades eclesiásticas y su caso llegó hasta los oídos del rey Enrique II de Castilla. De nada sirvió que el propio rey lo reconviniera, puesto que la estatura de su odio era invencible.

Admirador que había sido de la política de represión del joven Enrique, se sintió decepcionado cuando, tras subir al trono, el nuevo rey transitó la vía de la moderación.

Para el arcediano, en cambio, lo único que contaba en este mundo era la venganza más implacable y la disposición de todos los medios para llevarla a cabo. En verdad el arcediano fue ejemplar en su inquina y celoso en su rencor y como él nadie habría después para gastar días y noches, semanas y meses pensando cómo provocarles la ruina. Veía con encono el que los judíos alcanzasen posiciones eminentes como tesoreros, médicos de corte, recaudadores de impuestos o mayordomos.

Cuando le hablaron sobre la necesidad de convivir con ellos y la relativa indiferencia que los nobles auspiciaban, su mirada fría se encendía de cólera y profería flamígeras arengas que hechizaban a la multitud. Se cuenta que alguna vez susurró:

—Sueño con ver el día en el que los cuerpos y las almas de estos malditos ardan sin piedad y oiga con mis propios oídos cómo reniegan de su sacrílega doctrina y maldicen la hora en que nacieron. Y que sus cenizas crepiten lentamente hasta la llegada de su Mesías.

## Capítulo XV

Desde hacía mucho tiempo la raza hebrea había sido acusada de cometer sacrilegios y crímenes en nombre de sus escépticas convicciones acerca de Jesús el nazareno. Pero desde que el concilio de Letrán de mil doscientos quince proclamase el misterio de la transubstanciación en la sagrada forma, mediante el cual, tras la consagración la hostia adquiere la condición del cuerpo santo; los hebreos fueron acusados repetidas veces de profanar en secreto tal misterio supremo.

En la ciudad de Mallorca en el año del Señor de mil trescientos noventa se difundió el rumor de que un grupo no pequeño de orates judíos había llevado a cabo varias veces tan tremenda herejía, causando que las hostias sangrasen como consecuencia del maltrato y dejasen manchado el suelo de una caverna de las afueras.

Entre los acusados el más ilustre fue el anciano rabino Elijah, puntal de la aljama y prestigioso conocedor de la Escritura tanto cristiana como judía, traductor y sabio digno de todo crédito y de renombrada reputación como consejero y maestro. Las acusaciones provenían de algunos clérigos y sediciosos cristianos que habían llegado a la ciudad dos años antes, procedentes del reino de Valencia. Y aunque al principio no se les dio crédito pues eran meros rumores, el prestigio del rabino decayó y con él el de todos cuantos lo defendían.

Durante la semana de Pascua se publicaron unos libelos informando y presentando las pruebas de que el sanctasanctórum de la Catedral había sido profanado y sesenta y seis hostias consagradas se hallaban perdidas sin rastro. Así también se formó una romería provista de turiferarios, crucifijos e hisopos para purificar la cueva presunta en donde se habrían realizado los actos impíos. Los acusadores destacaban el hecho de que los hebreos supiesen muy bien que la hostia consagrada era el cuerpo de Cristo, el Mesías, y por ese medio mostraban su deseo de torturarlo de nuevo incesante y deliberadamente.

Cuando el obispo se enteró de los hechos, con lágrimas en los ojos dijo en su sermón:

—No olvidéis jamás lo que en esta hora espantosa ha pasado al cuerpo mismo de vuestro Salvador, por acción de aquellos que día a día simulan ser fiel compaña y padecer con vosotros las mismas penas, pero en cuanto les dais la espalda no vacilan en hacer burlas groseras y clavar su daga siniestra sobre aquello que nosotros tenemos por más sagrado.

## Capítulo XVI

Fue una mañana de la primavera de cinco mil ciento cincuenta y uno del calendario hebraico cuando Bellshom y Vidal Efraim

Mendes, procedentes de Zaragoza, judíos mallorquines y primos cercanos de los Méndez-Pinto se dirigieron a la sede de la Casa de las Dos Estrellas para entregarles a Efraim y Benjamín, con comedida discreción sendas traducciones de tratados astronómicos, acompañadas de unos gráficos portulanos para que los tuvieran consigo siempre en la nao de la Fermosa y estuviesen también destinados a la elaboración de cartas de marear en la inmensidad desconcertante de la mar océana.

Se trataba de un tesoro muy valioso por cuanto estos gráficos indicaban con cabal exactitud las distancias entre casi todos los puertos y puntos de activo comercio del Mediterráneo y también los de la costa oceánica en las Españas y en Portugal. Los presentes habían sido elaborados por astrónomos y cartógrafos a las órdenes de Pedro IV de Aragón, llamado el Ceremonioso, y todos los marinos conocidos daban fe cierta de su exactitud y fiabilidad.

Los cartógrafos que habían realizado estos gráficos portulanos eran herederos directos de la tradición de Al-Idrisi y su escuela, autores de mapas y cartas de irremplazable ayuda para los hombres de mar. Quien se arriesgaba a navegar, incluso en viajes de cabotaje sin la guía de tan valiosos instrumentos, era tachado de ciego amén de temerario. Por tanto, los marineros que no podían costear la provisión de gráficos portulanos fingían tenerlos para que su compañía no cayese en el descrédito.

De uso obligatorio desde el real decreto del año del Señor de mil trescientos ciencuenta y cuatro para todas las galeras aragonesas, también se hicieron imprescindibles en las naves comerciales y guerreras de Castillas y del reino de Portugal.

Pedro IV de Aragón adquirió fama como hombre amante de mar y defensor de los intereses de los mercaderes de su reino. Gracias al saber de los judíos de Aragón que mantenían certeros vínculos con astrónomos, cartógrafos y sabios del Cuerno de Oro, de El Cairo, de Fez y de los reinos negros al sur de Sijilmasa, le fue posible emprender la construcción de astrolabios, compases, cuadrantes y relojes, vitales para las travesías marítimas en las cuales tenía jugados grandes intereses del reino. En pro de ello, encargó a Isaac Nifoci la empresa de proveer de tan valiosos instrumentos a las naves del rey. Así procedió el judío Nifoci con diligencia y un año después las orgullosas naves aragonesas recorrían los tempestuosos mares provistas de tan adelantados instrumentos.

Los traductores mallorquines del Almagesto y otros tratados que ayudaban a los marinos a discernir la profusión de las estrellas y su orientación de acuerdo con las estaciones y los hemisferios se convirtieron en funcionarios de corte muy apreciados. Bellshom y Vidal Efraim fueron conminados a vivir en Zaragoza en donde sostuvieron varias entrevistas con su rey, a pesar de la hostilidad de muchos canónigos que sospechaban de tamañas artes.

Aquella mañana en que se congregaron habría de ser decisiva en sus vidas, porque en medio del entusiasmo general por tan promisorios tratados, Séfora Méndez-Pinto exclamó en baja voz:

—Pronto tendremos que usar de tales artes para huir todos de aquí y buscar refugio allende los mares.

El silencio cundió después de sus palabras como si un viento helado hubiese cortado de repente la despreocupación matinal de primavera.

Tras un silencioso ágape familiar y una vez recogidos los manteles, Efraim anunció que partiría al día siguiente, junto con Benjamín y Bartolomé, hijo mayor de Séfora y Nuno, llevando consigo los tratados y los gráficos que con sigilo habían recibido de sus primos, a la ciudad de Cádiz para visitar a Betsabé y entrevistarse con unos judíos portugueses.

El muchacho de trece años de edad se llenó de contento por la pronta partida. Sin embargo, su madre, preocupada, se opuso tenazmente porque había oído del rabino que el año cinco mil ciento cincuenta y uno, tras un juicioso estudio de la cábala, había resultado ser el del Dios celoso y por tanto funesto para quienes realizaban viajes o ponían en marcha grandes propósitos.

Todo cuanto sobrevendría después estuvo saturado de la inquietud producida por tan oscuros presagios, como quien ve cernirse la noche lentamente; la Casa de las Dos Estrellas empezó a temer que los tiempos de su esplendor y despreocupación quizás no volverían nunca. Los grandes viajes y las empresas arriesgadas que se habían acostumbrado a desechar, resultaron de pronto las más aconsejables aun plagadas de indecibles peligros. Tratar de permanecer como hasta entonces era una insensatez y deshacer los caminos ya recorridos lo era otro tanto.

## Capítulo XVII

La nave que salió de Mallorca con destino a Cádiz fue la Fermosa y tuvo que enfrentar durante el tercer día un temporal sorprendente y funesto que la desvió de la ruta trazada y la obligó a recalar en la costa de África, entonces bajo el dominio de los celosos benimerines.

La sospecha de Séfora comenzaba a cumplirse con dolorosa precisión. Casi todos los navegantes murieron; Efraim y Benjamín pudieron salvarse por un milagro del azar. Sus instrumentos se perdieron y tan sólo la copia del tratado de astronomía sobrevivió a la tenaz tormenta. Tardarían dos meses antes de poder conseguir una nave con rumbo a Cádiz; tiempo después arribarían a la ciudad. ¡Cuántas otras pruebas fehacientes de humanas intenciones yacerán para siempre entre las tupidas arenas del fondo del mar!

Betsabé experimentó un agridulce sentimiento al ver a sus hermanos llegar al puerto sanos y salvos. Hacía mucho que ansiaba verlos y también al joven Bartolomé de quien se auguraban grandes hechos a pesar de su ausencia.

Desprovista por unas horas de su habitual melancolía, les contó con lujo de detalles todos los hechos destacados de su estadía en Cádiz y los puso al tanto de la identidad de los judíos portugueses que querían entrevistarse con los Méndez-Pinto.

En pocas horas los hermanos Méndez-Pinto se convencieron de la suerte de haber venido. Se trataba de tres judíos de Lisboa que estaban en tratos con la dinastía de Avís.

Preguntó la embajada portuguesa por la preparación y la suerte de la aventura de Giaccomo Ricciotti-Doria y sus ocultas pretensiones. En particular, le interesaba al grupo de Lisboa todo lo relacionado con los vientos de travesía y la exploración de las rutas de Ofir, el paraíso del que se hablaba tan arcanamente entre los cronistas árabes y en la *rihla* de Ibn Battuta.

Tras amables circunloquios propios de la prudencia y el recato y acompañados de buen vino, el grupo empezó a postular la necesidad de una alianza permanente entre los judíos de Portugal y los de Mallorca, los del reino de Marruecos y aun los lejanos parientes del reino de Malí. Médicos, cabalistas, cartógrafos y banqueros todos se sintieron llamados a trabajar en pro de fortalecer las comunidades judías que hasta entonces habían vivido cruelmente separados. El momento era propicio para trasladarse a nuevos lugares y la prisa por hallar tierras fértiles, fuentes de riqueza y puertos prósperos mientras adviniese el Mesías libertador fue el gran motor de los años por venir. Cuando la embajada regresó a Lisboa, los Méndez-Pinto enviaron misivas a Mallorca aconsejando, de manera sorprendente, empezar a pensar en abandonar la isla y trasladar los negocios al reino de Portugal.

## Capítulo XVIII

Llegado el mes de iyar de cinco mil ciento cincuenta y uno, el viejo León Cardozo, otrora médico de la corte del sultán mameluco se preparaba para emprender un nuevo viaje hacia Valencia. Lo acompañaban sus sobrinos Jaim y Benzion, médicos y farmaceutas de la ilustre familia lucenense. El propósito del viaje era hacer copias de los tratados de medicina y de la farmacopea que habían elaborado pacientemente en años de esmerada labor, así como la venta de recetas y tratamiento a ciertos recaudadores judíos de la ilustre aljama de Valencia.

León no había vuelto a Valencia desde los malhadados días del incidente en el que fuera vejado por furiosos cristianos. Al llegar se encontró con que algo aún más siniestro se ceñía sobre los hebreos de la ciudad. El aire enrarecido presagiaba sangre y desesperación. De un solo golpe advirtió lo que sobrevendría, por lo que expuso a los rabinos de la ciudad la necesidad de prepararse para la protección de su aljama. Le respondieron con la cabeza gacha que no podía hacerse nada aparte de huir. Por respeto al médico, sin embargo, la judería de Valencia reforzó las puertas y acondicionó en secreto algunas cuevas en las afueras de la ciudad, en las que a la manera de la Capadocia fuera posible refugiarse por largo tiempo. La sabiduría ya no podía proveer más respuestas; tan sólo la astucia podría, con la ayuda de la fortuna, sortear tan enrevesado trance.

## Capítulo xix

Desde hacía un año, en julio de mil trescientos noventa, había muerto el arzobispo de Sevilla que decidiera suspender a Ferrand Martínez y juzgarlo por sus pendencias contra los hebreos, dejándole las manos libres. Pocos meses después el rey Juan i también murió, dejando a un infante en el trono de Castilla. El arcediano de Écija se apresuró a aprovechar la ocasión que el destino le deparaba para arreciar en sus proclamas.

En marzo del año siguiente pronunció en Sevilla, con ocasión del miércoles de ceniza, estas palabras que serían la chispa de la desgracia:

—Si acaso tenéis verdadero cuidado de la salvación de vuestras almas, si quizá no mentís al Creador por cobardía o negligencia, si en vuestros espíritus arde de veras una llama fiel, obrad acciones pías que os procuren el cielo; no os arredréis ante los alegatos de inocencia que provienen de un pueblo mañoso y maldito. Ya conocéis su astucia y su falsedad, habéis visto hasta el cansancio cómo se refugia en naderías y en excusas y cómo no tiene clemencia en exigiros el pago del peto y de falaces sumas con las que acrecientan las peticiones legítimas de nuestro rey. Ante todo no olvidéis nunca que sus doctores no piensan en otro asunto que en sí propios y os mienten y timan con cada movimiento. La hora de la clemencia ha terminado, Dios mismo espera que actuéis, os lo exige y clama por que hagáis la justicia que tenéis en vuestras manos. Justicia para vosotros mismos y vuestros hijos que no pueden soportar más esta ignominia.

## CAPÍTULO XX

Tras este execrable sermón, la masa embravecida, tiznada la cara y armada de palos y cuchillos arremetió furiosamente contra la judería, en donde se dedicó a una orgía de violaciones y pillaje.

Se cuenta que no hubo vallado que resistiese esta furia ni petición de clemencia que ablandase los envalentonados corazones. Ciudadanos corrientes mezclados con cristianos principales llevaban antorchas y provisiones de aceite para quemar hasta el último hálito de vida hebrea.

En medio del frenesí, al caer la tarde y azuzados los unos por los otros entraron en la casa de un anciano rabino que yacía en su camastro sobrecogido de terror. Un entusiasta prosélito del arcediano al ver el cuerpo trémulo del viejo indefenso, tomó un rescoldo de una viga que ya se consumía y con inenarrable sevicia hizo en su frente una cruz de fuego y cenizas a lo que cínicamente añadió:

—Recuerda que polvo eres y en polvo te convertirás.

A pesar del intenso dolor, el rabino no salió de su mutismo. Sin una queja miró profundamente a los ojos de su verdugo y por toda respuesta se internó en las cámaras incendiadas, mientras sólo la turba rompía el doloroso silencio.

Estaba por terminar el gran comienzo. La llama de aquel funesto día se expandiría sin remedio por todas las Españas, como cuando la paja seca es sometida al rigor de una lumbre certera. La aljama de Sevilla amaneció infestada de cadáveres y sembrada de escombros; restos de una vida orgullosa que había perdurado durante siglos yacían silenciosos entre el polvo y las cenizas.

## Capítulo xxi

Al enterarse de los hechos de Sevilla Ariel ben Zacarías, gran rabino de Lucena reunió a los sabios de la ciudad y con la voz entrecortada exclamó:

—Desdichados de vosotros si creéis que este fuego no podrá alcanzaros; Yahvé ha hablado: Los que nos odian ya no pueden detenerse, no se trata tan sólo de un arcediano enloquecido sino de un ejército de frenéticos cuya furia obcecada ha acallado sus palabras y ha desencadenado las peores acciones. Los que podáis, partid sin vacilar.

Zvía Cardozo preguntó angustiada:

—¿Pero adónde?

A lo que el rabino, turbado también, respondió:

—Adonde puedas, incluso a donde no te conozcan.

## Capítulo xxii

No bastaron para el insaciable corazón de Ferrand Martínez los que él juzgó como tímidos sucesos del miércoles de ceniza. En la penumbra del altar que el ábside ensombrecía, el ahora arzobispo de Sevilla Don Ferrand Martinez natural de Écija a quien sus fieles consideraban santo varón, se dispuso a redactar un libelo que más que inspirado por la fe, lo parecía por la sangre, para que se leyese en todas las parroquias de su diócesis y aun más allá de las fronteras de Castilla, en Aragón, Navarra e incluso en las del reino Nazarí. Tomo su crucifijo lo beso con devoción y armado del cálamo escribió:

*En el nombre de Dios nuestro Señor todopoderoso y en el de su hijo Jesucristo muerto en la cruz y sacrificado por nuestras almas y en el nombre del Espíritu Santo os conmino: Ahora que habéis empezado no cejéis. Que no quede en vuestro reino rastro de la raza impía que hizo crucificar a vuestro salvador, no preguntéis nada más, no escuchéis ninguna súplica. De la decisión con que actuéis ahora dependen a un tiempo vuestro futuro en la tierra y vuestro destino en la vida eterna; lavad en esa sangre la ignominia de siglos. Desde los ancianos hasta los niños, todos los hebreos llevan consigo la semilla de la perfidia y la ceguera frente a los asuntos del cielo. Se les ha dicho de mil maneras que viven en el error y que es por su salvación que deben convertirse a la única y verdadera fe. Pero obstinados, no atienden razones y vuelven eternamente sobre sus resecas escrituras para engañar a fieles corazones. Se niegan, en su obcecación, a ver que el Mesías hace tiempo ha llegado y aun los más sabios de entre ellos se resisten a reconocer los pecados de su raza y se protegen tras sutiles y mendaces argucias.*

*No quieren reconocer ni adorar al Cresto, nuestro único salvador y en cambio, se ufanan de haber vejado su sagrado cuerpo y de haber humillado su inmaculado espíritu. Ellos que se dicen pacíficos partidarios de la concordia, exigieron con vehemencia y socarronería que lo crucificasen y aun cuando el procurador romano quiso salvarle porque no encontraba en Él culpa alguna, los doctores del Sanedrín, imitando a los más necios de su laya, incitaron a la turba a gritar: «Crucifícale, crucifícale» y a dejar toada clemencia a un lado para que no quedase otra alternativa que la muerte en la cruz y el olvido en la memoria. Creyeron de ese modo segar la espiga bienhechora y fecunda que habría de resucitar y de germinar en innúmeros corazones. Subestimaron el poder eterno y sublime que de su alma emanaba y pretendieron agotarla lacerando su cuerpo. Para con quienes de este modo obraron, ¿cuál piedad puede tenerse?, os pregunto de buena fe, contestadme fieles cristianos. Dicen que ellos no son los mismos y que la larga convivencia con nosotros ha lavado con creces la culpa de sus antepasados. Dicen que no tienen por qué responder por tales crímenes, ya que sus antepasados vivían entre nosotros en aquel entonces. Sin embargo, han conservado todos los libros y las costumbres de aquellos que crucificaron a nuestro Señor Jesucristo y se enorgullecen de parecerse en todo punto a quienes cometieron tan terribles fechorías. Decidme, ¿podemos acaso dar crédito a tales palabras cuando las desmienten con todos sus hechos? ¿Cuántos de entre ellos son prósperos y viven felices mientras el pueblo cristiano enfrenta el cilicio de la penuria?*

*Toda la cristiandad sufrió no ha mucho los embates de una plaga terrible que diezmó el número de los fieles cristianos y sumió los corazones en tristezas y desasosiegos y los cuerpos en las miserias más abyectas mientras que ellos, en manera asaz sospechosa, apenas fueron tocados por la pestilencia y la desgracia, como quien está protegido por medio de malas artes contra la adversidad y pretende pasar inadvertido e inocente en la hora de desgracia de sus semejantes. Cuando la peste asolaba con su furia ciudades y campos, se recluyeron con malicia en quintas y juderías y se pusieron a salvo del contacto con otros apestados. ¿Cómo puede confiarse en la palabra de los mismos que nos dieron la espalada en la hora terrible de nuestra tribulación? Tenéis ahora la ocasión de terminar con todo esto, porque por fin el Creador ha puesto en nuestra mano los medios para hacer justicia frente a tantas e indecibles villanías. No vaciléis ahora pues vuestra clemencia puede tornarse por omisión en perfidia.*

*El mal cunde entre nosotros por su causa. Se asemeja a las misteriosas fiebres que atacan a los niños en sus cunas y a la mordedura de las víboras cuyo veneno en un comienzo no sentimos pero andando el tiempo nos quita la vida.*

*Amén.*

*Don Ferrand Martínez*
*arcediano de Écija y devotísimo*
*arzobispo de la ínclita ciudad de Sevilla*

## Capítulo xxiii

El verano de mil trescientos noventa y uno nació anegado en caliginosos presagios: no se oyó el canto de las aves y el aire se negaba a mover las hojas de los árboles. Cubierto por un velo de estulticia, el mundo se aprestaba a renegar de lo que tantas veces y por tanto tiempo había aceptado: Amigos entrañables se separaban sin remedio, vecinos que habían compartido una vida entera se descubrieron de repente alejados por murallas insalvables y hasta miembros del mismo gremio se juzgaron ahora enemigos acérrimos y feroces competidores. La fiebre se esparció con rapidez desde la fatídica pascua de marzo en Sevilla cuyos hechos no fueron santos, hacia los poblados vecinos y a los reinos contiguos. La sangre vertida iba acompañada de sacrílegos despojos y de humillantes estupros. Cualquier campesino enardecido por la furia, que en su pecho había hallado una argucia inquebrantable, se permitía robar, matar o violentar gentes y haciendas que de otra forma no hubiera osado tocar. Pacíficos venteros resultaron convertidos en pocos días en truhanes y sórdidos asesinos. Lacrado en sus almas simples este rencor invencible tomó altura y los arrastró en un vórtice de venganza que parecía inspirado por Caín; como de un odre que se rompe y que no puede ser cosido de nuevo para albergar el líquido, toda bondad huyó y toda sensatez fue sacrificada. Se complacían en oír las nuevas de matanzas en lejanas tierras, convencidos de que su sevicia estaba inspirada en un divino rigor que purificaba al mundo y renovaban sus iniquidades como las aves que siempre retornan en verano.

Así como partículas de piedra que salen despedidas por la acción contundente de los arietes de guerra, las palabras del arcediano fueron repetidas por santísimas bocas y sus libelos fueron leídos en distantes parroquias produciendo efectos similares por doquier: Hebreos muertos o vejados, casas derruidas o quemadas hasta los cimientos, niños huérfanos buscando un mendrugo de pan y un refugio para pasar la noche y una desolación invencible fueron los frutos siniestros de la siembra de aquel cinco mil ciento cincuenta y uno del calendario hebraico, nefando e imborrable que se mostró, en efecto, como el año cierto del Dios celoso.

## Capítulo xxiv

A Cádiz se demoraba en llegar el sino pestilente que había germinado en Sevilla, con lo cual varios predicadores fueron enviados a la ciudad para azuzar a los mercaderes a la insurrección. Se dijo que matar judíos era pecado venial, pero que no hacerlo era pecar por omisión mortal contra el Espíritu Santo.

Con semejante argumento hasta los más moderados comenzaron a arengar en contra de los hebreos. La judería fue saqueada buscando los caudales de oro que presuntamente habían ocultado los judíos desde los tiempos anteriores a la muerte de nuestro Señor Jesucristo. Numerosas leyendas relativas a la forma en que los de Sefarad se vengaban de los deudores morosos se hicieron correr a los cuatro confines, sembrando a la vez el temor y la indignación; en algunos casos se instigó a los campesinos a sembrar su esperma en los cadáveres de damas y doncellas para purificarlas del estigma infiel.

Durante una espléndida noche de junio en la que las estrellas besaban las ventanas, Betsabé y sus hermanos dormían plácidamente en la casona que los Méndez-Pinto tenían en aquella ciudad. Una horda de energúmenos armados de antorchas trepó por los muros y prendió fuego a la pesebrera llamando a grandes voces a los moradores. Los Méndez-Pinto se apresuraron a huir por los pasadizos ocultos que tenía la judería desde siglos atrás. Al no oír respuesta, la horda se adueñó de la casa y algunos de sus integrantes recorrieron los secretos pasadizos por donde habían huido los hermanos, llegando hasta uno de los escondrijos en los que se habían refugiado. Quiso la mala suerte que allí encontraran a Betsabé acompañada solamente por su criada. Tras violarlas nueve veces las degollaron sin piedad. De este modo la castidad de Betsabé, tan injustamente difamada en Mallorca, fue vulnerada tan sólo en la hora final, siendo ya una anciana. Su belleza, sin embargo, perduró desafiante en la hora de su desgracia.

La ciudad amaneció mientras las últimas llamas se extinguían. Benjamín y Efraim descubrieron el cadáver de su hermana en el mismo lugar en el que las habían dejado pretendidamente a salvo. Transidos de dolor envolvieron el cuerpo en una sábana y con rapidez aprestaron una nave que partió con los primeros rayos de la mañana. El cielo resplandeciente dejó ver las lágrimas en sus rostros y el cansancio en sus frentes: de no hallar pronto algún refugio seguro, la Casa de las Dos Estrellas estaría condenada a desaparecer de la faz de la tierra.

Efraim y Benjamín apenas musitaron palabra durante la luctuosa travesía, pues el dolor atenaza los labios, embota la mente de sus víctimas, como un veneno, se esparce lentamente y en su presencia todas las palabras se hacen vanas como cuando se habla de Dios.

## Capítulo XXV

Acompañados de sus más cercanos amigos, los Méndez-Pinto entregaron el cadáver de Betsabé a la hermandad hebrea o *kadiša*, encargada de lavar minuciosamente y amortajar el cuerpo de los difuntos desde miles de años ha, para ponerla luego en un ataúd modesto. Todos los miembros de la familia Méndez-Pinto desgarraron sus vestiduras como señal de luto. Cuando la tierra cubrió el cuerpo profanado de la hermana, Efraim pronunció la oración fúnebre:

—Yace aquí, en esta hora triste, la mejor de entre nosotros quien resultó pagando el precio de nuestras culpas; inocente y buena como ninguna, sobrellevó calladamente las tribulaciones sin apenas un lamento. Rogamos a Jehová, Dios de nuestros padres, que la cubra con su manto de bondad por toda la eternidad ahora que la incomprensión y el odio que pululan por el mundo ya no pueden nada contra ella.

Cuando Efraim calló y el viento frío heló su alma, Séfora pidió licencia al *cadiš* para agregar unas palabras; le fue concedida por su hermano y ella consternada dijo con un hilo de voz:

—Yo que ocupé tu lugar en el tálamo nupcial y que tuve los hijos que habías debido tener, me mantuve callada también cuando fuiste difamada por Don Gaspar de Arce y hasta me negué a visitarte en tu exilio de Cádiz. Declaro aquí mi devoción y mi amor por ti, para que tu memoria no sea nunca más lacerada como lo fueron en vida tu honra y tu cuerpo; que nunca más la cobardía conduzca nuestros pasos y que Dios nos conceda la merced de hallar una tierra en la que nuestros hijos no tengan que soportar lo que tu padeciste. Plugo a Dios también por que tu muerte no sea inútil y por que sirvas de ejemplo para las doncellas cuya belleza turba los corazones y concita las más febriles pasiones.

Cuando hubo dicho esto rompió en llanto conmoviendo hasta la última fibra a todos los presentes. Mientras la caravana fúnebre regresaba lentamente a la ciudad, los Méndez-Pinto tomaron la decisión de partir sin demora con destino a los reinos de Portugal en donde la familia de Nuno les ofrecía refugio y la ocasión de comenzar una vida nueva.

## Capítulo xxvi

León Cardozo, descendiente de cristianos viejo, se reunió aquella tarde de junio con Samuel ben Leví, alcabalero y prestamista principal de la lonja de Valencia para discutir sobre el destino que habrían de dar a sus caudales y a sus allegados en tiempos tan negros como los que corrían. Tras la corta entrevista en la que acordaron disponer refugios en Fez y Salónica, cenaron frugalmente y se retiraron a sus habitaciones.

Samuel ben Leví fue sorprendido por una banda silenciosa que lo acechaba desde hacía varios días. Entre ellos había varios deudores de cuantiosas sumas del recaudador hebreo, que pretendían sublimar sus deudas asesinando a su acreedor.

Bien entrada la noche, ayudado de teas y amordazando a Samuel, lo amarraron a uno de los pilares exteriores de la sinagoga y lo crucificaron allí mismo tras desgarrar sus carnes y escribieron con su sangre «veis aquí a Samuel ben Leví, recaudador de judíos y expoliador de cristianos».

Milagrosamente León fue advertido en plena noche sobre los peligros que cundían y se deslizó entre callejuelas embozado el rostro. Cuando se enteró de la infamante muerte de su amigo Samuel, no logró contener las lágrimas que tristemente lloraron sus ojos. Los cristianos que le habían dado la vida le arrebataban ahora toda esperanza de hacer reinar la concordia entre fieles de dos religiones que amaban a un solo Dios. Su vida y la de su familia atravesaban por la hora más oscura en siglos y León deseó morir para curarse de la desesperanza que derruía su alma y embotaba sus sentidos. Se preguntaba si acaso había tiempo para poner a salvo a los suyos en hora tan siniestra; a la vez añoraba aquellos días de despreocupación de su juventud en los que era posible andar los mismos caminos que hollaban los cristianos sin necesidad de temer.

En esos días aciagos en los que lamentaba haber nacido en cuna cristiana mientras las plagas asolaban los campos y las ciudades, recordó cómo siendo un niño agradecía a Dios la merced de haber caído en manos de una raza generosa que ahora atravesaba la hora más terrible desde que llegara a Sefarad más de mil años antes. La sombra del dolor se había posado ineluctablemente por sobre las aljamas de los reinos cristianos cubriendo cada brizna de llanto y desesperación.

## Capítulo XXVII

Caía ya la noche y el rabino Elijah oraba para sí en la cámara de retiro de la sinagoga de Mallorca, cuando unos pasos apresurados turbaron la limpidez del silencio. Unos cristianos furibundos súbitamente, poseídos de un rigor inextinguible, se habían trepado al techo de la sinagoga y empezaron a empotrar una cruz. Luego la encendieron para que fuera posible divisarla desde lejos, el blasfemo espectáculo conmovió a los vecinos de la judería, mientras los hombres sigilosos penetraban por el tejado de la sinagoga. Se apresuraron entonces a asegurar todas las puertas, para evitar que nadie pudiera entrar. Tras amordazar al anciano y vendar sus ojos, lo desnudaron y saquearon el Arca en donde se encontraban los rollos de la Torá y en donde se encuentra prendida la vela eterna, *Ner Tamid*. Con aquel fuego, el más audaz de los profanadores, Garci Yañez, quemó los pies del anciano hasta que estuvieron tan ampollados que ya no pudo posarlos en el suelo. Luego tras rasgar uno de los rollos, Garci ajó un trozo de la Santa Escritura hasta convertirlo en una masa compacta y obligó al rabino, tras quitarle violentamente la mordaza, a tragarlo mientras lo increpaba entre sardónicas risotadas diciendo:

—Aliméntate de la sagrada palabra.

El anciano lloraba sin un ruido, conmovido por la maldad que puede albergar el corazón de los hombres y que sólo el recuerdo del Dios omnisciente puede refrenar. Llagado y humillado recordaba las palabras que en su niñez le dijera su maestro Hiram: «Nunca te sorprendas de llevar en tu pecho la misma maldad que aborreces en cualquier otro. Sólo nos protege el olvido de las afrentas recibidas y de nuestros propios pecados; ese es el bálsamo con que Dios baña a sus hijos muy amados y los cura de sus heridas. No te queda más remedio que apretar los dientes y tener valor, porque tu mano no puede hacer justicia, tan sólo Dios a su debido tiempo repartirá las cargas y pedirá la cuentas».

## Capítulo XXVIII

No cesaban los violentos embates del ala negra del destino sobre los hebreos en todas las villas y campos de España. Una marea de venganza se había desatado en casi todos los corazones y los crímenes que se les imputaban ya no eran tenido por meras sospechas sino por hechos ciertos y probados. Los clérigos de las órdenes y de las parroquias repetían, a veces de modo atenuada, a veces exagerada, la cantinela de San Vicente Ferrer o la del arcediano de Écija. En medio de aquella barahúnda tuvieron lugar hechos siniestros que demuestran la pertinacia del odio y la ferocidad del recelo.

Se cuentan innúmeras historias de casi cualquier villa de España difíciles de olvidar, pero ninguna parece más desalmada que la ocurrida en Zaragoza en el invierno de mil trescientos noventa y uno.

Una noche llena de silencio en que la nieve se precipitaba sobre la ciudad en la víspera de la celebración de *hanuka* y cuando los habitantes de la judería creían haber visto ya lo más trágico, se pudo distinguir en la lejanía una inmensa piara de cerdos que era conducida por las estrechas calles de la ciudad. No bastó un porquerizo para conducir la desordenada mesnada, sino que se requirieron hasta trece cristianos, sucios en extremo, para llevarla a través de las desoladas rúas hasta la puerta misma de la sinagoga.

Provistos de templados ástiles se apresuraron a desgoznar las puertas destrozando las charnelas con gran estrépito. El rabino y algunos de sus discípulos que oraban en silencio se quedaron estupefactos ante la irrupción repentina de cuatrocientos seis cerdos que con cinismo los cristianos hacinaron en el sagrado recinto.

Una vez adentro, los trece malhadados se apresuraron a encender un fuego que agrandaba el aspecto macabro del momento y que iluminaba los rostros lívidos de los asombrados judíos, quienes se resistían a creer lo que veían. Como en el episodio de Garci Yañez, el cómitre de esta nave malvada se jactó de decir:

—Os hemos traído otros de vuestra misma estirpe para que recen con vosotros en esta noche fría y alcancen cobijo y calor en vuestro lar. Cuando tengan lugar los hechos que hemos pergeñado y que es preciso ocurran esta misma noche en Zaragoza, tan sólo estos marranos que aún no han renegado de su fe y que devotamente asisten a la sinagoga, quedarán a salvo —como en el arca de Noé— del diluvio que se cierne sobre vuestra judería.

Tras proferir esta sórdida homilía, Alvar Solís de Castro, párroco de la Iglesia del Pilar en Zaragoza con la tea que llevaba consigo prendió fuego a un lechón que al instante se sumió en estridentes chillidos. Los otros cerdos enloquecidos gruñían con desesperación buscando la salida de la sinagoga, mientras los hebreos, por su parte, porfiaban en vano por huir de la judería en llamas.

Cuando amaneció y los incendios apenas se desvanecían, los judíos, apostados en la orilla contraria del Ebro, miraban compungidos el humo que lánguidamente salía de las casas que habían sido suyas por siglos, cuando aún eran resonantes los zahirientes gruñidos de la siniestra piara.

## Capítulo xxix

El vaho oscuro de esta gélida andanada de acontecimientos aún ensombrecía los corazones de los súbditos de Yahvé en el año cinco mil ciento cincuenta y dos, año del Señor mil trescientos noventa y dos, cuando en Lucena, que no había sufrido tamañas vejaciones por hallarse dentro de las fronteras del reino nazarí, el rabino Ariel ben Zacarías efectuó una visita a la familia Cardozo. Sobrio y taciturno, estuvo hablando con Zvía, Jaim y Benzion, acompañado aquel día por su joven prometida, acerca de los luctuosos eventos acaecidos en más de cien villas, pueblas y burgos de los reinos todos. Gravemente disertaban respecto de la sacrílega ola, cuando apareció Mordecai el silencioso que hacía nueve años no profería palabra y se puso a oír.

Hablaba el rabino pausadamente sobre la maldad que atenaza ponzoñosamente los pechos de los hombres e incluso de nobles almas y del peligro que se cierne sobre aquellos que creen estar libres de cometer tales fechorías. Iluminado tenuemente por el candil, decía así:

—No nos es dado conocer cabalmente los vericuetos de nuestra propia alma ni las secretas acequias por las cuales fluye la maldad en medio del bálsamo de la inocencia: hasta los niños albergan en sus corazones esta saña viscosa que amarga la miel de su bondad y se complace en herir con escarnio a los más débiles de entre ellos. Cuando la prosperidad de las buenas horas ilumina las vidas de los hombres es común transar con esta manera, pero no así en los días de la guerra, la miseria o la tribulación.

Dicho esto callaron todos durante un buen rato, como pensando en las palabras del rabino. De improviso, y para sorpresa de todos los presentes, Mordecai ben Haim, traductor silencioso y lúcido, habló con voz trémula y profundo acento:

—El mal es ineluctable; todo nuestro oficio debe consistir en acopiar bondad a almas que de otra manera serían siempre zafias, incapaces de belleza alguna.

Tan sólo esto habló para volver a callar. Zvía, Jaim y el rabino se acercaron al sabio, y su esposa, con lágrimas en los ojos, se abrazó a él y conmovida exclamó:

—Querido mío, sólo Dios sabe por qué nos ha privado del encanto de tus palabras y de la dulzura de tu voz.

Ante la belleza del momento, Jaim no pudo evitar la afluencia de las lágrimas. También el rabino lloró conmovido y dijo:

—En verdad, caro Mordecai, el mal nos contiene con tal rigor que lo más sabio es callar, para evitar que salga por nuestras bocas el veneno que se apoza en todos los corazones. No dudes de que en todo punto seguiremos tu consejo, pues tu sapiencia está por encima de toda suspicacia y ha sido panacea en todo momento. Todos callaron, y también Mordecai lloró.

## Capítulo xxx

Los primeros rayos del sol de Mallorca vinieron a iluminar el desastre. El rabino Elijah ben Mosseh fue hallado muerto y con los pies llagados, tumbado en las frías losas de la sinagoga, con la boca ahíta de la Sagrada Palabra y cubierto el cuerpo desnudo con los rollos santos de la Torá. David y Bartolomé Méndez-Pinto lo recogieron y trasladaron su cadáver con prontitud hacia un lugar secreto en donde no pudiese ser profanado, si mayor ultraje fuese posible.

Tras ocultar el cuerpo de su maestro y mentor, corrieron hacia la Casa de las Dos Estrellas donde reunieron a todos los miembros con prontitud y les expusieron lo acaecido. Vino a sumarse esto a la tristeza del luto que guardaban por Séfora, con lo cual eran demasiadas desgracias para pretender ignorar el peligro que todos corrían y la necesidad imperiosa de hallar una salida.

Consideraron oportuno mudar sus nombres por otros cristianos y no vestir más las prendas que revelaban su origen. No se trataba de renegar de su fe, sino de perpetuarla en silencio. Todos los implementos sacros debían permanecer ocultos y una Torá que recibieron como regalo del rabino sacrificado, fue guardada en un modesto cofre de madera que se envió a Salónica junto con todos los objetos comprometedores y con una *menorah* que había comprado Don Çag en Jerusalén doce lustros atrás.

De la noche a la mañana Efraim Méndez-Pinto vino a llamarse Mendo Lainez y su hermano Benjamín fue desde entonces Pero, Séfora dio en llamarse Juana, David fue ahora Lope y Bartolomé y Nuno guardaron sus nombres, pero provistos del nuevo apellido. Este cambio se registró ante la lonja para los negocios futuros, luego de un fingido bautismo que pretendió hacer católicos a la familia judía. Los Méndez-Pinto asistieron a la primera misa de sus vidas, entre contritos y asombrados por lo mucho que había cambiado la vida en tan breve lapso.

Durante la lectura del evangelio, el párroco mallorquín leyó el siguiente pasaje: «Partieron de allí los hombres y se encaminaron hacia Sodoma. Abraham estaba todavía delante de Yahvé. Se le acercó y le dijo: "¿Vas a hacer tú perecer al justo juntamente con el pecador? Quizá haya cincuenta justos dentro de la ciudad, ¿los harás tu perecer o no perdonarás, más bien, al lugar por amor de los cincuenta justos que hay en él? ¡Lejos de ti hacer tal! ¡Hacer morir al justo con el impío, tratarle como al culpable! ¡Nunca tal hagas! ¿El juez de toda la tierra no obrará según justicia?". Yahvé respondió: "Si hallare en Sodoma cincuenta justos dentro de la ciudad, yo perdonaré a todo el lugar en consideración a ellos". Abraham replicó diciendo: "Soy en verdad muy atrevido insistiendo ante mi Señor, yo, que soy polvo y ceniza. Quizás para ser cincuenta justos, falten cinco, ¿destruirás por esos cinco toda la ciudad?". Y Él respondió: "No, no la destruiré si hallare cuarenta y cinco justos". Abraham insistió entonces: "No se irrite mi Señor si sigo hablando. Quizá sean solamente treinta". Y respondió el Señor: "No lo haré si hallare treinta". Y Abraham volvió a decir: "No se enoje mi Señor. Voy a hablar por última vez. Quizás no sean más que diez". Y respondió todavía el Señor. "No la destruiré por amor de los diez"».

Una vez hubo terminado, la misa, Efraim quiso leer de nuevo el pasaje y con asombro leyó de una Torá que aún conservaba en su casa estas frases que seguían al trozo leído por el párroco, y que conmovieron su espíritu: «Uno de los Ángeles le dijo: Ponte a salvo, no mires hacia atrás ni te detengas en parte alguna de esta llanura; huye a la montaña para que no perezcas. Y Lot le respondió: ¡Oh no, Señor mío! He aquí que tu siervo ha hallado gracia a tus ojos y has mostrado gran misericordia para conmigo, conservándome la vida. Mas yo no puedo llegar a la montaña sin que antes me alcance el castigo y muera».

Deleitado y conmovido Efraim continuó la leyenda y vio que al tiempo que el sol salía sobre la tierra, llegó Lot a Segor. Entonces Yahvé hizo llover sobre Sodoma y Gomorra azufre y fuego de Yahvé desde el cielo. Y destruyó estas ciudades y toda la llanura, todos los habitantes de las ciudades y toda la vegetación del suelo. Y leyó Efraim: « Pero la mujer de Lot se volvió para mirar atrás y se convirtió en una estatua de sal».

Efraim, judío convertido en cristiano en cuestión de días, sabía con certeza que no había otra opción. Los suyos habían comprendido de repente que una decisión tal les permitiría seguir con vida en su amado Sefarad y ganar tiempo precioso para buscar un destino mejor. Y no podría volver para mirar atrás.

## Capítulo XXXI

Una mañana del mes de tišri del año de cinco mil ciento cincuenta y cuatro, mil trescientos noventa y cuatro del año del Señor, Zvía, salida que fue de la Botica el Carnero, se encaminó turbada a la sinagoga de Lucena para dirigir al rabino unas preguntas que le atormentaban. Tras entrar en silencio, inquirió:

—¿Por qué Dios ha permitido que su pueblo fiel tenga que sufrir tamaña penas? ¿Qué hemos hecho acaso?

El rabino se demoró en contestar mientras alimentaba el fuego del *Ner Tamid*, que algún viento pretendió apagar:

—Nuestro Dios, único e innombrable —dijo el rabino—, siempre se ha caracterizado por su celo extremo. Con aquello con lo que resulta permisivo para algunos, con eso mismo es riguroso para con nosotros sus hijos predilectos. La culpa de todo la tenemos nosotros, porque de lo contrario no se habría cebado así, sino que habría tenido misericordia. Es preciso, pues, buscar y ahondar en nuestro pasado para hallar allí la causa de las tribulaciones por las que atravesamos. Nos hemos alejado de Él por causa de la riqueza y la prosperidad, de la avaricia y de la ambición; algunos de entre nosotros blasfeman mientras, de modo hipócrita, alardean de virtud. Los demás simplemente hemos sido indiferentes y permisivos, negligentes con el vicio y el pecado, ciegos para todo cuanto importa al Señor. Si buscas con cuidado hallarás una larga suma de licencias y un gran derroche de ostentación que provocan la envidia y el odio en los corazones de humildes cristianos. Muchos de nosotros, por demás, y durante largo tiempo hemos sido ciegos y sordos ante los clamores de quienes con vehemencia solicitaban ayuda. Recordarás también que el año que culminó, según lo indicó la cábala, era un año de expiación de nuestras culpas largamente acumuladas. Dice Yahvé: «Ya veo lo que es este pueblo, un pueblo de dura cerviz. Ahora déjame que se encienda mi cólera contra ellos y los consuma». Ya puedes ver cómo el orgullo nos ha cegado incluso sin quererlo. Vivimos presos de la soberbia, con la convicción de ser mejores que cristianos y moros a quienes vemos no como nuestros iguales, sino como a pobres criaturas indignas de nuestra atención. Si lees con cuidado la Torá comprobarás que el nuestro es un Dios celoso que nada deja impune, castigando la impiedad de los padres en los hijos y en los nietos, hasta la tercera y cuarta generación. Por ello mandó contra los paganos destruir sus altares y destrozar sus cipos, abatir sus aseras. No adorar a otro Dios, porque celoso es el nombre de Yahvé y Él es un Dios celoso.

Zvía, conocedora minuciosa de los libros sacros, replicó:

—Dice también la Santa Escritura: «Guárdate de pactar con los habitantes de la tierra en la que vas a entrar, para que no sean un lazo que te ate. No harás alianza con los habitantes de la tierra, no sea que ellos, al prostituirse ante sus dioses para sacrificarles, te inviten y comas de sus sacrificios. No tomarás de entre sus hijas mujeres para tus hijos; pues ellas se prostituirán ante sus dioses y arrastrarán a tus hijos a prostituirse también ante ellos».

El rabino se detuvo para mirarla durante algún momento con benevolencia y acercando su cabeza para ungirla le dijo:

—Veo que has comprendido; conoces tan bien la Escritura que no tiene sentido que pretenda darte lecciones. Es preciso apresurar las medidas para alcanzar el destino que tu familia debe tomar. Nuestra hora en Sefarad ha terminado; empeñarse en lo contrario es desafiar a Yahvé.

## Capítulo XXXII

Convertirse al cristianismo era para un judío, no solamente un acto de apostasía pública, sino también un abierto desafío referido a su propia comunidad nativa. Significaba trabajar en los barrios cristianos y buscar su supervivencia a partir de fuentes nuevas, frecuentar a otras personas y recoger los frutos de la labor del día en tierra extraña. Debía aprender a persignarse y a rezar conforme al ritual establecido por el dogma, a trabajar en sábado y descansar en domingo, pero lo más terrible era aquello que tenía que olvidar. Era preciso, pues, que adoptase una postura nueva ante sus padres y hermanos, y en la calle ante ancianos y rabinos. La sensación de ser delatado por sus sentimientos y reacciones era constante, el temor a equivocarse y a comprometerse excesivamente lo asaltaba en cada esquina. Al menos durante los primeros años de su apostasía se hallaba como exiliado en su propia tierra llevando a cuestas una larga estela de dolores secretos y equívocos perniciosos. Soñaban muchos que aún eran judíos y que la tolerancia de antaño se había restablecido y todas las querellas sangrientas y acusaciones infamantes habían cesado, pero luego al despertar se hallaban de nuevo ante la cruda verdad: eran desterrados de su antiguo mundo y sus saberes ya no eran suyos plenamente. Su esposa era vista como poco más que una licenciosa engendradora de bastardos y sus hijos, dulces e inocentes, llevaban consigo los sellos indelebles de un pasado de ignominia que no habían vivido.

Fue de esta guisa como, en procesión, veintisiete judíos de Tarragona con sus familias fueron bautizados el segundo domingo de julio de mil trescientos noventa y tres, convencidos por la urgencia de las homilías de los prelados enviados desde Valencia por orden de Vicente Ferrer y por la necesidad de recuperar sus posesiones y restaurar sus haciendas. Estos fieles hebreos antaño silenciosos cumplidores de todas las disposiciones de su ley, acudieron a la iglesia mayor y catedral de su villa para recibir el sagrado bautismo en manos del arzobispo primado. A cambio habrían de recibir sus antiguos privilegios y la posibilidad de ejercer sus oficios libremente, siempre y cuando no estuviesen en contacto directo con sus antiguos correligionarios.

Para Yosef ben Shasday, judío de Gerona que había buscado refugio en Tarragona tras los difíciles días del año del Dios celoso, la conversión significaba, a sus veintiún años, la alborada de una vida nueva. Había escogido el nombre de Martín de Santamaría para ejercer el oficio de fabricante real, para la corte de Aragón, de timones de codaste que su padre el gran armador Shasday ben Vidal de Narbona le había enseñado desde la más temprana infancia. Reunido con los otros judíos ante la pila bautismal, con un silencio que reunía la turbación y el respeto, fue bautizado en la misa de mediodía detrás de su compañero Yakub ben Zadik, ahora Nuno González, tejedor de velas y de rejillas quien lo había acompañado desde Gerona.

Mientras el arzobispo pronunciaba la homilía, en la que advertía a los recién bautizados de los peligros que corrían quienes tuviesen secretos escarceos con maneras propias de su antigua religión, Yosef sintió que en lugar de renegar él de su fe, lo hacían, por este intermedio, todos sus antepasados. Lleno de esperanza y con el vívido fulgor de la juventud en sus ojos, veía el futuro cargado de extraordinarias promesas. La navegación era su vida entera y tenía puesta en ella una fe tenaz; para realizar sus propósitos era preciso continuar bajo la tutela del rey Juan I de Aragón. A su lado, sin embargo, otros hebreos se convertían con mayor pena, lamentando el desarraigo al que se sometían y la condena voluntaria a vivir bajo sospecha permanente a los ojos de los cristianos viejos.

Para cada uno de ellos el bautismo era una carga más en una larga vida plagada de fardos. Cumplir con unas leyes ajenas y obedecer a los prelados cristianos, leer su propia Biblia con ojos nuevos; modificar su dieta y tener que comer el inmundo cerdo y las despreciables vísceras, no poder saludar a los viejos amigos más que en secreto y hasta reducir las posibilidades de casamiento.

El agua con la que fueron bautizados venía también manchada en la sangre de los miles que murieron en los terribles sucesos no hacía mucho acontecidos y que aún estaban frescos en la memoria del pueblo hebreo. Por eso pesaba sobre sus cabezas y en lugar de calmarlos los inquietaba acerca de la incertidumbre que se cernía sobre sus descendientes. Ser converso no garantizaba seguridad plena, pues había quienes recelaban más de los que se habían convertido que de aquellos que seguían siendo fieles al credo de Moisés. Es cierto que algunos judíos principales, rabinos o prestigiosos talmudistas, así como tesoreros importantes y médicos áulicos lo estaban haciendo ya con gran pompa, pero sobre la frente de cada judío converso parecía posarse una sombra cargada de funestos augurios. Era esto tanto más doloroso por cuanto no implicaba peligros inmediatos para los recién convertidos, sino para sus hijos y descendientes y un horizonte de pobreza y necesidad en el que ganar el sustento diario y conservar derechos sobre sus bienes y haciendas era en todo punto impredecible.

Así fue la suerte de los bautizados y convertidos Yosef ben Shasday y Yacub ben Zadik y la de miles y cientos de miles de fieles judíos que durante más de cien años repetirían el mismo ritual aquí y allá, huyendo del horror y la desgracia que suponía conservar intacta la antigua creencia. Los desastres de mil trescientos noventa y uno desbarataron las aljamas y la conversión de eminentes rabinos y prósperos puntales de las comunidades hebreas convencieron a unos y desanimaron a otros acerca de la alternativa de vivir bajo el signo de la concordia. Sefarad veía su ocaso en todas las esquinas y el ingreso en la larga noche de la apostasía no daba trazas de amanecer nunca más.

## Capítulo XXXIII

Los moros habían sido el alma de España desde siete siglos atrás, por su audacia y su valentía tanto como por el desparpajo con el que vivían las más atribuladas circunstancias. Involucrados en guerras intestinas desde los días gloriosos del califato de Córdoba y los reinos de Toledo, Sevilla y Granada, vivían mezclados con cristianos y judíos en muchos y muy variados aspectos, pero a la vez se distanciaban de ellos por el celo con el que observaban su religión y por el ímpetu con el que guardaban su independencia frente a cualquiera. Francos y abiertos, con tendencia a la hospitalidad como sus ancestros beduinos, eran sin embargo muy proclives a ofenderse por nimiedades y a querellar entre ellos por razón de negocios o privilegios.

Muy numerosos como para ser ignorados, eran sin embargo la mitad de los cristianos a la sazón. Al contrario que sus antepasados, estaban dedicados a las labores del campo y vivían alejados de las grandes ciudades de España, habitando en pueblos y villas menores. Habían cedido inmensas landas, vegas y dehesas que con esmerado esfuerzo sus antepasados habían hecho florecer y prosperar, vencidos en muchas batallas por causa de sus divisiones internas más bien que por el mérito de estos advenedizos. Se habían resignado a posiciones secundarias en las Españas de aquel entonces, no obstante, muchos de entre ellos eran letrados y eruditos, y conocían con esmero las ciencias y las artes.

Sentían un apasionado amor por su lengua, rica y flexible, y eran diestros para extraer la sonora musicalidad que late en su seno y brilla en la progresión de las letras solares y lunares. Por esta causa, cristianos y judíos aprendían y admiraban tal lengua, pródiga en fecundas historias de feliz imaginación. Su pléyade de sabios había apuntalado una tradición de cultivo de los más diversos saberes sobre la tierra y sus poetas, profusos y apasionados, habían confeccionado un tejido de estrellas amplio, dulce y prodigioso, en el que no faltaban referencias a ninguna de las concavidades del alma humana. Orgullosos y satisfechos por sus logros, los moros de aquellos tiempos vivían mansamente, ajenos a las fieras disputas y distantes de las desdichas de la guerra.

Iluminados tenuemente por su antiguo esplendor, estos moros fueron apoyo y sustento de la gloria de España: discretos y lúcidos en las horas de tribulación y expansivos y despreocupados en los buenos tiempos.

## Capítulo XXXV

Entre los muchos e ilustres judíos de Burgos que llevaron por largo tiempo la laya de sabios intérpretes de la Torá y conocedores de intrincados asuntos filosóficos se destaca Salomón Ha-Leví, de cuyo nacimiento y datos de infancia es difícil tener noticia cierta, como ocurre, por lo general, con todos aquellos grandes hombres que terminaron por cambiar de nombre, de religión y de maneras, siendo ellos los más interesados en cubrir con un manto de niebla y olvido todo cuanto se refiere a su origen.

De familia aragonesa, Salomón había nacido en el año del Señor de mil trescientos cincuenta y dos, es decir, tan sólo cuatro años después de que la peste se ensañara con todos los reinos del mundo. Su familia rica e influyente se trasladó en su infancia de Aragón a Castilla y se estableció en Burgos, en donde floreció con gran brillo. Su educación esmeradísima lo puso a medio camino entre judíos y cristianos, filósofos y legos, por cuanto sabía dar cuenta de las más variadas interpretaciones y los más sutiles detalles que manaban de los libros santos de su ley. Salomón Ha-Leví había bebido en las fuentes de la sabiduría del *Rambam* Maimónides y de sus discípulos y posteriormente en las de la escolástica cristiana. Se percataba, por tanto, de que los sabios de todas las creencias y religiones se parecen y de que llegan a conclusiones comparables. Los problemas relacionados con la perfección del bien y la práctica de la virtud acicatean por igual las almas lúcidas de todos los tiempos y lugares. De allí que Salomón estuviese siempre despierto frente a los malentendidos que postulaban como absolutamente incompatibles con las doctrinas cristiana y judía, y aun con la del profeta Mahoma.

Cuando se convirtió en un hombre, ya su prestigio dentro de la comunidad judía había crecido tanto que se le nombró sin vacilar rabino principal de la ínclita ciudad de Burgos. Para entonces, el espectro amplísimo de sus lecturas e investigaciones iba mucho más allá de las obras de Aristóteles y de los sabios judíos Ramón Martí y Abner de Burgos. Conocía con precisión los tratados y las ideas de Ibn Rušd, llamado Averroes por los cristianos, tanto como las de Tomás de Aquino y creía, de buena fe, que la única razón divina los había inspirado a todos. Su ingente erudición lo condujo en un primer momento a refutar con solvencia y delicadeza los ataques de los que su fe era objeto desde los padres cristianos hasta los días de Ferrand Martínez y de Vicente Ferrer.

Tenía por cierto que la misión de los sabios debe ser la de intentar conciliar las consideraciones diferentes y buscar la armonía en donde los demás no ven sino discordia y contradicción. Como consecuencia de sus convicciones fue entrando en el círculo de disputadores que tenían por uno de sus oficios pergeñar sutiles argucias que ofrecieran contundente evidencia de la verdad de sus credos. El rabino de Burgos hace uso certero de su erudición, mente despierta y habilidad para la controversia para defender la fe judía con profusión, hasta el punto de que sus propios rivales reconocían en él a un contrincante lúcido y bien dispuesto, y cabal dentro de los códigos no escritos de las disputaciones religiosas.

Sus ambiciones lo llevaron pronto, más allá de sus funciones de rabino, a las de diplomático y consejero de corte, hasta el punto de que el rey Juan I de Castilla lo envió en mil trescientos ochenta y siete, junto con otros cortesanos y nobles cristianos, a formar parte de la ilustre comitiva de rehenes castellanos en Inglaterra, para firmar la paz entre los reinos y confirmar el contrato de casamiento de Enrique, hijo de Juan, con la princesa Catalina de Lancaster. No fueron nimios los riesgos de la misión y era del todo inusual enviar a un judío como rehén en un caso de tal envergadura, pero el prestigio y la riqueza del rabino eran garantía suficiente como para alcanzar la estima de la corte inglesa. Cumplida su función con éxito regresó a Castilla, durante los días en los que los predicadores azuzaban con mayor ahínco a los viejos creyentes cristianos.

Fue entonces cuando Salomón notó que sólo mostrándose ante la sociedad como un cristiano, podría gozar de los privilegios y libertades que la corte prodigaba y ponerse a salvo a la vez de los ataques de la plebe contra los de su estirpe. Ya arreciaban los ataques en el año de mil trescientos noventa, cuando Salomón decide acercarse a la pila bautismal y llamarse desde entonces Pablo de Santa María, puesto que los de su prosapia pretendían pertenecer a la tribu de Leví y tener parentesco con la Virgen.

El antiguo rabino se había percatado años ha de que las diferencias que para los creyentes y letrados son tan tajantes, apenas lo eran para quienes con alto juicio habían estudiado las escrituras en sus fuentes. Notaba que las dos religiones compartían los más decisivos de sus dogmas y hasta los mismos orígenes, y que además algunas críticas que el cristianismo esgrimía contra el judaísmo eran en todo punto razonables, con lo cual transmutábase el nombre mas no la esencia, lo que no repugnaba la razón de un cumplido filósofo.

## Capítulo XXXVI

David y Bartolomé Méndez-Pinto, ahora provistos de un nombre nuevo, vestidos de cristianos y afeitadas las barbas, reanudaron con ahínco y esperanza los negocios de la familia. Pero no bastaba mudar semblantes y maneras, puesto que hay una esencia profunda que yace y permanece.

La Casa de las Dos Estrellas decidió huir hacia delante de los tristes sucesos que la habían abatido y tremendamente atareada con gráficos portulanos, cartas de marear y mapas de la disposición de las estrellas, se dedicó al arte consumado del olvido de la tribulación. Todos y cada uno de los miembros y amigos participaron en las múltiples labores de renovación y en la asimilación de la fe cristiana, aunque todavía les repugnaba hacer pública ostentación de los signos propios de los seguidores de Cristo.

Estando en ello, los años escaparon febrilmente y en los ánimos de los más jóvenes palpitaba una llama de ambición y se vislumbraba un horizonte amplio. Después de las masacres y del luto debido, todos los conversos se apresuraron a reanudar los lazos rotos y a reparar tanto las casas quemadas como los corazones heridos, aunque parecía que a Séfora se le iba la vida.

Los tratos que Efraim y Benjamín, ya ancianos, habían iniciado con los portugueses, maduraron y dieron buen fruto: la Casa de las Dos Estrellas abriría pronto una sede en la ciudad de Lisboa y otra en Oporto, para distribuir vino y aceite de olivas al encapotado reino de Inglaterra y a los puertos de Ámsterdam,

Amberes y Hamburgo. La mar océana y sus corrientes empezaron a interesar a todos los implicados en negocios de mar de modo tan apasionado que el oeste inexplorado no sólo llegó a ser objeto de curiosidad, sino incluso expresión de audacia y refinamiento. Así también la ahora denominada familia Lainez envió sus barcos al cabo Mogador y empezó a tener contacto con los reyes negros de Malí y los tratantes de esclavos. Todo se veía a través de una luz intempestiva, difusa y avezada, en la que la audacia era imprescindible: las empresas que antaño la prudencia descartaba por riesgosas e inciertas, como la ya lejana de Riccitotti-Doria, seducían ahora a los más y se las tildaba de plausibles o, al menos, de prometedoras. Resulta conmovedor comprobar que la prudencia de los hombres depende en tan gran medida de los signos de los tiempos: cruzar todos los confines y enfrentar riesgos inauditos, se tornó de repente necesario y la razón más serena dejó de empeñarse en descartar el viaje para preocuparse tan sólo de cómo aprestar los medios para ponerlo en marcha.

## Capítulo XXXVII

Lucena transitaba lánguidamente por aquellos años en los que todas las juderías y las aljamas de las Españas desaparecían o se habían reducido.

Muchos judíos se convirtieron al cristianismo por temor o conveniencia y otros cambiaron su residencia buscando la protección del reino nazarí y en no pocas ocasiones encubriendo su origen. La otrora famosa judería de la ciudad, conocida por muchos como lugar de cura y tratamiento para males muy diversos y dotada de médicos doctos y de la sapiencia de los fármacos, empezó a ser muy remota y poco requerida.

La familia Cardozo habría seguido, sin embargo, durante largo tiempo con sus calladas investigaciones y su modesta rutina de no haber sido por la muerte repentina del traductor silencioso Mordecai ben Haim y el descubrimiento entre sus trabajos de una minuciosa traducción a mozárabe de la *Muqadimah* de Ibn Jaldun, sabio extraordinario contemporáneo de Mordecai y en la que el asunto tratado es el significado de la historia del mundo y su dirección, así como las enseñanzas que pueden obtenerse de su estudio minucioso.

Además de la tristeza que produjo en cada uno de los miembros de la familia de farmaceutas la repentina muerte del traductor de *El tratado de la luz*, *El filósofo autodidacto*, *De materia medica*, y hacedor de su célebre y renombrado diccionario políglota, entre otras obras de resplandeciente lustre, acentuó durante largo tiempo la melancolía de los Cardozo. El oficio lento y discreto, paciente y silencioso de Mordecai había sido heredado por algunos de sus hijos y discípulos, pero con él se perdía para siempre una gota más de esa devoción al saber y al comprender que tanto requerían los tiempos que corrían.

Inmenso fue el dolor que oprimió el corazón de Zvía y de sus hijos Jaim y Benzion, durante el funeral de su esposo y padre. Lo amaban con entrañable afecto y aunque no comprendían su misterioso comportamiento, tenían claro que cada acto había sido llevado a efecto con un propósito extraordinario. Durante los ritos mortuorios cada uno de sus hijos estuvo con el cuerpo del padre, impidiendo que éste permaneciese solo ni siquiera un instante, mientras el cirio ardía pacientemente a su cabecera y era renovado una y otra vez para darle luz a aquella luctuosa oscuridad. Cada momento parecía sugerir a los presentes el último mensaje dejado por Mordecai en la nota al margen del tratado de Jaldun: Huid con la cabeza en alto y no permitáis que todo se precipite al abismo. El mundo es a la vez luz y sombra, silencio y estruendo, sendero y encrucijada, memoria y olvido; todos los caminos sirven si no os cansáis de buscar.

Y tuvo sentido, puesto que en el docto libro de Ibn Jaldun se habla bellamente de la razón de los afanes de los pueblos y de sus destinos paradójicos. No hay nadie ni nada que carezca de una razón para existir y de una meta a donde arribar. Sirvió de consuelo a la dolorida alma de Zvía el comprender que su marido, en la vida que da la muerte, podría volver a participar en animados coloquios con sabios y almas y formas puras que impulsan las esferas celestes.

## Capítulo xxxviii

Poco tiempo después de las revueltas que causaron tantas muertes y conversiones forzadas entre los hebreos, la fama de Pablo de Santa María, llamado también Pablo de Burgos, creció como un tizón ardiente sobre un haz de espigas. Una vez llegado a la ciudad de París con el propósito de cursar sus estudios de teología se pone en contacto con el cardenal de Aragón, Pedro de Luna, legado pontificio para Francia del Papa Clemente vii, y le propone hallar el modo de convertir a los judíos de todos los reinos de Cristo. Nombrado pontífice, ahora Benedicto xiii, al otrora cardenal de Aragón le atrajo proposición semejante; quien propenderá desde entonces a revocar las impugnaciones de sus enemigos a través de la conversión de miles y miles de infieles, para limpiar su nombre y ganarse así el derecho al único detentador del solio pontificio. Las intrigas de Roma y de Aviñón llegaron por medio del Papa Luna hasta los campos y villas de España.

El antiguo rabino mayor de Burgos creía sinceramente en la necesidad de alcanzar la conversión de todos los judíos españoles y también de los moros que habitaban la península, con lo que la unidad y fortaleza de los reinos los haría indestructibles y poderosos; cuando un hombre sale de una convicción muy honda para abrazar otra, como el ermitaño que abandona la oscuridad de su morada y es cegado por el resplandor de la luz, anhela que sus semejantes reciban del mismo modo la bendición redentora que él ha recibido e incluso hace gala de celo extremo para con los remisos y obstinados que, pudiendo oír la trompeta de la verdad, se empeñan y deleitan en su sordera. Así, Pablo quiso obligar a los judíos a convertirse plena y verdaderamente.

## Capítulo XXXIX

Monjes, reyes y soldados de las Españas tuvieron por aquel entonces muchas preocupaciones y propósitos nuevos; pero en especial los legisladores produjeron un ordenamiento en Castilla que pretendía resolver de una vez y para siempre los azarosos tratos entre cristianos, moros y judíos. Por instigación de Vicente Ferrer, los regentes de Castilla accedieron a promulgar una pragmática que habría de causar la conversión de muchos y las penas de otros. Quienes empeñados en permanecer en su fe pretendiesen hacer oídos sordos a tan tajantes disposiciones lo pagarían caro con su sangre y con sus bienes. La reina Catalina —a la sazón regente de Castilla y madre de quien luego sería el segundo Juan de Castilla—, por cuya intercesión fueron dictadas estas medidas, apenas tuvo parte en su ejecución, ya que eran el producto del mismo espíritu que habían causado tan horribles masacres veinte años atrás; en ello estaba el sello del energúmeno fraile valenciano, como del apóstata Salomón Ha-Leví, llamado ahora Pablo de Santa María.

Según el edicto, que unos llaman de Valladolid y otros de Ayllón, en todas las ciudades y villas, judíos y moros debían vivir apartados de cristianos y alejados de todo trato o negocio con ellos, para evitar que el contacto inficionara los buenos espíritus cristianos, viejos y nuevos. Se prohibió además que ejerciesen una prolija lista de oficios que los habían caracterizado durante siglos: no podrían en adelante ser médicos ni boticarios ni albéitares, carniceros ni trinchantes, tundidores ni peleteros, herreros ni zapateros, sastres ni traperos.

De modo crudamente infamante, las leyes obligaban a los moros a llevar una luna clara en sus vestidos y a los judíos una rodela bermeja; debían llevarlos además modestos, sin lujo ni ostentación. Por nada del mundo permitían las leyes de Ayllón que los cristianos fuesen confundidos por nadie con sus enemigos infieles, no podían los judíos entonces hacerse la barba ni cortar o cercenar sus cabellos, sino que los usasen como solían.

Sus bienes fueron sistemáticamente confiscados y la mayor parte de ellos tuvo que sufrir pobreza extrema durante años sin cuento, después de haber disfrutado de prosperidad y lujo, o al menos de abundancia durante tantos siglos. Dolía mucho a los hebreos el tener que privarse de ostentar sus joyas, a riesgo de perderlas si eran públicamente exhibidas y de tener que comer y beber en recintos cerrados, como si de convictos se tratase. Pero de todas las vejaciones que se desprendieron de las leyes de Ayllón, ninguna supuso mayor ignominia que el tener que residir en barrios oscuros y estrechos, en medio de calles sucias y enfangadas y, además, el no poder hacer pública exhibición de sus saberes y destrezas, quedando reducidos al mísero oficio de sobrevivir y condenando a su prole a desvanecer inmemoriales maneras que los hacían particulares y sabidurías sutiles que los hacían indispensables. Toda España salió damnificada como consecuencia de las disposiciones, porque los fanáticos reemplazaron a los sabios en el ejercicio de cruciales funciones y la ciencia que llevaban consigo tuvo que ser soslayada para evitar parecer sospechosa.

Convertir a judíos y moros supuso un largo y doloroso calvario para todos aquellos que habían mantenido bien aceitada la rueda de la sapiencia, fuesen ellos cristianos, moros o judíos. El miedo llenó todo el ámbito que antaño estaba destinado a la lucidez. La pragmática no ofrecía otra salida que la de la conversión. Para seguir entregados a la tarea de comprender el orbe entero y sus avatares infinitos, hubo que recogerse bajo una sola apariencia y las más de las veces bajo una sola voz.

## Capítulo XL

En la ciudad de Lucena causaron consternación estas durísimas leyes desde el día mismo en que fueron promulgadas y en especial por el hecho de haber sido inspiradas en la palabra de un sabio rabino, hábil defensor de la doctrina de Moisés y ahora transformado en un acérrimo enemigo del inmemorial credo hebreo.

Zvía, acongojada, veía en ello un signo siniestro, por cuanto significaba la derrota implacable de la fe en la que ella y los suyos habían construido sus vidas durante todos los siglos anteriores. El uso de la rodela bermeja y la imposibilidad de asearse escrupulosamente y afeitarse las barbas, llenó de espanto a todos aquellos que no sabían cosa distinta que guardar con celo las prescripciones del Levítico. El uso de ropas toscas y tabardos desdecía del lustre con el que excelentes alfayates manejaban paños y sedas.

A pesar de que en el reino nazarí tales disposiciones no tenían efecto alguno, la alarma de Zvía ante las nuevas que llegaban de las tierras de Murcia, Guadalajara y Valladolid fue inmensa. Por consiguiente, convocó a toda su familia para orar en silencio, durante la celebración solemne de *sefirat haómer*, que evoca nefastos sucesos. Una vez concluida la oración, dirigió a todos los suyos unas palabras sentidas:

—En conmemoración de la *séfira* y como homenaje indeleble de nuestra familia a la memoria del amado Mordecai, os conmino a prepararo desde ahora —cuando todavía gozamos de libertad y de albedrío y aún no tenemos que soportar la humillación que los hijos de nuestra fe tienen que sufrir en cualquier otro reino— para que consignéis todo el saber en lugar seguro y en lo más profundo de nuestra memoria. No podemos nada más, pero si vosotros lográis ponerlo a salvo nadie podrá quitárnoslo nunca. Ahora resulta que la fe de nuestros padres es motivo de vergüenza y hasta la Escritura Sagrada y los ritos que practicamos nos pueden ser arrebatados. Quieren, incluso, obligarnos a pensar que perder nuestros nombres es cuestión nimia y han forzado a algunos de los más ilustres rabinos y hombres doctos a abrazar su fe y a maldecir la nuestra. Y lo que es peor, aún nos quieren hacer creer que con ello no perdemos sino que ganamos; puesto que han invertido hasta tal punto las creencias venerables y ritos sacros y nos han amordazado para no musitar un gemido de descontento. Es preciso buscar otro rey y otra tierra, otro suelo y otro cielo, con tal de no perder a nuestro Dios ni tener que abjurar de aquello en lo que hemos creído con tan sincero anhelo. Buscad la forma de que vuestros hijos no tengan que ser sometidos a tan fortísimas cadenas. No podemos callar lo que hemos sido y si nos convertimos, incluso con sincero corazón, no faltará quien sospeche de la rectitud del acto y de la profundidad de la intención. Yo ya soy vieja y por tanto no os pido nada para mí, haced esto por vosotros y por toda vuestra descendencia. Huid mientras aún tengáis tiempo y hacedlo con tal sigilo que nada quede al azar y nadie extrañe vuestros movimientos. No debéis permitir que la cobardía o la desidia mancillen la memoria de nuestros antepasados que con entereza y dignidad la han sabido poner en alto. Sois médicos y boticarios y conocéis secretos que pueden preservar la salud y restablecer los cuerpos abatidos; tal tesoro es perenne y sutil, id a enseñarlo a quien lo requiera siempre que os acoja con justicia y no os obligue a maldecir de vuestra fe. No os disperséis en el exilio porque ello os postrará de nuevo en la indefensión y el terror.

León oyó con reverencia las palabras de su hermana y sin musitar palabra alguna se llevó a los Cardozo a su cámara para preparar desde aquel mismo día una partida cierta hacia un lugar incierto.

## Capítulo XLI

Se daba cuenta el Papa Luna, cuyo sectarios llamaban Benedicto XIII, de que las conversiones de miles y miles de judíos le servirían para ratificarse en el trono pontificio y para acallar a sus enemigos, si acaso hacía uso hábil de ellas. Qué podía ser más teatral que una disputación entre sabios cristianos y judíos en la que inevitablemente vencieran aquéllos, humillando a éstos y sumiéndolos en el descrédito.

Fue de tal guisa cuando en noviembre de mil cuatrocientos doce decidió dictar una misiva dirigida a las más renombradas aljamas de los reinos de España, para que enviasen a sus sabios más doctos a debatir sobre la llegada o la espera del Mesías.

Meses después, mientras el invierno salpicaba con su manto blanco las tierras todas de las Españas, acudieron a San Mateo, cerca de la ciudad de Tortosa, hasta catorce rabinos de los preciados por más doctos en el conocimiento de la Torá, el Talmud y la Midrash, y figuras señeras de las aljamas y de la religión hebrea en Sefarad. Los convocados eligieron como orador principal a Rabbí Vidal Ben-Veniste, prudente y erudito, amén de gran cultivador de la lengua latina, quien sirvió también de intérprete a todos los contendientes.

La contraparte cristiana, compuesta a la sazón por arzobispos y prelados de las más notables diócesis de los reinos, estaba encabezada por un judío converso, médico principal del Papa Benedicto XIII, oriundo de Alcañiz y cuyo nombre cristiano era Jerónimo de Santa Fe, no ha mucho llamado Jehoshua Ha-Lorki. No era menuda casualidad el que su nombre judío coincidiese con el nombre mismo del Mesías cristiano a quien venía a glorificar. De amplia erudición y buen dominio de casi todas las ciencias, conocía con pericia los argumentos que el sabio Nahmánides había usado ciento cincuenta años antes en una disputación similar en Barcelona contra el judío converso Pablo Cristiani, sobre el mismo punto y, a decir verdad, juzgaba los argumentos de Nahmánides casi imposibles de controvertir. Si acometió tal tarea, fue porque consideraba que los judíos de su tiempo no estaban en condiciones de alcanzar de nuevo la contundencia y el brillo de su maestro, pues el desánimo invadía sus pechos y turbaba sus mentes. Al abrirse la célebre disputación de Tortosa, el Papa Luna pronunció estas perdurables palabras que anunciaban el resultado que habría de tener toda la empresa:

—Venid y disputemos —dice Yahvé—. Si aceptáis obedecer, lo bueno de la tierra comeréis. Pero si rehusando os oponéis, por la espada seréis devorados. Pues yo sé que mi fe es la verdadera, mientras que la vuestra fue verdadera y ha sido abolida. Se os pidió venir aquí para presentar vuestra respuesta a la tesis de Jerónimo de que los autores del Talmud, que sabían más que vosotros, admiten que el Mesías ya ha venido.

El tono de la disputación hacía énfasis en la necesidad de defender los argumentos de la religión hebrea, pero jamás en controvertir los de la cristiana. Jehoshua el de Lorca se dedicó con astucia a conducir las conclusiones de los sabios hacia las pruebas de que la venida del Mesías había tenido lugar siglos atrás, como las Escrituras verdaderas que refrendan los anuncios de los libros antiguos en los que los judíos creen también, dan muestra cierta.

Se prolongó más la disputa de lo que cualquiera pudo imaginar, pues no era baladí la cuestión ni inexpertos los disputadores, pero al cabo de los meses, tras la primavera, verano y el otoño, la balanza terminó por inclinarse del lado de los cristianos, según consta en las glosas que los doctores de las partes dejaron consignadas por escrito.

Al cabo de veintiún meses de rotunda disputa, en la que se desleían las voluntades y se enervaban las fuerzas, Rabbí Astruch Ha-Leví presentaba la más completa abjuración que fuese imaginable:

—Y yo, Astruch Leví, con la debida humildad, sujeción y reverencia de la Reverendísima Paternidad y Dominación del señor Cardenal y de los demás Reverendos Padres y señores aquí presentes, respondo diciendo: que es lícito que las autoridades talmúdicas alegadas contra el Talmud por el digno Jerónimo de Santa Fe, tales como constan literalmente, sean desechadas; ya porque, en primer lugar, aparecen como heréticas, ya para ofender las buenas costumbres, y ya, en fin, porque son erróneas; y cuanto por la tradición de mis maestros yo supiere, lo que ellos sepan o puedan saber en otro sentido, confieso que también lo ignoro. Por tanto, ninguna fe presto a dichas autoridades ni a otra autoridad cualquiera, ni creo en ellas, ni trato de defenderlas; y revoco toda réplica, dada en este lugar por mí, que no se conforme con esta mi última respuesta, y la tengo por no dicha ni pronunciada, en cuanto a esta declaración contradiga.

Estuvo avalada la abjuración por once más de los rabinos presentes, quienes a una voz exclamaron:

—Y nosotros estamos conformes con dicha cédula y nos adherimos a ella. Sólo dos rabinos, Joseph Albo y Rabbí Ferrer, quisieron resistir en virtud de lo que los cristianos juzgaron simple obstinación y los judíos valerosa entereza.

Durante el cierre de tan larga e inaudita disputación, el Papa Luna declaró con solemnidad que si bien había querido ostentar su tolerancia consintiendo en que se pusieran en tela de juicio asuntos que todo el orbe acataba sin vacilar, no podía dejar de mostrarse airado contra los que, ignominiosamente y haciendo alarde de contumaz rebeldía, persistían en los errores confesados, abjurados y condenados por sabios eminentes.

Con este dictamen se cerraba para siempre la opción de poner a la doctrina hebrea a la misma altura de la cristiana y para prelados y clérigos, tanto como para los fieles humildes, estas materias jamás volverían a debatirse ni a ponerse en tela de juicio sus conclusiones. Se fueron los otrora rabinos de regreso a sus ciudades, bautizados y provistos de nombres nuevos y parecía, ahora más que nunca, que a Sefarad se le iba la vida.

## Capítulo XLII

En los tiempos de Abraham Cresques, prestigiosos cartógrafos mallorquines fueron encargados por los reyes de Aragón, Pedro IV y Juan I, para llevar a efecto sendas tablas en las que se representase la figura del mundo todo y se pudiese calcular el áureo número y las fiestas móviles. Tal carta náutica debía contener todo cuanto fuese conocido a levante y en especial todo aquello que desde el estrecho conducía a poniente.

Los gráficos fueron encargados en el año del Señor de mil trescientos setenta y tres a Abraham Cresques, quien murió sin terminar la tarea doce años después. Su hijo Yahuda, conocido luego como maese Jácome, terminaría el Mapa Mundi dos años más tarde, tras profusa indagación en fuentes árabes, persas y bizantinas. Cada mapa del atlas estaba explicado con minucia, y los colores muy variados que incluye indicaban las distancias de las riberas, las medidas y las alzadas, con las que era preciso disponer los instrumentos para el viaje. En las cartas se pone la normal en el sur y la contraria en el norte.

Abraham Cresques, Maestro de Mapas y Compases y Gran Decano de la Orden de Marina, se dirigió una mañana, ya remota, a la sede de la Casa de las Dos Estrellas buscando el apoyo de la familia Méndez-Pinto para revisar la copia de la bitácora que usara Ricciotti-Doria para navegar a cabotaje las costas en el norte de África y toda la información disponible acerca de accidentes, radas y penínsulas, provenientes de informes marineros y corresponsales judíos. Los Méndez-Pinto aceptaron honrados ayudar en todo punto a tan loable tarea y tan ilustre sabio. Benjamín recordaba aquella visita preciso ahora cuando pretendía partir, en compañía de Yahuda Cresques, quien también se había bautizado, un año después de la ira del Dios celoso, pero profesaba en secreto la fe de sus padres.

En efecto, en mil cuatrocientos dieciséis el príncipe Enrique de Portugal los había invitado a la corte, para dirigir el laboratorio náutico de Sagres y establecer las directrices que cartógrafos y navegantes debían seguir para todas las expediciones futuras que el rey y su hijo habían dispuesto para sus súbditos. Muchos judíos, profesos o convertidos, se sumaron a estas empresas que habrían de enriquecer y engrandecer inmensamente a la corte portuguesa y que serían por siglos los bastiones de su inabarcable imperio.

Hacía siglos ya que la grey israelita se había establecido en Porto, Lisboa y el Algarve, comerciando con oro y mercadería de diversa naturaleza. Los cartógrafos venidos de Mallorca no tuvieron empacho para ser bienvenidos en la corte portuguesa, siempre y cuando respetasen cumplidamente sus leyes.

## Capítulo XLIII

Todo hombre de buena laya sabe que su vida es corta para alcanzar los empeños a los que su propio magín lo conmina. Por ello se preocupa tanto por que sus hijos hereden su saber y sus encargos y aprendan a manejar las herramientas y a disponer los elementos precisos para cumplir tan perentorios propósitos.

Bartolomé Méndez-Pinto, hijo de Séfora y Nuno, joven e impetuoso, pero formado en un talante prudente, se convirtió en el natural heredero y auriga de los destinos de la Casa de las Dos Estrellas. Sus metas ambiciosas respondían a los tiempos difíciles por los que su familia y su mundo atravesaban y estaban inspirados en la imagen de su tía Betsabé, sacrificada en aras de un frenesí que lejos de amainar amenazaba cada día con recrudecerse. Por tanto, Bartolomé tomó decisiones que se mostrarían inmensamente afortunadas. La estrella de levante se vería ahora opacada por la luz intensa de la de poniente, hacia donde se dirigían las miradas de todos cuantos por aventura o por exilio se veían conminados a la mar y a jugar sus destinos y haberes en puentes de naves o en islas afortunadas o insidiosas, en todo caso distantes de los parajes en donde habían crecido y del terruño que amaban con todo el corazón.

Por esto las sedes de Oporto y Lisboa empezaron a recibir una esmerada atención y altas sumas para adelantar desde allí las empresas de comercio y construcción de naves de las que vivía su familia desde hacía siglos. Mallorca nunca sería olvidada, pero ya no podía seguir siendo la sede principal de los asuntos por la malquerencia que se ceñía sobre las gentes hebreas de la ciudad y la desazón que infestaba cada día con un sabor acre sus rincones.

Nadie pretendió discutir la decisión de Bartolomé y en el curso de los dos años siguientes a mil cuatrocientos dieciséis ya toda la familia habitaba el vetusto palacete de Lisboa que había pertenecido al padre de Nuno, el fiel esposo de Séfora.

Los padres de Bartolomé, ya ancianos, se acomodaron con dificultad a la vida agitada de la ciudad y al constante ir y venir de mercaderes y marineros que acudían a la prestigiosa casa de navegación para discutir y negociar las condiciones de tratas y viajes. Nuno y Séfora vieron allí a esclavos negros provenientes del África y a marineros pelirrojos de Escocia y Dinamarca.

Tomaban vinos de Germania y comían frutos extraños, traídos del desierto al sur de Sijilmasa.

David, ya entrado en años, les servía de guía y los acompañaba por ese mundo particular, cargado de olores de especias traídas de Catay y el Maluco, cuyo costo superaba muchas veces al del oro.

Los más jóvenes de los Méndez-Pinto vieron el cambio con alivio, puesto que en Portugal no tuvieron que fingir ser cristianos y pudieron moverse por todo el reino con la facilidad de los vientos; algunos de ellos fueron a Ámsterdam y a Amberes a vender diamantes de Malí y zafiros de Delhi que pacientemente y con pulcra maestría tallaban orfebres de aquellas pueblas.

## Capítulo xliv

La familia Cardozo salió de Lucena con destino a Cádiz en mil cuatrocientos diecinueve, renunciando a la protección del reino nazarí de Granada a cambio de la promesa de un destino apacible para prosperar y trabajar, siempre que fuera un sitio que auspiciase la pronta partida.

Cádiz resultó ideal, a pesar de las matanzas acaecidas en la judería años atrás, por su doble condición de puerto cercano al África y a Portugal y por poseer una casa de investigaciones médicas de primer orden, en la cual continuar con los estudios de enfermedades y sus tratamientos respectivos. Además, la ciudad ofrecía el delicado abrigo del mar infinito y la promesa de las Islas Afortunadas y la isla de Madeira recién descubierta.

Durante el largo viaje, mientras atravesaban los reinos del sur de España que habían sido de los moros, pudieron ver el decaimiento en que se hallaban todas las viejas glorias que habían sido narradas en historias y descritas en tratados acerca de los antiguos califas y de los palacios espléndidos que habían construido y que ahora yacían en el abandono y en el olvido.

Vieron también a su paso los restos de fortalezas y castillos de las prolongadísimas guerras entre moros y cristianos a través de los cuales éstos habían agotado las fuerzas de aquéllos y se disponían a construir la unidad cargada de presagios que prometía un gran poder para las Españas de los siglos por venir, aunque a costa de verter mucha sangre.

Ya cerca de Cádiz, en una venta de las tierras de Huelva en la que se habían detenido, la vieja matrona Zvía cayó enferma y —a pesar de contar con los mejores médicos de España para cuidarla— sus males se fueron agravando sin que alguien pudiese evitarlo. León mismo se puso al frente de su tratamiento, pero no pudo hacer más que mitigar, con paliativos y placebos, los dolores que azotaban su cuerpo con fiereza. En la última hora y con una voz entrecortada se le oyó decir:

—He vivido y cada día ha sido para mí una merced de Yahvé; he parido hijos cabales en alma y cuerpo y Dios me bendijo con un marido sabio y bueno. Nada más tengo para pedirle, haced vosotros lo que os toca y corresponde y mi alma podrá atravesar la ghena y alcanzará la sombra protectora de Yahvé si acaso lo merezco. Todo está dicho ya. Dadme el último abrazo.

## Capítulo LXV

Al llegar a Cádiz, los procedentes de Lucena enterraron el cadáver de Zvía junto a los restos de Mordecai, que habían sido traídos en una urna y procedieron a comenzar silenciosamente sus investigaciones y sus labores médicas. Cambiaron convenientemente su apellido por el de Lucena, que era la ilustre cuna de la que provenían y mantuvieron su discreto talante y su mesurada sabiduría. No conviene saber más de lo debido ni se debe alardear de ello, puesto que no aprovecha a cada hombre una fama excesiva y el peso de ese fardo los perjudica a todos. Los Lucena continuaron su tránsito por el mundo sin traicionar un ápice de lo que habían sido sus antecesores, prestos a buscar el sosiego y el retiro que necesitan los sabios y a ponerse al abrigo de las intrigas mundanas, con la misma decisión con la que otros persiguen los afanes y acechan los problemas. Y todo transcurrió dulcemente durante un tiempo.

## Capítulo XLVI

Mientras que Benzion Lucena profundizó en los conocimientos médicos y la sabiduría talmúdica que su madre le había legado, su hermano Jaim heredó el oficio de traductor y pasaba los días y los meses entre grandes tratados. No es tan grande, al fin y al cabo, la diferencia entre quien investiga y quien traduce, puesto que el primero se ve empujado por fuerza a traducir los signos de la naturaleza y el segundo a investigar las ideas que se ocultan para los legos en los tratados de los sabios.

Benzion, taciturno y sombrío, aprendió del silencio de su padre que las palabras llevan consigo una misteriosa alma que alumbra a los sabios y enceguece a los necios. La ciencia más alta está destinada a los que han hecho el viaje hasta los misteriosos recados de las cavernas del Espíritu. En Él habitan todas las respuestas a los enigmas de los hombres desde el comienzo de los tiempos y su cuidadoso desciframiento impone la cautela más celosa y la perspicacia más certera a quienes se han dedicado al oficio de develar los secretos. Yahvé escribe con caracteres crípticos y pocos quieren recorrer los tortuosos senderos que conducen a un bien tan patente, pero tan riesgoso.

Sus tratados fueron como el trabajo del minero que conoce las vetas de los metales preciosos y los extrae con pericia, aunque sabe que todo puede precipitarse sobre él y sumergirlo sin remedio en artera e inasible penumbra. Sus libros versaban sobre las heridas misteriosas que conducen a algunos seres a la vesania, la despreocupación y un desparpajo carente de vergüenza. Benzion descubrió que los males del alma son tan numerosos y variopintos como los del cuerpo y que podrían tener un tratamiento análogo. Por un estudio sistemático y riguroso de los gestos del rostro y las arrugas, que son su huella, y por una cuidadosa observación de los comportamientos humanos durante los días y las noches, pudo descifrar alguna de las causas del frenesí que turba las mentes y embota los espíritus, sumiéndolo todo en la indiferencia y la incomprensión. Sería por el influjo que los textos de su padre ejercieron sobre él, y por el sorprendente silencio que guardó durante los últimos años de su vida, por lo que Jaim se dedicó con rigor a escudriñar en los insondables secretos de la cábala. Allí aprendió, por sobre todos los bienes, que la palabra tiene un poder inmenso; ora para curar, ora para enfermar, y que la cordura perdida por su causa puede también ser recobrada por su intermedio. Se propuso, por tanto, escribir tratados sobre las manías y las furias que signan a los dementes, el más célebre de ellos, sin duda, se titula *Tratado de los gestos y libro de ingenios*, en el que compara las complexiones físicas de los seres y sus humores, de modo que se torna patente que el alma y el cuerpo están misteriosa pero indisolublemente entrelazados.

En uno de sus opúsculos cita el caso de un hombre flaco y nervudo, propenso a la melancolía, estudiante en Salamanca, que amaneció un día tras larga convalecencia, convencido de que todo él era de vidrio y que cualquiera que se le acercase lo quebraría en pedazos. Un caso tan extraño llamó la atención de todos y conmovió a las gentes, incluso muy lejos de la ciudad en la que vivía. Los efectos de la enfermedad lo habían investido de una palidez translúcida y la larga agonía había incrementado el brillo de sus ojos, sus cabellos encanecidos y sus carnes magras hacían que esta convicción se tornase invencible. Poseso por esta particular locura de creerse de vidrio, salía al balcón a predicar que un mal como el suyo castigaría sin remedio a todos los habitantes de la ciudad, con lo cual el terror se extendió y el delirio se enseñoreó de muchos otros. Benzion, convocado de urgencia por el arzobispo de la ciudad y los doctos de la universidad, fue a atender el caso personalmente y recomendó, acompañado por un religioso de la orden de San Jerónimo recientemente convertido, que se hablase al desquiciado acerca de unas aguas y unos lodos que lo restaurarían de su vidriosa condición, al igual que a los otros contagiados. Luego del tratamiento que se siguió con rigor durante varios meses, Jaim Cardozo de Lucena mostrole, zurrándolo con una fuerte vara de roble, que ya no era de vidrio y que estaba curado.

## Capítulo XLVII

La ciudad de Cádiz entregó a la sapiente familia de Lucena buenas dosis de aquello que esperaban encontrar en ella: la calma suficiente para trabajar y la actividad necesaria para comprender que el mundo bullía a sus pies y que en las naves cabalgaban ideas y costumbres sorprendentes.

Benzion se dedicó a continuar las investigaciones de su abuelo Abraham Cardozo sobre los humores y las presencias intangibles que enferman a los cuerpos o los contagian de los males de otros. Se ocupó de modo ejemplar del tema de la mutación de las partículas vitales que generan cambios imprevistos en los tejidos del cuerpo llevándolos al deterioro más espantoso a inusitada velocidad. Pasaba sus días observando los minúsculos filamentos de los tejidos de la piel, con la ayuda de unos lentes de aumento que su familia había obtenido de unos judíos de Villena, como compensación por un tratamiento curativo que su tío León había llevado a buen término en esa puebla.

Su preocupación principal consistía en detectar las vías por las cuales las sutiles partículas que contenían la enfermedad penetraban en los cuerpos de las víctimas. Indudablemente el respirar el mismo aire de los infectados podía influir en algunos casos, pero lo principal era poner al enfermo en condición tal que los efluvios provenientes de su cuerpo a través de la saliva, el sudor o los líquidos excrementicios no tuviesen contacto alguno con otros cuerpos. Convenció a las autoridades gaditanas de la necesidad de construir un hospicio especial de cuarentena situado por fuera de las murallas de la ciudad y bendecido por el frescor de la brisa marina, para recluir allí a los enfermos de males contagiosos y evitar la propagación de sus flagelos por toda la ciudad. También expuso la conveniencia de erigir un recinto para albergar a los desquiciados y obesos que con su desvarío pretendiesen contagiar a los sanos y cuerdos.

## Capítulo xlviii

Se sentían aún las fuertes disposiciones del ordenamiento de Ayllón —aunque la infamante rodela bermeja de los judíos se vio en pocas ocasiones— cuando la muerte alcanzó en Vannes al porfiado fraile valenciano Vicente Ferrer, en el año del Señor de mil cuatrocientos diecinueve. Su vida había sido un periplo de persecución, un itinerario marcado por la prédica del odio y la invectiva y cuya simiente perniciosa se regó mucho más allá de las fronteras de las Españas. La vida toda del fraile dominico se dedicó a propagar la fe cristiana entre los infieles y los desviados de ella, tanto como a incitar a los fieles a la venganza y a la cólera. En su incesante celo recorrió villas y pueblas, conventos y monasterios, congregando a otros muchos a hacer lo mismo que él para que las almas no se perdiesen y los infieles se sintiesen incómodos con sus creencias y costumbres. Laceraba almas y cuerpos con retratos descarnados del mal y del infierno y azoraba las mentes con burdas y tremendas arengas que azuzaban a las multitudes; aunque con velada sorna solía repetir: «No quiero forzar a nadie a la conversión, pero ayudo a la gracia».

Fue tan grande su encono que tras su muerte sus seguidores convirtieron sus sermones en verdades insoslayables que repetían de memoria con fervor, produciendo milagros de conversión por acción de las torturas del cuerpo o la intimidación del alma. Tales conversiones fueron presentadas pocos años después como prueba inobjetable de su excelsa santidad y consagraron su nombre y sus hechos para siempre como modelos a seguir en la búsqueda de la divina gracia. Fue así como por acción de este muerto y sus devotos, el torrente de las conversiones continuó por todas las

Españas durante varias décadas hasta conformar un ejército de cristianos nuevos tan nutrido y numeroso que afluyó sobre las parroquias y anegó todos los santuarios.

Pero la vida del santo varón estuvo matizada por escabrosos episodios desde la infancia hasta la madurez. Pálido y atormentado, sus ojos parecían flamígeras esferas a las que el sueño no venía a consolar; pasaba las noches entre rezos y cilicios, mortificando su cuerpo y sometiéndolo a labores extenuantes para que la inactividad y la molicie no lo sumiesen en el pecado. Tiranizaba a sus escribientes, dictándoles con celeridad sermones que no tenían fin. Nunca hallaba el sosiego ni contenía su inquina contra los infieles. Criticaba con rigor a los cristianos viejos que mantenían tratos con hebreos y moros y a todos aquellos que se servían de su ayuda o de su compañía. Caía en luengos estados de exaltación que duraban varios días, durante los cuales repetía oraciones plagadas de crueldad que no eran nada más que el reflejo de su alma turbia y anegada por la impiedad durante aquellos momentos de soledad y frenesí. Sus ayos y escribientes lo oyeron repetir muchas veces frases tales como:

—Señor, dame a beber la sangre de los que te nieguen y a comer la carne de los hijos que han traído al mundo.

Era tanta la animadversión que llevaba a cuestas contra los hebreos que cuando alguien le recordaba los luctuosos hechos de mil trescientos noventa y uno, repetía con voz sorda y resentida:

—Dame, Señor, la gracia de ver de nuevo correr la sangre de los obstinados y mal haya de quienes los protejan en su hora de tribulación. Quisiera ver, Señor, al orbe entero libre de todas las almas impías, pero el mal en el mundo es mucho y no somos bastantes para limpiarlo; es como el tosco yerbajo, que una vez arrancado de raíz vuelve a germinar sin cesar.

La muerte vino pues a traer descanso a este desesperado y en su cortejo mortuorio, acompañado por miles de diáconos y novicios, sin lágrimas en los ojos, los dolientes del santo varón experimentaron un alivio momentáneo: el árbol de la ira sembrado por el fraile estaba intacto y habría de prodigar nuevos frutos.

## Capítulo xlix

¿Quién podría decir que una criatura que juega dulcemente en el empedrado y con sus manitas toca la tela burda del vestido de su muñeca o que persigue insectos en las traviesas de las alcantarillas tiene la sangre impura y está manchada sin remedio por los pecados de sus antepasados? ¿Por cuál razón vienen algunos al mundo cargados de maldiciones? Por aquellos días rondaban en algunos reflexivos espíritus. Cuando en las prédicas comenzaron a aparecer menciones frecuentes de la sangre pura, de la sangre manchada y de la necesidad de no mezclar la una con la otra, todos se conmovieron, ¿acaso el hombre no define solo y por sí mismo, con sus actos e intenciones, la estatura de su alma y el juicio que Dios hará de ella? Me pregunto ahora que todo ha pasado cómo fue posible que nadie tuviese una respuesta antes que la furia de algunos enconados desatase tal frenesí en las almas de todas las Españas. Inquietos por saber de quién eran hijos o nietos, en cuál pequeño villorrio estaban los registros de un apellido cristiano o, acaso, cómo y dónde podrían comprarse registros falsos de los mismos, todos y cada uno convirtieron en obsesión su pasado remoto y el de los demás. Un abuelo oportuno o una bisabuela bienhechora fueron fabulados en más de una ocasión para distraer a los incautos y narrar verosímiles anécdotas acerca de su piedad y su fe.

Con inenarrable desazón y honda preocupación, así, imperceptiblemente, y por acción del orgullo mayor o menor que de la presunta pureza de sus sangres pudiese provenir, los unos fueron elevando la voz, prestos a los arrebatos de la soberbia y los otros acallándola y haciéndose pasar discretamente por otras personas, borrando su pasado con minuciosa mano. Los conversos, que empezaron a contarse por cientos de miles en estos años posteriores al ordenamiento, no hablaban nunca sobre sí mismos y se malquistaban con quienes lo hacían, por temor a desentrañar secretos, a comprometer herencias o a ser objeto de vejaciones sin número. Las sangres mezcladas de España, imposibles de identificar por la talla o el color de los ojos, ni por la curvatura de la nariz, tornaron a diferenciarse ahora sólo por el nombre y apellido y por la referencia al lugar de origen y la existencia de documentos, cédulas, alegatos de hidalguía o dictámenes de corte acerca del origen de cada uno, de los pecados de sus ancestros y de la intangible pureza de las sangres.

Uno que se llamara Jacob ben Cohen tenía hijos que curiosamente tomaban nombres remotos como Gaspar de Aguilar o Pedro López de Atienza e hijas como Isabel Peralta o Cristina Vélez. En tal maremagno los tíos y los primos se refundieron y los viejos lazos de parentesco perdieron importancia y visibilidad o, por lo menos, se encubrieron astutamente bajo lazos de entrañable amistad y benevolente padrinazgo. Los matrimonios, que antes se concertaban por rigurosa correspondencia de sangres y prosapias, empezaron a juntar personas que de otro modo no habrían podido hacerlo. Afloraron dos vertientes opuestas en los patrones de casamiento: aquella de quienes furtivamente seguían preservando la sangre judía debajo de los nombres cambiados y se procuraban cónyuges signados por esta misma tendencia de preservar en secreto los preceptos, las escrituras y las costumbres de sus antepasados. Y los había que buscaban con sincero corazón, a la vez que con velada vanidad, lavar su sangre mezclándola con la de cristianos viejos para poner a su descendencia a salvo de toda persecución y para conservar intactos sus haberes.

Renombrados judíos de pudientes familias abjuraron, por lo menos en apariencia, de su fe y tornáronse marranos, como don Pedro de la Caballería, bautizado en mil cuatrocientos catorce y por conveniencia, según después pudo saberse. Se cuenta que a un modesto tejedor judío que se extrañaba de que un hombre tan versado en las Escrituras se hubiese convertido, le respondió:

—Calla, loco; y ¿qué podía subir, estando judío, de rabí en uso? Ahora soy jurado en cabeza y, por un crucificadillo, ahora me hacen tanta honra y mando en toda la ciudad de Zaragoza. Ahora hago lo que quiero, cuando antes no daba un paso en día sábado, incluso ayuno en nuestra fiesta del *kipur* si me da la gana.

Los que por siglos habían profesado la religión cristiana veían con inquina a quienes por cálculo o astucia recién se convertían y medraban en los círculos cristianos y se hacían rodear de respetabilidad y riqueza y aun de pomposos títulos y reales prebendas.

## Capítulo L

Al servicio del rey, los Lainez, otrora Méndez-Pinto, prosperaron sin cesar por la calidad de sus mapas y cartas, la hondura de sus conocimientos y la experiencia cortesana que adquirieron los círculos de Enrique, hijo de Juan I, a quien sus allegados comenzaron a llamar El Navegante, a pesar de que se movía poco de su sede de Sagres. El reino todo era el que empezaba a moverse con frenético ritmo con miras a disputar a los árabes los tesoros de las Indias y a abrir rutas por las costas de África. Sus primeros logros fueron los descubrimientos de las Islas Afortunadas, luego conocidas como Canarias, arrebatadas a los indígenas bereberes.

La familia Lainez se sirvió muy bien de este ambiente de agitación para la inteligencia y las artes y promovió con denuedo al maese Jácome, esto es, Yahuda Cresques, hijo del maestro cartógrafo, para dar a conocer el calendario de las mareas del gran océano que había heredado de su padre y que él mismo había enriquecido con observaciones minuciosas en las playas del Algarve, de Estoril y de Viana, en donde tenía discípulos y adeptos. Toda la obra cartográfica creció mucho durante estos años, permitiendo a los sabios hacer mediciones de la velocidad del viento y de la temperatura de las aguas, de la elongación y magnitud de las corrientes de la mar océana, informaciones éstas que serían vitales años más tarde cuando la labor silenciosa de estos precursores fuese puesta a prueba por avezados navegantes y temerarios pilotos.

Bartolomé Lainez y David su hermano hacen florecer de nuevo la Casa de las Dos Estrellas hasta alcanzar muy altas cotas, llegando su fama hasta oídos de las cortes castellanas y aragonesas que los conminan a regresar con promesas de protección y pingües riquezas. Durante muchos años los Lainez hacen oídos sordos a estas peticiones porque sus heridas están abiertas y reciben cumplidos informes de sus allegados españoles acerca de las persecuciones e infamias de que son objeto.

Los años pasan apresuradamente entre optimistas propósitos y exhaustivas investigaciones. Los vientos de travesía que el malhadado Ricciotti-Doria siguiera en su fallida expedición parecían regresar a las costas portuguesas y del finisterre durante los meses de julio y agosto. El cartógrafo Jácome, prolijamente interesado en su seguimiento, había descubierto que la trayectoria que suelen seguir es elíptica y que por tanto tenía que haber un continente que le servía de obstáculo con sus montañas y sus selvas, obligándolo a regresar, juiciosamente, al punto de partida. La existencia de un gigantesco continente, a poniente no podía ponerse en duda, para los entendidos, lo que era incierto, sin embargo, era la cantidad de millas a la que se situaban sus costas y la duración de la travesía que debía emprenderse para alcanzarlas. Los conocimientos de Yahuda Cresques, maese Jácome, no eran tan sutilmente sofisticados para determinar con precisión tamañas magnitudes, pero sospechaba que la empresa no sólo era plausible sino provechosa y pertinente para los propósitos del príncipe navegante y para los de la maltrecha nación hebrea.

## Capítulo LI

Cuatro hombres sabios en Cádiz, mirando el mar infinito, celebraron a su modo el descubrimiento de la isla de Madeira. Los congregados eran el prestigioso rabino de la sinagoga principal de la ciudad de Cádiz, los hermanos Jaim y Benzion Cardozo o Lucena y su allegadísimo amigo Elías. El rabino contaba ya sesenta años de vida e indecibles de rezo y lectura piadosa de las Santas Escrituras, Jaim y Benzion frisaban los cuarenta y amaban con pasión los libros y la sabiduría. Elías Cañete, natural de

Alcántara, en Badajoz, era un joven cetrino de ojos profundos y rostro reflexivo, amante de la sabiduría y enemigo de la muerte en todas sus formas. Incapaz de luchar contra ella se había dedicado a detectar su presencia en cada rescoldo de vida; hábil con las palabras y pleno de recursos entendía la fuerza tremenda que entraña el infundir ánimo a los seres: no veía en el atardecer la muerte del día, sino el advenimiento de la noche. Conocía los mitos y las historias de griegos, latinos, hebreos y egipcios, y hablaba del rey Sisebuto con la misma familiaridad que del geómetra Hiparco de Nicea o de la teoría de la tendencia de los cuerpos hacia el centro de Estrabón, para demostrar la esfericidad del planeta; pero su mente se ocupaba sobre todo de los avatares del alma y de los giros imprevistos que suelen teñir de sangre a los pueblos sosegados y a las vegas plácidas. Confiaba en vivir mucho tiempo sin que Dios se diera cuenta y repetía de cuando en cuando: «Quisiera llegar a ser tan viejo que la idea de todo lo que no he vivido dejase de atormentarme».

Los cuatro hombres tomaban una bebida oscura traída de Turquía que los de esta nación llamaban *qahwé* y los moros *qahwa*, mientras un barco se acercaba a la rada y el promontorio sobre el que se construyó milenios atrás la ciudad blanca.

—La llegada a esta isla de poniente es una fortuna para todos —dijo el rabino Hilal—. Nos permitirá tener una lanzadera para los barcos al tiempo que un refugio alejado del continente.

Benzion Lucena, médico sosegado de duques y de reyes, dijo a su vez:

—Además la talla de esta isla es suficientemente grande como para construir refugios seguros frente a las pestes y los contagios. Creo que es conveniente enviar allí a alguien que estudie las plantas y los néctares.

Jaim se apresuró a decir:

—Es un lugar ideal para mandar a León, porque en la isla casi no existe invierno y los vientos mareros hacen las horas encantadoras. Además podríamos guardar algunos tesoros para cuando los días sean malos en las Españas.

Tras un silencio, el joven Cañete constató que la isla de Madeira era bienaventurada también en otro sentido, puesto que su descubrimiento hacía posible acercar hacia las Indias las naves y las mentes de quienes vivían preocupados tan sólo de perseguir hebreos y de vengar afrentas espectrales:

—Todo lo que distraiga a nuestros enemigos nos conviene y aquello que comporte la esperanza de una conquista nos hará necesarios a sus ojos y hará que nuestro dinero valga más, nuestros mapas e instrumentos sean más ambicionables y nuestros secretos más valiosos, siempre y cuando sepamos conservarlos.

—La sabiduría de nuestra raza —dijo el rabino— ha consistido siempre en guardar secretos con celo y discreción y usarlos tan sólo cuando es preciso, esperando con paciencia el momento adecuado y preparando a los pocos que habrán de revelarlos, para que no lo digan todo y sepan hacer uso del resto para bien de los nuestros.

—Es cierto —dijo Jaim—, cuentan que en Gerona, en la calle de la Forza, que lindaba con la judería, Meir de Burgos —aconsejado por el traductor Yehuda ben Saúl ben Tibbón—, acaudaló secretos tan valiosos y llenos de enjundia, a tal punto, que se enriqueció inmensamente con ellos. Tras años de asidua labor para atesorarlos y guardarlos con lógica secuencia en los compartimentos de la memoria, unos ladrones insulsos asaltaron su mansión pretendiendo robar los secretos que presuntamente estaban contenidos en una habitación subterránea. Encontraron la habitación, pero no encontraron los secretos.

—Tiempos infames éstos, en los que el vulgo —y pareciera no haber más que vulgo— cree que sólo lo tangible y material es grave y tiene peso; cuando en realidad gozan de estas cualidades los destellos de las almas y los colores del espíritu.

***

Fin de El silencio

# PARTE III

## La esperanza

Nunca más volveré a maldecir la tierra por culpa del
hombre,
porque los impulsos de su corazón tienden al mal desde su
juventud;
jamás volveré a castigar a los seres vivientes como acabo de
hacerlo.
Mientras dure la tierra,
habrá siembra y cosecha,
hará calor y frío,
habrá invierno y verano
y días con sus noches.

*Génesis* 8, 21-22

*Compañera de infortunios y alegrías es la esperanza, que actúa como un bálsamo vivificante cuando lo creemos todo perdido; la única medicina para el marasmo que anega el espíritu es la certidumbre de que habrá un mañana.*

*Los largos caminos por los que transita la humanidad suelen mostrarnos sus sombras y sus luces alternativamente, de modo que quienes no pudieron pasar un escollo sonríen cuando sus hijos y nietos lo sortean con pericia; y los que estuvieron paralizados por un gran temor vuelven a reír al remitir la causa, mostrando al punto signos de confianza, llevados muchas veces por la ancestral costumbre de entusiasmarse con leves destellos de recobro, cual yesca que incita la llama de la acción infundiendo fuerzas en las almas que creían no tener ninguna.*

*Aunque en ocasiones pareciese que la desdicha y la desgracia velan por igual a la humanidad toda, siempre se vislumbra un recodo en el cual apoyarse, y una gota de luz con la cual lavar las impurezas y los desastres de la oscuridad. Quien estaba agotado se despierta renovado, quien ha caído sabe levantarse, quien ha enfermado se restaura, puesto que la tempestad deja paso al rocío bienhechor y los ojos rojizos por el llanto pueden recobrar la vivaz alegría, cuando escapan del tormento.*

*Si la humanidad duramente golpeada y abatida puede reconquistar el buen ánimo, es porque sabe de este milagro recurrente de la esperanza, que aun de las fuentes más resecas mana sin cesar.*

## Capítulo i

El acuerdo regio entre Castilla y Portugal respecto de la isla de Madeira y de las Islas Afortunadas empezó a modificar las cargas en la vida de los Lucena durante los meses siguientes; y en efecto, el sabio médico León Cardozo llegó al puerto de Las Palmas al comenzar el otoño, tras un viaje de cinco jornadas. Cuando pisó la tierra de la isla de Canarias su numerosa cohorte de estudiantes y discípulos lo vio mirar con ansia en dirección al poniente durante el atardecer, mientras musitaba:

—¿Y si hubiese algo allí? ¡Cuán auspicioso vendrá a ser descubrirlo! Con pocas tierras o muchas ya sabemos cómo es el hombre. Su ambición extendida a través de los océanos ha sido siempre una sola: ¡abarcar todo lo conocido!

Los discípulos más cercanos al médico lo rodearon mirando gravemente hacia la lejanía. León traía la instrucción de fundar en las islas la primera casa de curación para enfermedades óseas mediante el uso de curas de barro, ya que la benignidad del clima permitía a sus parientes sobreponerse a los dolores que causa el frío extremo en las articulaciones y las coyunturas. Además, los médicos encontraron allí una extraña vegetación, producto de la erupción de volcanes, que los conminó a clasificar las plantas y las hojas con extremo cuidado. En cuestión de un año y medio, sesenta y dos estudiantes de medicina llegaron a la fulgurante casa de curación de Gomera que León llamaba Casa de Votos.

## Capítulo II

Salidos de Lisboa Mendo y Pero Lainez —que casi toda su vida habían sido llamados Efraim y Benjamín Méndez-Pinto— para visitar sus dominios en Mallorca y revisar las cuentas y los libros en la sede de la Casa de las Dos Estrellas, hallaron un ambiente cordial y comprobaron con asombro que la vesania de antaño había cedido paso a la concordia. Cristianos, judíos y moriscos volvían a confluir en los recintos habituales, en la lonja y el mercado, en las plazas y las rúas, y todo parecía de nuevo florecido y calmo como en los buenos tiempos de su temprana infancia. Este año de mil cuatrocientos veintisiete del Señor y cinco mil ciento ochenta y siete del calendario hebreo transcurrió con una asombrosa placidez. No era raro que judíos y cristianos departiesen juntos en las ventas, incluso vasos de vino, como si estuviesen cansadas las partes de desconfiar una de otra y de litigar con un perenne vecino. Habían llegado a la ciudad genoveses y venecianos conocedores del mar y de repente interesados en las expediciones a poniente más allá de las columnas de Hércules. Entre los genoveses se distinguía uno de apellido Doria que había preguntado a los ilustres armadores por la envergadura de las expediciones y los instrumentos de los que se servían en ellas. La obsesión de Doria con los mapas y el conocimiento que de ellos tenía dejaron estupefactos a Efraim y Benjamín, con quienes había departido toda una tarde.

Los detalles de la expedición de Ricciotti-Doria habían llegado a conocimiento del marino genovés y se jactaba, no sin ciertas ínfulas, de ser allegado suyo. Los hechos y las gentes de aquellos días favorecían el buen talante y la esperanza de que los años venideros estuviesen plagados de confianza y aun de gloria.

Los talleres de los astrónomos y cartógrafos trabajaban sin cesar y el desarrollo de instrumentos náuticos para la medición de las distancias en el mar, hacían creer que el hombre todo, olvidando los antiguos recelos, trabajaba día y noche para descubrir algo importante; como conducidos por una sola mente y gobernados por una misma voluntad. En efecto, ha habido ciertos períodos en la historia en los que los seres pueden olvidarse de sus discordias y apoyarse entre sí para alcanzar una meta común. Aunque no duran mucho tales interregnos, suelen inundar todos los corazones de luz y de ánimo para acometer hasta las más inusitadas empresas.

Por aquellos días se conocieron en Mallorca los detalles de la extraordinaria expedición que el marino de Catay Chen-Ho había realizado por los mares de las Indias hasta las costas árabes y la isla de Socotra, muy cerca ya del mar Rojo. Llamaba la atención de los marinos, por encima de toda maravilla, la inusitada envergadura de las naves tanto por la magnitud de su calado, como por la alzada de sus mástiles y vergas, como la extraña disposición y el curioso decorado de sus velas. Así también, causaba una mezcla de sorna y sorpresa el que las naves llevasen una tripulación tan inmensa de hasta quinientos hombres.

De todos estos detalles conversaron largamente los hermanos Lainez con el genovés Doria y antes de partir, Benjamín lo invitó a visitar el laboratorio náutico de Sagres, donde trabajaba su sobrino Bartolomé llevando a cabo sesudas investigaciones.

## Capítulo III

Todas las heridas se curan y algunas demasiado pronto. Los judíos de Castilla que no se convirtieron a la fe de los cristianos comenzaron a creer ingenuamente que todo podía ser restaurado y que las aljamas volverían a ser las de antes y las glorias las pasadas.

El hombre que ha sufrido una herida severa o un mal mortífero tiende a apresurarse a creer que su curación ha sido absoluta; la sed de vivir le exige abrigar esperanzas excesivas. El caso es que judíos, cristianos y moros hallaron la forma de reponer la vajilla y volver a comer en la misma mesa. Los convertidos eran, sin embargo, la prueba viviente de que nada volvería a ser igual;

unos sinceros y otros fingidos, se esforzaban por hacerse creer que la armonía había sido restablecida y que era posible saldar las deudas con unas pocas monedas: pero esta ilusión no podía durar mucho.

El rabí Moše Arragel de Guadalajara, a instancias del maestre de Calatrava, don Luis de Guzmán, había sido encargado en el año del Señor de mil cuatrocientos veintidós de la traducción al castellano de la Biblia, convencidos como estaban de la importancia de hacer una exégesis cabal de los textos originales del Antiguo Testamento. Para llevar a cabo su empresa contó con la colaboración acuciosa de los franciscanos de Toledo, de modo que hubiese en todo punto un acuerdo conforme a doctrina. La traducción cuidadosa tomó once años y fue la base para la evangelización de todos los prelados del reino, pues se la consideraba literal y fiel expresión de la palabra de Dios vertida en vaso puro y directamente desde el odre antiguo. La Biblia de la Casa de Alba, como dio en llamársele, fue una expresión inequívoca de la mutua necesidad que tenían cristianos y judíos de confluir alrededor de un común propósito. Algunos llegaron a pensar que esta traducción marcaría un hito de reconciliación y que haría borrar todas las afrentas acaecidas en días cercanos.

Nutrida fue la correspondencia entre el Rabbí Moše y el sabio traductor Jaim Cardozo de Lucena, respecto de las dudas en el uso de algunas voces y la resolución de los dilemas que planteaba la obra. La lengua de Castilla, todavía por aquellos días un vaso joven y frágil, no se hallaba suficientemente cumplida para verter en ella todos los enigmas que ofrecía el sagrado texto. Jaim, conocedor acerado de las lenguas de Sem, hizo alarde de sutil sabiduría y esmerada precisión para aclarar no pocas dudas que surgieron durante los años de esta peregrina tarea. Pasados los años de certera traducción y una vez hubo concluido la hazañosa obra, Moše Arragel, rabí de Guadalajara, recibió la visita de su amigo en la sinagoga del Tránsito, que construyera Samuel Ha-Leví años atrás, en Toledo, y juntos pudieron aprobar con alegría y mutua complacencia la extraordinaria exactitud del trabajo.

—Yahvé estará complacido por lo que habéis alcanzado —dijo Jaim al rabino.

Con rostro animoso contestó:

—Sin vuestra ayuda invaluable no habría podido ser y Dios lo sabe y os recompensará por ello.

El rabino Moše obsequió a su amigo lucenés un ejemplar bellamente caligrafiado y admirablemente ilustrado por iluminadores franciscanos, con cuadros para glosas y generosas márgenes que fueron lealmente empleados por Jaim Cardozo, durante el resto de su vida, para consignar las más lúcidas acotaciones que erudito alguno ha osado pergeñar. Este esmeradísimo tumbo, cumplidamente firmado por su traductor, a continuación del sello eclesiástico «Nihil Obstat», dejaba ver la más emocionada leyenda: «Adonai ha firmado con su propio dedo la palabra vivificante para que todos los hombres, sin importar cómo ni cuando han nacido ni la lengua que sus madres les han enseñado, sean capaces de entender y proclamar. La cepa es una, pero los vinos múltiples y es oficio del viñador ayudar a educar los paladares que beben, para que extraigan el gusto, sin importar la cuba del lagar ni la hora de la cosecha. Este zaque excelso, para que bebamos de las fuentes». Y aún lo conservo en mi biblioteca.

## Capítulo IV

En efecto, el rey convocó a Abraham Benveniste, gran comerciante y recaudador, dotado de un inmenso prestigio para reunir a las aljamas de Castilla y Aragón para delinear sus ordenanzas y establecer de nuevo un gobierno interior. Las aljamas se vieron fortalecidas y obtuvieron legalidad y autonomía como partes integrantes del reino. Con la sola excepción de no poder condenar a muerte a malsines, las aljamas recobran la potestad para juzgar a los suyos.

Para la raza hebrea el año del Señor de mil cuatrocientos treinta y dos, esto es, cinco mil ciento noventa y dos del calendario hebraico se constituyó en un renacimiento oficial, puesto que las ordenanzas estaban sancionadas por el rey y bendecidas por el Papa Martín v. Los judíos volvieron a sentir el alma en el cuerpo, como cuando se restauran las facultades de un convaleciente y vuelve a comer y beber con ánimo y buen talante.

Durante los años siguientes y de modo fehaciente, los súbditos del rey de Castilla y aun los del rey de Aragón se sintieron llamados a reconciliarse como expiando sus culpas, ya por acción o por omisión. Los cristianos curábanse de este modo de las crueldades cometidas por sus antepasados; los conversos de sus cobardías y los ecos siniestros de sus abjuraciones; los que seguían siendo judíos, de su rabia y de su impotencia. Todos, en fin, regresaban de la noche del miedo y la soberbia al amanecer del sosiego.

## Capítulo v

Jaim y Golda habían formado una familia ejemplar, extraída de la estirpe de los traductores y exegetas más famosos de Lucena. Su vida consistía en traducir pacientemente obras árabes y griegas al latín y a la lengua ladina, al castellano y al leonés y a la algarabía de Sevilla y Granada, lengua que empleaban cristianos y moros para hacerse entender. Hombres doctos del reino le encargaban a Jaim nutrido acopio de traducciones, preocupados por los avances de la ciencia y la silenciosa labor de la investigación.

No había reino allende los Pirineos tan entregado al saber y sus conquistas ni tan dotado de cumplidos hacedores de tratados de medicina, geometría y aritmética, emparejados con libros de filosofía, teología y bellas narraciones.

El rubio hijo mayor Šaprut, digno heredero del oficio de su padre y su abuelo, trabajaba de sol a sol en la confección de traducciones de todos los temas. Por sus ojos claros habían pasado historias del sabio eminente Báidaba, libros de viaje y de costumbres, redactados por los émulos de Ibn Battuta, escoliastas y pensadores de Fez y de Kairuán, médicos de El Cairo y Alejandría o turcos venidos de lejanos parajes desérticos. Para él nada era completamente nuevo y el oficio de leer le era tan propio como el de respirar. Enseñaba las lenguas que sabía a sus hijos Mordecai y Ribaš todos los días durante una hora antes de tomar el desayuno.

Rubén, segundo hijo de Jaim y Golda, no tan disciplinado como su hermano mayor, investigaba en las bibliotecas y hacía largos viajes para proveer a su familia de las obras de que se servían los suyos. También se ocupaba de vender las traducciones y hacer los contratos. Su arte consistía principalmente en estimar la valía de los textos traducidos, su pertinencia y la utilidad que entrañaban para quienes podrían salir beneficiados con ello. Tenía la convicción de que cada palabra cuenta, cada renglón y cada glosa, y si Dios otorgó a algunos habilidad para sacar frutos de la tierra u obtener botines por la espada, a otros los bendijo con el don sublime del razonamiento y el hallazgo silencioso de instrumentos y recetas para curar los males del cuerpo y del alma o elevar las mentes hasta las regiones celestiales. La familia entera apreciaba la labor de Rubén, pues era el único dotado para convencer a quien no conocía el valor del saber.

Ruth había heredado la sapiencia de su abuela Zvía para encauzar a cada quien en su trabajo y sacarlo del desánimo cuando fuese necesario. Conocía las escrituras cristianas y judías y consultaba la traducción de la Biblia de Alba para enseñar a los niños los pasajes más bellos, las historias más edificantes y aclarar las dudas de todos.

Dalila en cambio, se orientaba por el filón más antiguo de la familia Cardozo que era el de la farmacia y la investigación médica; ayudaba a su tío Benzion en la lucha contra las enfermedades, las plagas y el deterioro paulatino de las facultades de la mente. Dirigía un hospicio que adquirió en Cádiz la misma fama que la casa de salud que regentaba su tío abuelo en Gomera. Tan sorprendentes eran sus curaciones que los habitantes de la ciudad pronto la convirtieron en suprema mujer docta, partera que no había perdido un solo infante ni había dejado morir a ninguna madre. Ella explicaba a sus pacientes la naturaleza de su mal y la de su cura, haciendo siempre énfasis en que no había magia alguna como no fuera el hábito maravilloso de la cabal sabiduría.

Los días y los años se iban en la calma de una vida sencilla y sosegada, límpida y sobria en extremo; pero feliz. Quien dedica su vida con tanto esmero a la lectura de buenos libros y al desciframiento de sus secretos no suele obtener nada distinto del más sublime contento.

## Capítulo vi

La ciudad de Cádiz, refugio inmemorial de fenicios, cartagineses y griegos, estaba irrevocablemente lanzada al mar; de allí obtuvo siempre todas sus riquezas y glorias. Por sus calzadas estrechas de blancas paredes no se colaba el sol, evitando el castigo de la canícula. En estos remotos tiempos estuvo habitada mayoritariamente por comerciantes y ancestrales marineros. Sus costas y sus playas habían conocido la seda, el jade, la porcelana y el pórfido. Sus calles y plazas guardaban los secretos de quien ha visto nacer y morir pueblos y lenguas que el olvido ha devorado con sevicia. Todos sus habitantes crecieron con la convicción de que nada es permanente y de que estamos de paso por este mundo incierto. Se burlaba de quienes implantan propósitos eternos y ambiciones perennes; sólo el mar y el cielo perduran y el resto se precipita en el abismo o se disuelve en el aire.

En una ciudad tal, la familia Cardozo, conocida ahora como los Lucena, esperaba la hora en la que la persecución se reanudase y la intransigente capucha del verdugo se dejase ver de nuevo en la febril noche. Nadie creía con sincero corazón que fuese posible transitar otra vez la ruta de Sefarad y todas las esperanzas estaban cifradas en el hallazgo de refugios ciertos, en la llegada de un Mesías salvador o al menos de un rey sabio y digno de confianza.

## Capítulo vii

La gracia de la vida ha consistido desde siempre en llevar a cabo los empeños soñados o al menos en realizar algunos que la razón postula como ambicionables. La raza hebrea, dispersa por el mundo en multitud de pequeños grupos, no conformó ejércitos ni reinos y en todos los lugares a los que fue marcó su impronta, por su astucia y su pertinacia para esperar. Cuando vivió buenos tiempos y atesoró riquezas y privilegios lo hizo sin ostentación, por temor a suscitar la envidia de quienes la acompañaban en su exilio. Aun así no pudo evitar que floreciera la Malignidad a su alrededor, incluso en reinos muy distantes. Tal vez el error mayor que cometió consistió en aislarse obstinadamente en sus creencias y costumbres y en crear un mundo incompatible con el de sus vecinos. La mayoría de sus miembros vivía modestamente y ganaba su sustento honestamente por la obra de sus manos. El hecho de que la inmensa mayoría supiese leer y escribir, gracias al rito hebreo y a su dedicación a oficios comerciales, les atrajo tantas desgracias como bienes.

En Sefarad tuvieron siglos de innegable esplendor y su comunidad creció en magnitud y vistosidad; bajo la égida de los moros y también en los reinos cristianos los hebreos tuvieron la opción de prosperar y el talante para destacarse, pero la historia de sus glorias se desvaneció. Recordaron los días en los que vencidos de pavor y atentos tan sólo a poner a salvo su estirpe corrieron por el mundo tratando de procurar nuevos pertrechos, reconstruir sus saberes y haciendas y creer en algún mañana, por remoto que fuera.

## Capítulo viii

Era frecuente que los hebreos sufriesen acusación de monederos falsos en Portugal y tuviesen que pagar altas sumas a los delatores para librarse de la persecución. La familia de Bartolomé Lainez, que vivía en la judería de Lisboa, tuvo que pedir merced, a través de don Judá Negro, padre de doña Cimfa y suegro de Bartolomé, para contener los abusos y las expropiaciones injustas que se cometieron contra su comunidad. Gracias a esta mediación exitosa alcanzó Bartolomé reconocimiento y experiencia.

Para llevar a cabo los propósitos de la Casa de las Dos Estrellas en el reino de Portugal era preciso ganarse la confianza del rey y sobre todo del joven príncipe Enrique, vencedor en Ceuta contra las fuerzas marroquíes, en el año de mil cuatrocientos quince, y entusiasta promotor de incontables empresas marineras por la costa africana y las islas de Madera.

Bartolomé había contraído nupcias con doña Cimfa Negro. Tuvieron tres hijos: Raquel, Gadelha y Samuel, a quienes instruyeron pronto en la lectura de portulanos, mapas y bitácoras. «Vosotros, mis hijos, no os defenderéis con joyas y tesoros, sino con los instrumentos a través de los cuales hallarlos», solía decir Bartolomé frente a un plato de adefina en la mesa del Šabbat. «No ha sido posible alcanzar el sosiego que nuestro pueblo ansía y tal vez Yahvé no lo desea para sus hijos dilectos; es por eso que no podéis cansaros ni claudicar jamás y que aun vuestros nietos tendrán que dormir con un ojo abierto, soñando despiertos y preparados sus avíos para huir en medio de la noche. El reino de Portugal es sólo un promontorio del que tendremos que zarpar, hacia lugares distantes, pues a nuestra raza le ha sido impuesto un singlar eterno».

Cimfa, mujer callada y calma, llevaba los asuntos de la casa con extraordinaria idoneidad y educaba a sus hijos con fruición y esmero, repitiéndoles sin cesar los refranes que había aprendido de su padre don Judá Negro, médico, comerciante y consejero de la corte de Avís. El refrán más inculcado por doña Cimfa a sus hijos era aquel que rezaba: «Murió el hombre y murió su nombre», por tanto, jamás durmáis sin haberos agotado cumplidamente para ello.

En la casa de Bartolomé y Cimfa, en la que también vivía el anciano David Méndez-Pinto, reinaba la actividad que infunde ánimos a los espíritus y cura los múltiples ayes que provienen de la holganza.

Era de admirar el recinto que dedicó Bartolomé para guardar mapas, instrumentos y compases en la amplia casa lisboeta, bañada por el sol del verano y las lluvias del otoño. Había que preservar las preciosas cartas de la luz, el polvo y el tiempo y manipularlas tan sólo con los guantes y las lentes debidos.

Raquel y Gadelha fueron instruidas por su padre para hacer copias parciales de los mapas portulanos y venderlos a capitanes y comerciantes por sumas que podían alcanzar los sesenta escudos de oro. Para elaborar estos maravillosos tesoros, las jóvenes manejaban tintas de colores varios, muchas de las cuales habían sido traídas del África, pinceles de diverso grosor de pelos de marta y plumillas muy costosas fabricadas en Siena. Samuel, calígrafo instruido por los pocos árabes que quedaban en Lisboa, ponía las inscripciones en los mapas y trazaba las líneas romboides que servían de mojón a los pilotos de las naos.

En tan entrañable actividad pasaban los días y los meses de la familia sin apenas darse cuenta. Viéndolos, podría decirse que la vida consiste en hallar un motivo cierto que infunda esperanzas en los ánimos y dedicarse a él con enconada pasión para trasegar por la senda de los años.

## Capítulo IX

Portugal era un viejo reino lleno de misterios que había atravesado los siglos de la dominación mora, refugiado en su pequeñez y discreción. Ahora que se había cristianizado plenamente y sellado su independencia respecto del reino de Castilla tras muchas guerras sangrientas, surgía como un bastión lleno de ambiciones. Su talante bravío la había convertido en reino desde los días de Alfonso Enríquez, todavía cerrado sobre sí y enclaustrado en la fortaleza de Guimaraes. Pero al trasladar la capital a Coimbra y finalmente a Lisboa y hacer dominio pleno del sur, los portugueses fueron oscureciendo su piel y ambicionando el dominio del África. Sin ningún destino a levante de las columnas de Hércules, su único mar fue siempre el océano infinito; recorrerlo y enriquecerse con él se convirtió en su obsesión desde los días en que los marinos y cartógrafos árabes de Lagos les dejaron conocer los misterios y riquezas de los reinos de Malí y Songhai, las proezas de Mansa Musa y del Preste Juan y, sobre todo, el gusto de las especias del cual habrían de brotar sus riquezas.

Portugal había tenido judíos por muchos siglos, firmemente establecidos en Oporto y Lagos, constructores de naves, prestamistas y joyeros que contrastaban con la rudeza de los campesinos e incitaban a los reyes a comerciar con artículos lujosos y a conocer a los sabios de otros tiempos. Por esta causa, los israelitas eran allí tan respetados y tan temidos como en cualquier otro punto de la vasta tierra. Si no hubiera sido por la decidida protección que los reyes les brindaron durante los duros días de agitación y persecución, habrían sucumbido como en los reinos de Castilla y Aragón. El rey Juan, orgulloso y astuto, se preciaba de servirse de ellos en razón de su ciencia y su riqueza. Fue así como los atrajo a su corte con promesas de libertad y respeto para sus haberes y su religión y después dio en traicionarlos por avaricia, despojándolos de casi todo y restituyendo tan sólo una parte de lo confiscado.

Las expediciones marítimas que hicieran genoveses y franceses, desde los comienzos del siglo de la peste, les permitieron tener representantes y embajadores en Tánger, en la costa de Mogador y arrebatar a los moros el decisivo enclave de Ceuta, con casa de comercio y lonjas que les otorgaron la maña y la sorna que los han distinguido siempre en la hora de los tratos y los acuerdos.

Para los hebreos de las Españas, Portugal entero se convirtió en un reducto providencial pero equívoco y temporario, por lo que siempre estuvieron inquietos en él y ansiosos de hallar nuevas tierras. El hijo de Juan, don Enrique, establecido en el promontorio de Sagres, fue para Portugal el hito de un mundo nuevo que habría de repercutir en todos los hombres de genio a partir de entonces. Sin su impulso todos seríamos distintos y habríamos arribado tarde a nuestra cita con el destino.

## Capítulo x

Pocos años antes había muerto fray Vicente Ferrer y perdía con ello el Papa Luna su apoyo más grande. Era este tozudo y soberbio prelado aragonés, defensor de la cristianización toda de los reinos situados al norte de Gibraltar. El cisma de Aviñón, que lo había nombrado papa, agonizaba y el concilio de Constanza se apresuró a deponerlo junto con su contraparte en Roma, Urbano vi. Solo y humillado, fue obligado a refugiarse en la fortaleza de Peñíscola, abatida por el mar.

Aquel que hubo de ser arquitecto de la conversión de innúmeros hebreos en los reinos de España, tras convocar a los doctos rabinos en Tortosa y que había soportado los embates de tantos y tan acérrimos enemigos en las lides de la Iglesia, tenía que morir solo y, a decir verdad, olvidado. Hasta su fortaleza silenciosa parecía recordarle la vanidad dolorosa de todas aquellas empresas que se adelantan a raíz de un odio irreductible. Los hombres arden en su fuego y son presa fácil de su aparatosa furia. Pedro de Luna, perseguidor de judíos, leyó en los últimos meses de su azarosa existencia un libro que uno de sus pocos cardenales fieles, un zaragozano, le llevara. Se trataba de *La guía de perplejos,* del eminente sabio judío Rabbí Maimónides, en una traducción al castellano que realizara en el año de mil cuatrocientos diecinueve el ilustre exegeta Jaim Cardozo de Lucena, en la ciudad de Cádiz. El libro que recalca la perplejidad en la que está sumido todo hombre que se ha dedicado a comprender los misterios de lo divino a través de la juiciosa investigación de los secretos del alma humana, propone una respuesta ante tan perentoria perplejidad: el fin de toda existencia plena es el conocimiento de Dios. Y el conocimiento de los avatares contingentes del mundo es tan sólo una propedéutica para tan sublime logro. Sólo los profetas iluminados por Dios mismo, el único, primero y último, han podido traer luz sobre este punto. Conocer a Dios, en su esencia y en sus obras, es la felicidad suprema y excelsa, consuelo para todos los males de cuerpos y de almas, sean de judíos, de cristianos o de moros.

Leyó el papa el prolijo tratado y quedó perplejo, y comprendió, en la hora de su agonía y derrota, que los cristianos todos, sin importar dónde ni cómo han nacido o por cuál ruta arcana han llegado a ser lo que son, participan del Ser y sólo en Él se complacen. Siempre que adoren con sincero corazón al único Dios, aunque le recen en variadas lenguas y en variopintos templos, obtendrán la gracia eterna de su acogida y de su consuelo.

Se percató entonces el otrora pontífice de Aviñón de la presunción de su acción, ardua y dificultosa, que obstinadamente había emprendido; y así en el retiro de Peñíscola, ocultando el rostro en sus manos, lloró en silencio. A partir de aquellos días el Papa Luna de Aragón pudo hallar un poco de sosiego antes de abrazarse a la muerte.

## Capítulo XI

Lloradas las últimas lágrimas provocadas por la ira de la asechanza, las aguas comenzaron a calmarse gracias a los vientos que soplaban de Roma. El nuevo papa de la cristiandad, proclamado por el concilio de Constanza con el nombre de Martín V, era un hombre moderado que comprende que no es deseable alcanzar la concordia de sus fieles por medio de espadas desenvainadas y reclamaciones airadas. La Iglesia cristiana estaba en el desmaño. Llegó a haber tres papas pretendiendo al mismo tiempo ser los vicarios de Cristo en la Tierra. Cada uno pujaba con sus propios medios para conservar los beneficios terrenales y transitorios que el solio papal ofrece. Sin embargo, ni Clemente VII ni Benedicto XIII pudieron conservar sus antiguas prerrogativas. Se imponía la búsqueda de la cordura y la dulcificación de la labor evangélica. Ser cristiano no podía reducirse a haber nacido tal; en lugar de excluirse mutuamente, los fieles de la Iglesia precisaban reunirse y volver al redil para no sucumbir ante la fuerza de los turcos o de los moros.

Por ello Martín v, provisto de buen sentido y depositario, gracias al concilio, de un poder unificado, decidió recoger a sus fieles dispersos antes que intentar convertir a los infieles, como lo habían pretendido sus antecesores. La maña y la astucia del Papa fueron cruciales para evitar que se desatase una masacre de proporciones inauditas.

Fue bálsamo para el alma herida de Sefarad el que la sensatez volviese a gobernar los destinos de la santa Sede. Los pastores, a diferencia de los emperadores, no deben ocuparse de obras magnas o de crudas guerras, sino más bien de restablecer la concordia después de éstas. Así los vislumbraba el Pontífice y la historia lo reconoce.

## Capítulo xii

Los judíos habían vuelto a disfrutar de tranquilidad y protección real durante varias décadas y creyeron por ello llegado un tiempo de restauración de la anhelada prosperidad. Pero todavía era muy pronto para proclamar victoria cierta sobre las semillas siniestras que habían sido sembradas en el alma del pueblo.

El rey Juan ii de Castilla había nombrado a Álvaro de Luna —judío converso y sobrino del Papa Luna— para poner orden en su reino y recaudar el tributo adecuadamente. Asimismo, lo encargó de contribuir a restablecer la autoridad de la corona sobre los bandos nobiliarios, irascibles y caprichosos de suyo y renuentes a ser metidos en cintura. Los nobles se malquistaron pronto con el valido del rey y se convirtieron de inmediato en enemigos tenaces de judíos y de conversos. Como represalia a las medidas del alcabalero, y para vengarse con uno de los de su ralea, llovieron acusaciones contra el rabbí mayor del reino Abraham Ben-Veniste, hombre rico y prestigioso, y jefe de una compañía mercantil encargada del arrendamiento de los impuestos.

Castilla se hallaba por aquellos días asediada por los moros y los desórdenes y revueltas abundaban en los cuatro confines del reino. El miedo se enseñoreaba en todas partes y se presumía que los días de concordia estaban por terminar.

Don Juan II de Castilla instituyó en la dignidad de alcalde mayor de las alzadas de Toledo a Pero Sarmiento, repostero mayor y miembro del Consejo Real, descendiente de una noble familia distinguida por sus servicios a la corona. Gozaba de toda la confianza del rey por su lealtad y por el prestigio de sus fueros. Don Pero consideraba que el nombramiento como gobernador de Toledo era un premio justo a toda una vida de devoción a su rey. Sin embargo, en el año del Señor de mil cuatrocientos cuarenta y seis don Juan II le revocó el cargo de alcalde mayor de las alzadas para restituir en él a Pero López de Ayala, quien llevaba casi treinta años ejerciéndolo. Sarmiento quedó amargamente decepcionado, hasta el punto de perder el dominio de sí y comportarse como un rebelde a la potestad regia, prohibiendo la publicación del decreto regio que le derogaba sus funciones y que el rey había asignado a su adversario. Ante tal desacato de las órdenes reales, Álvaro de Luna y el propio rey intentaron actuar contra Sarmiento. No lo consideraron nunca más digno de confianza. Provisto de obligaciones de mucho menor categoría, el de mero comandante de los alcázares, Pero Sarmiento quedó al margen de los cargos judiciales y militares que se le habían prometido y juró vengarse de quienes lo habían perjudicado. Como éstos eran tornadizos en su mayoría, pensó en algo que pudiese despojarlos sin remedio del prestigio y las riquezas que la providencia generosa les había deparado.

Pero he aquí que en camino a Ocaña, el condestable Álvaro de Luna se detuvo en Toledo el veinticinco de enero del año del Señor de mil cuatrocientos cuarenta y nueve para solicitar un empréstito al Concejo de la ciudad de un millón de maravedises que se emplearían en financiar las defensas contra los enemigos del reino, que lo atacaban desde el este y el sur. Agregó que la ciudad no podría quedar exenta, con lo cual contrariaba la real disposición según la cual Toledo estaba eximida de pago alguno de impuestos. Provisto de tal motivo, el Concejo de la ciudad se negó en principio a conceder los dineros. Sin embargo, el condestable converso fue inflexible y puesto que nadie quería aparecer como su contradictor, el honorable Concejo terminó accediendo a regañadientes y ordenó a su tesorero Alfonso Cota, converso recaudador de impuestos, que procediese a recabar el tributo.

Arteramente, Pero Sarmiento y sus alguaciles difundieron rumores acerca de que la suma tenía como destino las arcas y los bolsillos del propio condestable y del recaudador Cota. Sarmiento, el bachiller Marquillos y los suyos azuzaron a la turba y la convencieron de resistir el pago.

Marcos García de Mazarambroz, a quien sus detractores despectivamente llamaban Marquillos, era bachiller en derecho. De origen humilde, su odio ferviente e insidioso hacia los convertidos debía de provenir de su origen campesino o de querellas con litigantes conversos y judíos. Se ganó pronto la confianza de Sarmiento por la vehemencia con la que fustigaba a los vástagos de la raza hebrea.

Dispuestos estaban los recaudadores —todos conversos— a efectuar la cobranza, cuando la muchedumbre se sintió atraída por el tañido de las campanas de la catedral toledana. Los canónigos Juan Alfonso y Pedro López Gálvez incitaron desde el atrio a la rebelión. Encauzó Marquillos el mar de gentes hacia la casa del malhadado Cota, sita en el prestigioso barrio de la Magdalena; apenas tuvo éste tiempo para huir, pero su casa fue incendiada.

A la cabeza de Juan de la Cibdad, recaudador también de las rentas reales, se enfrentaron los conversos a la turba de los cristianos viejos, con tan mala fortuna que el adalid pronto fue muerto y se les fueron las fuerzas. En la plaza de Zocodover los conversos eran colgados por los pies en la horca pública; el espectáculo siniestro y patético llegó a los oídos del condestable Álvaro de Luna. La revuelta de Pero Sarmiento debía ser reprimida.

No obstante, los amotinados tomaron precauciones para resistir y ya Sarmiento había enviado alguaciles y guardas a las puertas de la ciudad. Durante diez meses se atrincheraría en ella, resistiendo el asedio de las tropas del rey. Las razones que lo movieron a desacatar a don Juan II, a quien había sido fiel toda su vida, fueron éstas, entre otras: la inquina contra el valido converso Álvaro de Luna, a quien no podía ver; la restitución del cargo de gobernador de Toledo a Pero López de Ayala y su consecuente degradación; amén de la debilidad del reino, atacado como era por todos los flancos. Sea como fuere, Pero Sarmiento, mutado en rebelde, fue a partir de estos infaustos sucesos el instrumento que el odio, dormido durante algunas décadas, usó para reavivar la llama de la persecución en los reinos de Castilla y Aragón. Durante los meses siguientes a estos hechos, los canónigos Juan Alfonso y Pedro López Gálvez ayudaron a redactar un estatuto acerca de la pureza de las sangres. Lo que había comenzado siendo tan sólo un asunto de dineros y recaudaciones y el producto de una rencilla personal con el condestable, se fue tornando en espantosa inquina contra los conversos todos, pues era una artimaña astuta para contribuir al derrocamiento del detestado Álvaro de Luna. La historia se edifica a partir de sus equívocos y sus errores, y de la confusión imperecedera entre las iras y los espectros de unos y las veleidades y los temores de otros.

## Capítulo XIII

Todos los contrarios giran en el alma y afloran según la luz que cae sobre sus aristas. Pero Sarmiento, un noble poco reconocido por otros nobles más ilustres y acusado de insignificancia por los convertidos que fueron promovidos por el rey a las dignidades más altas y las responsabilidades supremas, mudó en azote de la mitad de las gentes de España.

La ira brotó del alma de Sarmiento. Durante casi todos los años de su vida fue un hombre de recio talante y capaz de ardorosa fidelidad, no resistía sin embargo los giros de la veleidosa fortuna; propenso a criticar hasta al propio rey en sus designios y dispuesto a lograr por cualquier medio la ruina de sus enemigos. Velaba noches enteras tratando de hallar respuesta a sus vacilaciones. Aprovechose para ello del exaltado carácter de las gentes de la ciudad de Toledo y del recelo que tenían para con las glorias de judíos y moros. En su rostro pálido se dibujaba de repente una sonrisa cuando la suerte le deparaba un ardid o un adepto más se adscribía a sus enrevesados propósitos. Ardiente y paciente a la vez, sabía esperar por largo tiempo la ocasión para dar cada golpe y propinarlo con extrema energía cuando sentía llegada la hora de su cumplida venganza. Pasó a ocupar mediocres cargos hasta el oficio de comendador y legislador.

De esta guisa lo hizo aquella tarde remota de verano en connivencia con el procurador del Común, Estevan García de Toledo, cuando por medio de improvisados tribunales y risibles cortes despojara a cada converso de sus cargos y en especial de las escribanías que honestamente habían adquirido. Tamaña disposición de Sarmiento y su cómplice, el procurador, iba en contra de los designios reales que explícitamente habían mandado que ciudades, villas y pueblas admitiesen a los conversos en el ejercicio de todos los oficios honrosos de la república como si hubiesen nacido cristianos.

El relator del rey, Fernán Díaz de Toledo, escribió un erudito *Memorial* en el que recordaba leyes del reino y privilegios mediante los cuales conversos como él mismo adquirían los respectivos grados de nobleza, plenamente y sin lugar a dudas. Recalcaba, además, la labor paciente pero definitiva que los cristianos nuevos realizaban a favor del reino y refutaba con indignación su injusta puesta en duda. Tampoco vacilaba respecto de calificar de herejes a quienes desconocían de modo tan flagrante los derechos legítimamente adquiridos por todos los convertidos.

La tesis contraria, apasionadamente defendida por el bachiller en derecho Marquillos, que más parecía un rábula, se basaba en un privilegio que el procurador Estevan García de Toledo no presentó, otorgado por un rey don Alfonso, cuyo número entre los que habían regentado Castilla no citaba, que suponía ilícito para los conversos —contrario a lo realmente dispuesto en cánones y fueros— servir en las dignidades eclesiásticas y los oficios de república.

Incitado por quienes en la farsa actuaban y como un actor más de la comedia, Sarmiento procedió a redactar una infamante sentencia a la que apodó Estatuto, según la cual se desconocían de modo tajante todos los derechos de los convertidos y se les cargaba de injustos improperios y vejatorias acusaciones de ser sospechosos de su fe. El cinco de junio del tétrico año del Señor de mil cuatrocientos cuarenta y nueve, se hacía conocer la crudelísima sentencia del suplantador Pero Sarmiento, alcalde de las alzadas de Toledo.

Resultaba ahora que había dos categorías de cristianos: la una plena y la otra parcial y objeto de sospechosa indignidad para el desempeño de cualquier cargo y, según parecía, hasta para recibir los santos sacramentos. Según ella, se podía leer que no había habido nunca una conversión sincera, aunque con alma devota miles y miles de cristianos nuevos acudían a confesar sus pecados; muchos de ellos, incluso, habían sido ordenados sacerdotes de la religión cristiana.

A pesar de que el poder de Pero Sarmiento en la usurpación de Toledo no era tan grande como para controvertir al rey de Castilla y aunque su rebelión fue pronto sofocada y obligado a remitir, en la mente del pueblo, que vive trastornada y todo lo trastorna, la sentencia-Estatuto cobraba toda vigencia y se convertía en señera para abusar de los derechos de los convertidos y hollar sus dignidades. Así, las ideas pueden más que los hombres y se abren paso como la hoz que siega la espiga o como el fuego que quema el campo. En efecto, Pero Sarmiento saqueó, por su cuenta y riesgo, la casa de Alfonso Cota y el barrio de la Magdalena y cargó con los haberes robados, que incluían finas sedas y esmerados brocados de Flandes y Bretaña, hasta doscientos siete mulas. Acompañado de don Pedro Téllez Girón y don Juan Pacheco, avalaba con su presencia el heredero de Juan II tan cínico birlo, saliendo a ver la inusitada caravana a la Puerta de Bisagra, por que no se robasen aquellas bestias. Hubo entre el vulgo quienes aplaudieron con entusiasmo. Pero el destino también roba a los ladrones, y quiso que las mulas fueran desviadas por sus conductores y se perdieran sin remedio los frutos de tales saqueos.

## Capítulo xiv

A partir del Estatuto de Sarmiento se hizo penosa costumbre inquirir acerca de prosapias y linajes e investigar con minucia los apellidos y las procedencias de cualquiera, con consecuencias que nadie pudo vislumbrar, pero que terminarían por apresurar una nueva y gigantesca diáspora de un pueblo que había sido alma de España. No sólo los judíos que seguían aferrados a la religión de Moisés, sino muchos miles de los que se habían convertido a raíz de los sucesos del año del Dios celoso y otros tantos moriscos sufrieron de nuevo persecuciones y perturbaciones sin cuento y sin número. Todos los cristianos viejos, de repente, se sintieron con derecho a cuestionar a sus vecinos por su laya y por su nombre, por la puebla de su origen o por el uso de su barba o la reputación de su madre; fueron llamados con sorna marranos, voz que en los dialectos de Sem quiere decir apóstata.

Desde entonces y durante siglos, nadie se sentía plenamente libre y seguro en los campos y las ciudades de las Españas, pues temía que algún remoto antepasado comprometiese su nombre o el de los suyos o que al contraer matrimonio con su amada estuviese heredando sin quererlo la desdicha y el encono que truncan los destinos de los hombres.

## Capítulo xv

El médico Benzion Cardozo y su esposa Lía acostumbraban a recorrer los pasadizos de la memoria con denuedo y precisión y sus hijos Schlomo y Yizhak crecían con todos sus recuerdos a cuestas, como si de libros se tratara. En el momento del nacimiento de su tercer hijo, que había de llamarse Ariel, su padre y su madre lloraron de emoción al recordar el día en el que el silencioso Mordecai había dicho aquellas palabras sorprendentes acerca del carácter ineluctable del mal y la misión de acopiar bondad a las almas que de otro modo serían zafias sin remedio. Dentro de las memorias indelebles de aquel día imborrable estaban también las palabras que Zvía pronunció cuando se hubo repuesto de la sorpresa:

—Lo que hoy ha pasado debéis recordarlo hasta tiempos remotos en el futuro, cuando vuestros hijos nazcan y el prepucio del tercer varón sea cortado en el *berit milá.*

La afición familiar por el estudio de la Torá, heredada de su madre Zvía, así como de su propio hermano Jaim, lo habían hecho participar en los eventos preparatorios de la edición de la Biblia de Alba y tenía muy presentes las figuras y las obras de los profetas. En su casa poco hablaba de medicina y de enfermos, porque creía, como buen judío, que las palabras y las acciones están secretamente ligadas y que por tanto no había necesidad de convocar a las enfermedades.

El recién nacido estaba destinado según creían sus padres a pasar su vida comentando la Torá y los tratados filosóficos sobre la naturaleza y la esencia del mundo y de Dios. «Quiero que mi hijo Ariel posea una ciencia similar a la del *Rambam*, ya que es el tercero y por tanto su suerte debe estar ligada a los avatares etéreos», exclamó Benzion aquella tarde remota en que tuvo lugar el *berit milá* de Ariel.

## Capítulo XVI

Schlomo y Yizhak habían crecido observando a su padre trabajar esmeradamente entre cribas, redomas, crisoles y retortas en el laboratorio que tenía en su casa de Cádiz y lo admiraban con la misma fuerza con la que lo amaban. Era un gran maestro y con paciencia y esmero a la vez enseñaba a sus hijos a recoger y apreciar las muestras que el mundo nos va entregando tanto de las materias sublimes como de las inmundas; pero en la casa la asepsia era rigurosa y Lía se cuidaba de evitar que su marido o sus hijos trajesen consigo ropas y muestras contagiadas de materias perniciosas. Los bañaba con cuidado y asistía a sus amigas en sus partos y convalecencias y era famosa en toda Cádiz por el cuidado de sus tratamientos y curas.

Cuando llegaba a la casa de un enfermo podía percibir con extraordinaria precisión, dotada de un don trágico, si éste habría de curarse o morir en ese trance. Cuando la vida iba a vencer tranquilizaba a sus familiares, pero cuando la sombra de la muerte se posaba sobre la frente del paciente, sobre la comisura de los labios o en el iris de sus ojos, acongojada pero con perfecta moderación y dulzura, se dirigía a sus seres más queridos para prepararlos frente al inevitable desenlace. Incluso sabía prever cuántos días quedaban a un moribundo. Cuando las familias no sabían resignarse o a algún miembro lo vestía la desesperanza o la ira, invitaba a su cuñado Jaim Lucena, maestro de la palabra, para que tratase a los melancólicos o a los iracundos y los consolase ante la inminencia de la muerte.

Lía era apreciada por todos los miembros de la comunidad judía de la ciudad y por muchos convertidos, pero su nombre y su fama llegaron a oídos de un viejo canónigo devoto del fray Vicente Ferrer, que la cargó con el epíteto de hechicera en el púlpito de la parroquia. Por causa de esta mala ventura se recluyó en su casa y poco veía el sol, que es tan pródigo en la ciudad de Cádiz.

La vida de esta familia no hubiera tenido caracteres extraordinarios de no haber sido porque el pequeño Ari —como lo llamaban sus padres y hermanos— desarrolló desde temprana edad un don de prodigiosa memoria, similar al de su antepasado Saúl Cardozo. Desde los tres años y medio recitaba pasajes de la Torá y narraba a sus amigos de la judería la historia de un tal Ulises que Benzion solía leerle, en una traducción que había hecho su tío Jaim directamente del griego. Era la historia de un hombre infortunado a quien el destino negaba la posibilidad de regresar a su casa con su esposa y su hijo, por haberse enemistado con los dioses.

## Capítulo XVII

Una noche del otoño gaditano del año del Señor de mil cuatrocientos cincuenta y uno en la que el viento del océano tumbaba las hojas de los árboles y azotaba las ventanas de los ricos mercaderes, tuvo lugar un portento que creo digno de mención.

Un joven cuñado del alcalde de la ciudad ardía de fiebre en su lecho sin que nadie conociese la causa. Gritaba en su delirio palabras misteriosas que ninguno de los suyos podía comprender. Boticarios y médicos cristianos habían acudido presurosos, sin encontrar remedio eficaz que paliara el mal de su torturado ser. En medio de la confusión alguien mencionó el nombre del gran médico Benzion y sobre todo el de su esposa, quien podía decir con certidumbre si al muchacho lo arrastraría la tozuda muerte.

Acudieron Benzion y su esposa casi al amanecer de aquella noche tormentosa en la que la lluvia castigaba sordamente a la ciudad. Cuando los farmaceutas habían sido ya despachados, Benzion procedió a examinar al convaleciente y permitió que su esposa lo mirase con lentitud y cuidado. En la palidez de su rostro se leía la presencia inquietante de la muerte, pero observó Lía que los pies del muchacho estaban rojos y calientes. Pensó que la vida estaba luchando dentro de su cuerpo desordenadamente y que los cuerpos, como todo en el mundo, requieren armonía. Supo entonces que el paciente no iba a morir. El médico puso compresas de aguasal en sus pies y masajeó los hombros y el cuello con rigor de modo que la sangre atascada pudiese llegar a su frente. En el lecho se acomodó un escabel, de suerte que la elevación de los pies regulase su temperatura y aumentase el volumen de sangre que debía irrigar la cabeza. Ésta a su vez quedó colgando a la orilla de la cama, por recomendación de Benzion, y el muchacho debió cambiar sus ropas por un sayal de lino.

La exasperación del paciente se fue calmando cuando Lía respondía en hebreo a las palabras que el joven profería con vehemencia. Estuvieron en estos menesteres durante dos horas, al cabo de las cuales la salud se había restablecido manifiestamente. La fiebre cedió por completo y Santiago, que así se llamaba, despertó de su desmayo viendo la cara de quien había sido su bienhechora.

Cuando todo hubo terminado y los esposos Lucena regresaban a su casa, Lía se acercó a su marido y le dijo:

—¿Oíste lo que repetía Santiago?

—Sí —respondió Benzion—. «Levantaos, subamos a Sión, hacia Yahvé nuestro Dios», del libro de Jeremías.

Al llegar a la casa releyeron todo el libro de Jeremías y con gran placer hallaron allí consuelo para las preocupaciones que los asediaban por aquellos tiempos. Aunque los días de amenaza y tribulación no habían terminado, habría pronto buenos augurios sobre los cuales construir el entramado de una esperanza. Sentados a la mesa y con sus hijos, después de lavarse rigurosamente, comieron la adefina en silencio.

## Capítulo XVIII

Pablo de Burgos o de Santa María, converso que fuera, primero defensor de la fe hebraica y luego uno de sus más tenaces refutadores, tuvo en su segundo hijo conocido como Alonso de Cartagena un ilustre seguidor y puntal de sabiduría que los tornadizos todos legarían a la Iberia. Como su padre había nacido en Burgos, en el año del Señor de mil trescientos ochenta y cinco y fue convertido a los seis años en pleno tiempo aciago del Dios celoso, mientras la sangre de los de su raza regaba pródigamente los campos de Sefarad y se oía el eco premonitorio de su partida.

Su padre fundó una escuela de traducción en Burgos, que sería célebre por la multitud de sabios y eruditos que allí se congregaban. Desde muy niño, entonces, Alonso oyó lecciones de variada índole que cultivaron su espíritu y le permitieron aprender las lenguas todas del mundo: la griega, lengua principal y sacra en la que leyó a Aristóteles y a los santos padres de la cristiana Iglesia; la latina, que inspira reverencia y santidad, en la que penetró en las disquisiciones filosóficas de todos los sabios de Roma y en las inmarcesibles verdades de los apóstoles de Cristo; el hebreo, lengua arcana, en la que descifró los vericuetos de la cábala; amén del castellano, lengua de su amado Sefarad, con la que aprehendió el mundo y sus más sutiles avatares. Conocía también cumplidamente el catalán y el portugués, con los que actuó como legado seglar en trascendentales misiones diplomáticas. Por ello, fue don Alonso un magnífico traductor que supo extraer de las obras de sabiduría la enjundia más excelsa.

Estudió leyes y teología en la Universidad de Salamanca, por entonces cima de los estudios del mundo, por confluir en ella sabios de todos los confines de la cristiandad, pero que una vez huidos o expulsados los doctos del reino, habría de ser cubierta por un manto de estulticia, insignificancia y olvido.

Siguió su vida un doble sendero: el de los asuntos religiosos, que atañen a la salvación del alma, y el de los terrestres, que tocan al cuidado de las mentes. A los veintinueve años era ya auditor del rey Juan II de Castilla e ilustre deán de Santiago de Compostela; por los méritos de su palabra y de su ciencia supo ganarse el respeto de príncipes y prelados de todos los reinos cristianos, tanto que el sabio Eneas Silvio Piccolomini, pronto Papa Pío II, lo llamaba «delicia de las Españas», «ornamento de prelados», «eminente entre todos» por su don de consejo y sublime elocuencia. Supo también ganar el litigio con Portugal en la disputa sobre las islas Canarias, y firmó la paz entre el emperador y el rey de Polonia, precisamente cuando las voluntades parecían irreconciliables.

A sus cuarenta y dos años, en mil cuatrocientos veintiocho, era auditor, miembro del Consejo Real y refrendario del rey, pero también refrendario del papa, deán de las catedrales de Compostela y Segovia, canónigo de Burgos y capellán del rey, amén de escritor de muy prestantes obras de teología, filosofía y moral. Célebre entre ellos lo fue el *Doctrinal de caballeros*, en donde exalta una ética caballeresca o hidalga de la virtud. Según Alonso, los campos de batalla no eran sólo los del guerrero, sino también los de navegantes, cortesanos y embajadores.

Alma escindida por lo clerical y lo seglar, lo judío y lo cristiano, como el crepúsculo que está iluminado por rayos del sol que claudica y la luna que nace; era ejemplo en todas partes de mesura y buen sentido, en especial cuando de decisiones definitorias se trataba.

Este hombre ilustre fue prueba fidedigna de que entre judíos y moriscos abundaban las mentes brillantes y los sutiles corazones; espejo de un tiempo en el que la palabra era la luz señera para alumbrar los acaeceres del mundo todo. Y está visto de sobra que cuando la palabra no es el motor supremo, los bárbaros —esto es, los balbuceantes que están enhiestos a orillas de la prístina claridad— se adueñan de todo desfachatadamente y sin apenas sentir rubor alguno, aniquilando la sutileza y la belleza frágil de los íntimos matices que yacen ocultos como joyas sin precio, en el espíritu de una lengua.

Murió Alonso de Cartagena en Villasandino en mil cuatrocientos cincuenta y seis, rodeado de gran prestigio y sin que nadie osase proferir mácula alguna sobre su obra o su memoria.

## Capítulo xix

El judío Bartolomé Méndez-Pinto, llamado ahora Lainez, habitante de Lisboa, había instruido a su hijo Samuel en la lectura de portulanos, la realización de inscripciones en las cartas de marear y el trazado cuidadoso de las imprescindibles líneas romboides, que para los marinos en faena eran las rutas y eran la vida.

Samuel era un joven de carácter reflexivo y silencioso, dotado de una mirada profunda y una palidez de hielo. No habría tenido apenas un amigo si no hubiese conocido en la infancia al bullicioso Isaac Abravanel, lisboeta como él y que habría de arrastrarlo durante toda su vida por los caminos de viajes y aventuras y por las cortes del rey de Portugal, a quien serviría a la postre.

Parece que las desgracias y malaventuras afianzaran las amistades de los hombres. Fue así, en efecto, como Samuel e Isaac, con tan sólo trece y doce años, en el año del Señor de mil cuatrocientos cuarenta y nueve, presenciaron entre asombrados y horrorizados el motín de la aljama de Lisboa, con las crueles matanzas de hebreos que siguieron en la judería de su ciudad. Resguardados en el quicio sombrío de una vieja casa de un prestamista hebreo, tuvieron que presenciar cómo cuatro facinerosos cristianos viejos maltrataron hasta la muerte a la anciana madre del recaudador Benavente. Débora, indefensa, se cubría la cara con la mano derecha y sólo atinaba a pedir compasión en lengua hebrea, entre las risas y las mofas de los truhanes, que la zurraron hasta perfilar el horror en su cara y desgarrar sus carnes.

Cuando llegó Benavente, que volvía de un largo viaje de Sevilla, contempló transido de dolor el patético espectáculo del cadáver sobre las frías losas de mármol de la casa. Isaac y Samuel le refirieron con lágrimas en los ojos el sufrimiento de la anciana que quedaría grabado en sus mentes para siempre y que selló la amistad que habrían de sostener pertinazmente hasta el fin de sus vidas. Se cuenta que desde aquel día, Benavente huyó desesperado abandonando, para júbilo de sus deudores, negocios y posesiones en un arrebato de inefable dolor, pues casi nada son riquezas y oro ante la desgracia y la muerte.

Tan fuerte impresión causó en el espíritu de Abravanel la dolorosa escena, que lo inclinó con inusitada pasión al estudio de la Escritura y a la meditación sobre su velado sentido. Años después en sus escritos podía leerse: «Sólo de la perplejidad ante el dolor nace la belleza sublime que entraña el conocimiento: Quien sufre más, aprende más; en efecto, sólo en los momentos de mi vida en que me desaparecían la riqueza y vanidad acumuladas y me encontraba errante de reino en reino, me volvía al libro del Señor de acuerdo con las palabras: "Como se encuentra triste y echando algo de menos, por eso estudia"». Desde aquel día creía que el desarreglo de la justicia del mundo era la prueba cabal del pecado y el olvido de Dios, cometido desde el comienzo de los tiempos, vestidos ya de impía vanidad.

## CAPÍTULO XX

En efecto, Samuel Lainez tuvo una vida llena de peripecias. Arrastrado, a pesar de su talante sosegado, a los lances de mar, se inclinaba también, en igual medida, al estudio de las Escrituras hebrea y cristiana, aprendiendo el latín con gran perfección. A medio camino entre los rigores del comercio y los diplomáticos, acompañó a su amigo Isaac en sus numerosos viajes y se convirtió en su camarada, compañero y más entrañable amigo. Pasaban largas noches de desvelo redactando reflexiones sobre largos pasajes bíblicos y comentarios sobre los avatares políticos de su tiempo y aun de los años por venir. Comprobaban con asombro que las artes de la política no han cambiado desde los tiempos en que José fuese vendido por sus hermanos.

Las ideas consignadas en aquellos tratados de religión y de política eran fruto de la enseñanza que habían recibido en lengua castellana y aun en hebreo y árabe de maestros venidos de Sevilla, de donde era la familia de Abravanel, apenas unos meses después de la terrible masacre del año del Dios celoso.

Para ser consejero de príncipes y reyes en la corte portuguesa, como en cualquier otra de las Españas, se requería en primera instancia ser suficientemente rico como para no tener que vivir de los favores reales y asimismo era preciso conocer varias lenguas y manejar con desenvoltura el latín, amén de una cuidada astucia aderezada por una sutil bondad. Además de la lengua lusa, eran pertinentes el castellano y el dialecto de los condes de Barcelona, cuyo poder había crecido mucho hasta volverse principal. Algunos viajes hacia el norte hacían recomendable conocer el francés y el flamenco que posibilitaban la feliz realización de jugosos negocios con las más diversas naciones. Para los judíos se agregaba a las artes del consejero de príncipes ser versado en los libros de las Sagradas Escrituras, para poder así negociar incluso con prelados y pontífices. Todas estas cualidades reunidas y hábilmente combinadas eran precisas para desenmarañar el entramado de la política, que no consiste en últimas sino en contemporizar cumplidamente con vecinos que ya en la paz o en la guerra son los enemigos.

## Capítulo xxi

Elías Cañete vivía en Cádiz con modestia, con su madre y sus hermanos. Se le consideraba un filósofo porque escribía tratados y opúsculos sobre diversas cuestiones, incluso sobre los tintes del talante, al modo en que lo hicieran sus ilustres predecesores moriscos, judíos o cristianos. Ninguna idea le era ajena ni lejana del todo, pero en especial se ocupaba de lo que daba en llamar las luchas del alma, para evitar pensar en todo momento en la muerte. Creía que la sabiduría y el temple eran capaces de tejer una red para atraparla y demorarla. Comprender la vida aun a sabiendas de lo frágil que es; la sabiduría humana aun a sabiendas de su carácter parcial; la virtud y el buen ánimo aun a sabiendas del acecho de la desgracia.

Preocupado por tan graves cuestiones pasaba los días encerrado entre el cosmos de los libros, como rastreando el hálito de la sabiduría que en ellos reposa. Hablaba a sus amigos acerca de un tratado que había ocupado sus horas más íntimas y que se demoró la vida entera en componer; versaba sobre el poder y el miedo que padece el hombre frente a lo desconocido. En tal libro se retratan las formas en las que los hombres se alían para alcanzar sus fines, así como el carácter contingente y mutable de esas alianzas y amistades que suelen romperse a la primera contrariedad. El poder duradero y fuerte depende tan sólo de Dios y por ello los que se han erigido en sus representantes y voceros lo han conservado por tan largo tiempo.

Elías, hombre suspicaz, llamaba constantemente a ponerse en guardia contra el flagelo de la ingenuidad y el candor que proviene tan sólo de las buena intenciones. La bondad existe, sin duda, pero no forma parte esencial de la naturaleza del hombre y suele venir acompañada de indolencia. Su cortedad acostumbra dejar el campo libre a las certeras acometidas de la perversidad que hacen patentes las incesantes luchas del alma.

Cañete concluía sus libros siempre de la misma manera: la vida persiste y la secreta fuerza con la que lo hace es la herramienta principal por la cual y de la cual merece la pena hacerse cargo. Todos los hombres escriben el mismo libro, así no agreguen más que balbuceos y medias palabras. Descubrir nuevas tierras, conquistar pueblos, enriquecerse, poseer los cuerpos y las almas de hermosas mujeres y gozar de la compañía de los hijos amados y demás seres queridos es el único agravio que le hacemos a la muerte; ella sigue fiel y señera cumpliendo con su rigurosa tarea, mientras nosotros nos ocupamos de otros menesteres sin hacerle caso, aunque percibamos su inquietante presencia entre las sombras y el silencio.

## Capítulo xxii

En el patio arbolado de la casa gaditana de los de Lucena, donde solían reunirse los hermanos con el rabino Hilal y el filósofo Elías Cañete, se sentía el soplo del mar que acariciaba los cipreses del jardín. En las tardes, después de la comida, sentábanse a discutir y a tomar el *qahwé* traído de las tierras de Abisinia, mientras disertaban acerca de tantos asuntos como fuera posible y los muchachos tomaban nota en su memoria absorbente, de modo que al día siguiente podían dar relación a sus padres hasta de los más sutiles matices. De esta guisa, todos estaban al tanto de los temas y superaban el escollo del olvido.

Un día empezó a ocuparlos el tema del Estatuto de Sarmiento. A partir de la promulgación de la infame sentencia, las Españas y los reinos cristianos de Europa todos comentaron la inusitada disposición que separaba a los creyentes viejos de los nuevos, otorgándoles derechos mayores a aquéllos por haber nacido de abuelos cristianos, aunque su fe fuera débil o vacilante y su vicios muchos.

No pudo menos que protestar airadamente el papa de la cristiandad Nicolás v y emitir una bula al respecto; se trata de *Humani generis inimicus,* del año del Señor de mil cuatrocientos cuarenta y nueve, en la que condena el Estatuto de Sarmiento y anula sus disposiciones por contrariar la unidad del pueblo cristiano y postula que: «A todos y cada uno de cualquier estado, rango y condición, eclesiásticos o seglares, les mandamos —bajo pena de excomunión— que admitan a todos y cada uno de los convertidos a la fe cristiana o de los futuros conversos, hayan venido o vengan de la gentilidad, del judaísmo o de cualquier otra secta, y a sus descendientes tanto eclesiásticos como seglares que vivan de manera católica y como compete a un buen cristiano, a todas las dignidades, honras, oficios, escribanías, testimonios, y a todos los asuntos a los que son admitidos todos los otros cristianos más antiguos». Se cuenta que el devoto papa se veía airado por aquellos días en los recintos de su augusto palacio Vaticano contra los cizañadores que intentaban socavar los cimientos del cristianismo sobre todo en los reinos de Castila y de León.

Asimismo, comentaban los cuatro hombres de Cádiz un texto que el prior fray Juan de Torquemada recién había escrito, titulado *Tractatus contra Madianistas et Ismaelitas.*

El rabino Hilal afirmó al respecto:

—No importa que el papa y sus prelados se indignen y proclamen bulas para atenuar la furia de los obcecados que se sienten respaldados por su origen cristiano. Está visto que convertirse no es suficiente y que entraña tantos peligros como el seguir siendo devotos del Dios de nuestros padres. Doy al texto del canónigo fray Juan sus méritos, por hallarse escrito con la tinta de la sensatez, pero es claro que no basta para pretender que con él se paralicen las manos de los asesinos o las mentes de los expoliadores. Mientras tengamos algo que puedan robarnos o ambicionar y nuestro talante sea tan diferente del suyo, aun con mil Torquemadas, siempre saltarán la muralla para venir a incendiar lo nuestro o lo de los convertidos por igual, alegando cualquier motivo.

—Es cierto —exclamó Jaim—, recuerden ustedes que no hace mucho y para conjurar la peste, judíos y cristianos sevillanos organizaron una procesión que llevaba a la vez los rollos de la Torá y el Santo Sacramento. Los otros son tiempos que ya no pueden volver y no es lícito para nosotros añorar lo que ha partido. Viene a sumarse a nuestros males la causa de los tornadizos y aumenta nuestras penas ver cómo sufren sospecha por manos de sus correligionarios; los ojos inquisitivos de los cristianos viejos nos vigilan por igual.

Elías Cañete, irrumpiendo como si tuviese estos pensamientos represados desde hacía tiempo, dijo:

—Ser judío es una marca indeleble y un destino del que no se puede renegar abjurando ni convirtiéndose al credo de los cristianos. Llevamos nuestro pasado adherido a la piel y metido en los ojos; el alma de los profetas y de los rabinos de marras habita en nosotros desde antes de nacer y sin descanso hasta la hora de la muerte. Es imposible predecir cómo terminará la historia de los judíos: ¿quedarán los que han permanecido entre sus enemigos o habrán de desaparecer también ellos? A veces me gustaría no ser judío, aunque sólo fuera para tener sobre nosotros una opinión que no sea egoísta. La actitud vigilante del judío, quien en otro aspecto no es mejor ni peor que los demás, me parece propicia para las operaciones de orden intelectual y moral. El que la ha recibido debe aprovecharla, dar gracias por ella y regalar lo que ésta les proporciona de conocimiento a los demás, que no la poseen en la misma medida porque no la necesitan tanto.

Como siempre, las inquietantes palabras de Elías cerraron la jornada, por sumergir a los otros en la más profunda cavilación. Los gritos de los niños que regresaban de jugar en el call de la aljama los trajeron de nuevo al mundo.

## Capítulo XXIII

Hubo quienes judaizaban y no fueron pocos. Si bien es cierto que muchas conversiones fueron sinceras, otros simplemente fingieron, para usufructuar los privilegios que el ser cristiano conllevaba.

Pero Sarmiento había cosechado de una planta cuyas raíces eran muy profundas y que habían sido luengamente regadas con sangre. Aun a pesar de las refutaciones papales y de los intentos de numerosos prelados, por no distinguir en absoluto a cristianos viejos de nuevos y admitir a los conversos en todos los cargos y eventos a los que tenían derecho, las leyes de Ayllón y la sentencia de Sarmiento perduraron en las mientes de millones de cristianos viejos, envidiosos o celosos, o tal vez sólo displicentes con los tornadizos. Sus tierras, sus haberes y sus méritos empezaron a caer en un creciente descrédito y los oficios, por demás tan necesarios, que habían desempeñado durante siglos fueron tachados de viles, simplemente porque los caracterizaban.

La limpieza de sangre se convirtió en obsesión para todos, cristianos viejos o nuevos, y más tarde, judíos o moriscos tachados de herejes. Cualquier gesto servía para ser delatado; llamarse de un modo o de otro o cambiarse de nombre era ahora razón de sospecha perenne, cuando por siglos había sido una práctica habitual.

No fue fácil para los convertidos mudar su dieta, cambiar sus atuendos y hasta su lengua, puesto que cualquier voz en ladino podía ser usada para tacharlos de marranos y el nombre infamante alcanzaba a sus descendientes por todas las generaciones venideras. Este veneno se inoculó en todas las almas, alcanzando todos los puntos cardinales, las pueblas y villorrios más remotos y aun los reinos extranjeros cristianos adonde algunos decidieron huir.

Desde entonces, no fue raro toparse en rúas y calzadas con mequetrefes que alardeaban de sus apellidos y hasta de su hidalguía, que denostaban de unos que eran nuevos y tenían las sangres mezcladas. También los hubo canónigos y frailes que hacían penosas averiguaciones a los padres antes de bautizar a los hijos y cuyas sospechas y habladurías quedaban consignadas en los libros eclesiásticos y en las partidas bautismales como si se tratase de eminentes códices de historia. Todo el mundo pretendió saber más sobre los otros que sobre sí mismo y siempre hubo algo que achacar y algo que ocultar en cada familia o al concertarse cualquier matrimonio. En efecto, y desde entonces, las bodas imponían el recurso de la contestación, privando a los amantes en no pocas ocasiones de la dicha de pertenecerse el uno al otro y malquistando a sus familias por causa de habladurías y sospechas jamás probadas.

Uno de los casos más nombrados y que invariablemente recuerdo con un rictus de sorna en los labios es el del franciscano fray Hernando de la Plaza, quien en el atrio de la parroquia de Atocha en Madrid gritaba desvergonzadamente y como llevado de sí que era infamante la manera como los judíos seguían burlándose de la religión de Cristo. Con la desmesura que caracterizara a Ferrand Martínez o a Vicente Ferrer y con la malicia de Pero Sarmiento sembraba, a diestra y siniestra, el odio entre gentes que vivían junto con los convertidos, azuzándolos entre sí y causando todo tipo de querellas y disputas que mantenían atestados los tribunales y exasperados a los jueces. Decía en su jerga que nadie como él los había sorprendido en flagrante delito de judaizar haciendo pasar por blanco lo que en realidad era negro y que tenía para exhibir pruebas irrefutables de ello. Poseía, según dijo, hasta ciento un prepucios en su casa, producto de la incautación a algunos convertidos de los frutos de sus secretas circuncisiones. Un día de Corpus Christi, cuando caía ya la tarde, exclamó:

—He aquí que consentís en que estos tornadizos se burlen de vosotros y de la religión con simulaciones sin cuento y que cuando dais la espalda, regresan a sus casas para leer las falsas escrituras, a la luz del candelabro de los siete brazos. Lo que ocurre es que sois pusilánimes y vuestra blandura les hace pensar que pueden hacerlo todo impunemente. El castigo está sin embargo muy próximo, no sólo para ellos, hipócritas, sino también para vosotros sus cómplices.

La historia, tejedora de errores, se vale de equívocos para que incluso la voz de los insensatos e imprudentes, soñadores e ilusos que han perdido el juicio, se convierta en su contrario. Y el destino de los hombres no depende tanto de sus voluntades, sino de sus veleidosas acciones y de la forma en la que son leídas.

## Capítulo xxiv

Uno de los hombres más astutos de España, don Alfonso Borja, oriundo de Játiva en el reino de Valencia, se hizo nombrar secretario del rey Alfonso v de Aragón por el que a la sazón era el cardenal Pedro de Luna y que habría de ser Benedicto xiii. Luego fue arzobispo de Valencia y preceptor del hijo del rey. Se instaló en Roma en el mismo año del motín de Lisboa y del Estatuto de Sarmiento y consiguió posteriormente dignidades eclesiásticas muy altas para sus familiares.

Conocido de sobra en Roma y tan querido como temido, se hizo nombrar papa con el nombre de Calixto iii, haciendo mofa del poder que ostentaban las ilustres familias de condotieros de los Orsini y los Colonna. Sería el primero de una imponente dinastía que arrastraría sus virtudes y sus vicios por las rutas de la cristiandad, enquistándose de modo tan acendrado en los destinos de Italia que la lengua de Florencia adoptó bajo el nombre de Borgia; y nunca pudo olvidarla.

Algunas de las acciones más recordadas, que no las más pías, de su peculiar pontificado fueron la rehabilitación de Juana de Arco y la canonización del predicador Vicente Ferrer. Estas acciones le valieron odios y aplausos por igual y le permitieron hacer perpetuar el influjo de la sangre española en los Estados pontificios.

Quien fuera el tormento de cientos de miles de judíos de Sefarad fue considerado desde entonces santo y objeto de devoción. Evidencia esta paradoja una verdad antigua y dolorosa: aquellos que con mayor deliberación concitan el odio y la locura resultan exculpados y cubiertos de loas, aun cuando las consecuencias de sus acciones sean ineludibles y estén a la vista de todos. Sabe el mal mudar su naturaleza y tornarse en bien con tal desenfado, que los que antaño lo condenaron resultan condenados y los que lo defendieron, defendidos. No resulta extraño concluir entonces que lo que la gente suele llamar bueno o malo depende de la intensidad de la luz que ilumina la desnudez de las acciones humanas; pues el mundo es sol y sombra como en el proscenio de un teatro en donde la luz de los candiles ilumina azarosamente, dando a los unos un cariz siniestro y a los otros uno más benévolo.

## Capítulo xxv

Los más pequeños suelen soñar con lo más sublime y avizorar primero las más atrevidas jugadas de la partida perenne que es la historia de los pueblos. De un reino menor que fuera provincia mora por muchos siglos, Portugal comenzó a abrirse al mundo rasgando el velo de la oscuridad y dando lustre a sus reyes y caballeros. En esta obra del destino los hebreos jugaron silencioso pero constante papel y de modo especial desde el año desdichado en el que tuvieron que huir de la persecución y la matanza que propiciaron el arcediano de Écija Ferrand Martínez y el santo varón valenciano fray Vicente Ferrer. Reyes y príncipes de la corte portuguesa se valieron de cartógrafos y armadores, astrónomos, traductores y médicos, poetas y filósofos que huían de un destino aciago en los reinos de Castilla y Aragón.

Don Juan I, hombre severo y adusto, pero también taimado, pudo apreciar prontamente la ventaja de tener cerca a tan valiosos aliados que además tenían contactos en tierras del norte de África, cuya posesión y riquezas este rey ambicionaba. Fue de esta guisa como su hijo el príncipe Enrique reunió una cohorte para sí que coadyuvaba en variadas empresas y hasta financiaba sus atrevidos proyectos de conquista. Tras la toma de Ceuta en el año de mil cuatrocientos quince, le incitaron incluso a mirar siempre más a poniente de las columnas de Hércules y a remontar las costas africanas hacia el sur del cabo Mogador, buscando con afán nuevas rutas por las cuales traer las valiosas y anheladas especias que no sólo hacen más alegre el gusto de nuestras vidas, sino que dilatan la corrupción de los alimentos.

Deseaba incluso arribar a los míticos reinos de los sabios que partiendo de la Arabia Feliz, habían seguido la estrella misteriosa hasta el portal de Belén, para ofrendar incienso, mirra y oro al Mesías recién nacido y aun alcanzar el país del Preste Juan de inenarrables maravillas y riquezas. Casi todos los súbditos del rey de Portugal y de su príncipe Enrique, apodado «El Navegante», compartían esta ambición y se pusieron a trabajar en la tarea con admirable tesón.

Para cuando esto floreció, la soberbia y la vanidad de Juan y de sus súbditos llegó a hacerse difícil de soportar para los hebreos que habían sido lazarillo de un reino obcecado.

La ambición de Portugal era atesorar el oro que antaño traían las caravanas a través del desierto. La ruta marítima ofrecía entonces la ventaja de evadir los ataques de los asaltantes moros de las rutas terrestres y una mayor celeridad en la expansión del reino.

Madeira, Azores y Cabo Verde quedaron plenamente en sus manos y permitieron que los comerciantes del Algarve, los sabios de Sagres y los aventureros de Lagos visitasen las costas y los puertos africanos sin correr apenas riesgos. Desde las islas, sin embargo, los cartógrafos y marineros veían y sentían la presencia inquietante desde agosto hasta febrero de una poderosa corriente que soplaba hasta poniente, proveniente desde el desierto; eran los vientos de travesía que antaño habían llevado a Ricciotti-Doria hasta algún punto de la esfera del que no había sabido regresar; tal vez la América que nos es tan familiar atrapó su expedición sin ofrecerle conocer la manera de retornar. Ya Jácome Cresques los sabía elípticos, mediante mediciones realizadas en las costas portuguesas.

De cualquier modo, el oro siguió siendo el motor primordial de la ambición de los reyes y principales de la corte lusitana. Por muchos lustros hubo un afán inmenso por procurar el metal, pero también esclavos negros venidos de Senegal y de la Costa del Oro llegaron para trabajar en plantaciones de trigo y algodón y para servir en labores penosas como la pesca de perlas y la excavación de minas. Una planta venida de la India y llegada para endulzar las insípidas infusiones de la Iberia, forzó también al trabajo a miles y miles de negros que habían cruzado en luengas jornadas el mar de los Atlantes.

La ambición de reyes y comerciantes sirvió por igual para engrandecer en pocos años una corte antaño modesta y dotarla del esplendor y la sapiencia que le habían sido escasos durante tan largos siglos.

## Capítulo xxvi

En el año del Señor de mil cuatrocientos cincuenta y siete, Bartolomé Lainez Méndez-Pinto y el anciano cartógrafo Yahuda o Jácome Cresques fueron recibidos en la corte de Sagres por el sereno príncipe Enrique, amante de la mar. Querían conversar con él para exponerle sus ideas acerca del carácter elíptico de los vientos de travesía, los postulados sobre la anchura de la mar océana y la existencia de un inmenso continente a mitad de camino de las Indias y el Catay.

Tuvieron tiempo para explicarle la consideración acerca de la altura de las olas y la distancia a las costas que el sabio Ibn Albalia había previsto desde hacía más de un siglo. Era un hombre sensato que se percataba enteramente de la magnitud y trascendencia de la proposición. Sabía consagrar su tiempo y sus pensamientos a lo que podría ser semilla del engrandecimiento del reino de su padre. Cumplía cabalmente las funciones de un príncipe que no tiene por menester sino prefigurar lo que serán las glorias futuras de un cetro que alguna vez será suyo.

A pesar de que nunca llegó a ser rey, puesto que su padre lo sobrevivió, contribuyó más que ningún otro a edificar un imperio inmenso que los siglos y los hombres reconocen como obra suya. La luz de su grandeza irradió un poco de sombra sobre la figura de su padre, ocupado como estaba en mezquinas reyertas y nimios negocios.

Fueron tan convincentes y precisos los argumentos de Bartolomé y Jácome Cresques y brillaba en sus ojos tal certidumbre que el príncipe se entusiasmó con la idea de realizar una expedición a poniente y les prometió los medios para llevarla a cabo antes de pocos años.

## Capítulo xxvii

Jaim Lucena sabía restañar las heridas del alma, que se lacera tanto o más que el cuerpo. Había comprendido desde la temprana infancia el secreto que se esconde en el lenguaje y que le sirve para iluminar la senda de la vida. Lector de los tratados de su hermano Benzion y heredero de una tradición que se remontaba a siglos entre los suyos, sabía muy bien que los cuerpos sanos y plenos de vida sólo se dan gracias a las almas animosas y resistentes que los pueblan.

En una ocasión fue llamado por su hermano y Lía, suspicaz curandera, para tratar a una familia entera que languidecía de pena por la trágica muerte de un hijo adolescente. Se trataba de unos cristianos viejos habitantes de Huelva, inmensamente ricos, orgullosos de su estirpe y que moraban en una hermosa mansión en las afueras de la villa.

Aunque Lía y Benzion pusieron a su servicio los mejores conocimientos médicos y toda su disposición y ánimo, el muchacho murió tras larga agonía. Los clérigos y religiosos de Huelva intentaban en vano prodigarles consuelo, pero los deudos del desdichado seguían sumidos en la más siniestra melancolía. Jaim entonces acudió a la ciudad para intentar, junto con su hermano, soliviar el fardo que llevaban a cuestas y darles descanso. Tanto la madre como la abuela llevaban cuatro noches sin dormir, sumidas en la perplejidad. El padre leía sin descanso y no profería palabra; y sus hermanos menores jugaban a la taba sin fijarse en nadie alrededor y hablaban apresuradamente sobre cuestiones que no guardaban relación unas con otras. Encerrados en la penumbra, tras el entierro del muchacho, daban pena a los vecinos y amigos congregados para visitarlos.

Jaim los reunió con dulzura. Empezó a contarles la historia de un caudillo moro que en todo punto se parecía al joven muerto. El relato pleno de aventuras y pasiones los atrajo vivamente. Jaim les aseguraba que lo que estaba narrando había sucedido en verdad. El guerrero moro presintió en una batalla su muerte temprana y por ello escribió una carta hermosa a sus amados padres y hermanos en la que se despedía con dulces palabras, agradeciendo y bendiciendo a los suyos por haberlo convertido en mozo tan gallardo. La carta terminaba dichosamente, augurando a todos un pronto reencuentro en el paraíso.

La fuerza de la voz de Jaim y la dulzura acompasada de la historia en la penumbra dejaron a toda la familia absorta durante algunos momentos, luego el médico de almas los hizo salir del recinto oscuro en el que se hallaban al espléndido jardín de la casa en donde los naranjos florecidos dejaban ver sus azahares; y mirando el cielo azul dijo:

—Allá arriba, en la bóveda azul, en alturas que un día conoceréis, vuestro hijo y hermano pace dulcemente junto al gallardo moro. Sólo le apena vuestra tristeza, dadle descanso y consolaos, puesto que su viaje apenas empieza y el nuestro aún no termina.

Los deudos lloraron con viva emoción y abrazados hicieron una súplica al buen Dios para que el reposo volviese a todas las almas y les permitiese seguir con sus vidas. Desde entonces y hasta el fin de sus días, invitaron cada año a Jaim Lucena a un banquete celebrado en honor del caballero muerto e hicieron construir un altar a nuestra Señora del Consuelo y la vida siguió intacta, a pesar de las desgracias y sinsabores que son propios del mundo.

## Capítulo xxviii

En una casa de conversos cercana a Zaragoza se celebraba discretamente el *sucot* que conmemora el agradecimiento de los hebreos por el fruto de la cosecha que Dios les ha regalado. Se reconocía la celebración de la fiesta porque en la casa se proveían de las cuatro especies que abundan en Palestina: la palmera, los cítricos, el mirto y el sauce, y cada peregrino aparecía con un ramillete en la mano, como está prescrito en el libro de Leví.

Esta práctica discreta se hacía al atardecer en un solar cerrado con el fin de que nadie más pudiera verla. La familia entera se había bautizado seis años atrás con el nombre de Vivaldo y estaba emparentada con la muy ilustre casa de la Caballería, de ricos personajes e ilustres letrados, dedicados a favor de los reyes de Aragón, a altísimos menesteres y al cuidado de peajes y prebendas, con lo que habían acumulado no despreciables riquezas.

Para guardar las apariencias hablaban mal de la raza hebrea y del credo del que habían renegado y declaraban en público que creían que el Mesías ya era venido y que era el mismo Jesús de los cristianos. Tanto así que don Pedro de la Caballería, versado en lenguas y asuntos de la religión, había escrito un oficioso tratado titulado *Zelus Christi contra Judaeos, Sarracenos et infieles* en el que denostaba de la malicia y de la tozudez de los gentiles, hacía rigurosa probanza de la venida del Mesías, con toda suerte de argumentos sacados de las Escrituras hebrea y cristiana; así como la refutación de las razones de los rabinos para seguir aguardándole. Asimismo denunciaba las creencias alocadas y las prácticas de superstición que los judíos solían guardar, incluyendo el vociferar al Dios padre en sus oraciones vespertinas la venida del Salvador. No cesaba sus disputas, con ulemas y rabinos, por demostrar cabalmente la superioridad del cristianismo sobre cualquier otro credo. Declaraba incluso que sólo sobre la ruina de los judíos se construiría la verdadera y católica esperanza cristiana.

Del tratado hacían mofa en baja voz don Martín Vivaldo, jefe de la familia, y el propio don Pedro de la Caballería, quien fuera su autor, aquella tarde del mes de tišri del año cinco mil doscientos veintidós del calendario hebreo en la celebración de la fiesta del *sucot*. No era en verdad inusual este tipo de hechos, que condenó a muchos por largos lustros a llevar una vida escindida y arcana que trazó el sendero de un judaísmo encubierto y, en no pocos aspectos, marcó el talante de las Españas.

## Capítulo xxix

Fray Hernando de la Plaza, canónigo franciscano de la otrora villa mora de Magarit, ahora llamada Madrid, era un hombre singular. Desde niño alardeaba de su origen puro de cristianos viejos y en su convento le fue inculcado un celo siniestro que consistía en sospechar herejía en toda vacilación o movimiento irregular de su prójimo. Muy dado a escandalizarse y a presumir las palabras que secretamente proferían sus acusados, creía sinceramente en las pertinaces acechanzas del demonio y en los ardides con los cuales la pérfida raza hebrea y la desvergonzada raza mora habían conseguido medrar en las Españas que tan cálido cobijo les habían brindado.

Era fray Hernando un vigilante perpetuo de la moral y de las costumbres y vivía husmeando entre callejas y postigos con el fin de sorprender a alguien en el flagrante delito del judaizar o de descubrir entre las cartas y documentos de los fieles parroquianos algún rastro del hedor judío que tanto le repugnaba. De su vida gris no se habría tenido noticia a no ser porque llegó a oídos del rey Enrique iv de Castilla, por intermedio del converso don Lain Manrique, la insistente prédica de los ciento un prepucios que tenía consigo.

Llamado por el rey para que le mostrara las pruebas de tamaña impiedad, tuvo que desdecirse y explicar al monarca que se trataba tan sólo de una treta destinada a inhibir a los convertidos de la villa para evitar que cayesen en tales maneras.

El rey rabió al saber que los canónigos incitaban al pueblo a desconfiar de los conversos, aunque se tratase de sinceros corazones. En aquella ocasión recordó al fraile que la bula de Nicolás v ordenaba expresamente a todos los prelados y párrocos, canónigos y frailes, tratar con igual deferencia a cristianos viejos y nuevos, puesto que no había diferencia entre ellos, y no avivar las llamas del odio que en el pasado habían causado tan horrendas muertes y tan onerosos desmanes.

Como castigo por su imprudencia y frenesí, le impuso la visita regular, durante cinco años, a la sinagoga para hablar con sus sabios y rabinos y presentar informes al rey sobre sus actividades. Con lo que fray Hernando de la Plaza dio en ser un burlador burlado, en virtud de la frecuentación que hacía de los lugares y personas que hasta entonces había despreciado.

## Capítulo xxx

Arrullado por la algarabía que riega como lluvia perpetua las rúas de la ciudad de Cádiz, el pequeño Ari, de memoria única, narraba a sus amigos las historias que su tío Jaim solía contarle y que se habían perpetuado en la memoria del pueblo hebreo. Relatos de viejos hechos de sus ancestros e historias edificantes que van de boca en boca, salían de sus labios con una vivacidad que hacía pensar a todos que habían sido inventadas por él. Ari poseía una mente tan excepcional y brillante que deslumbraba incluso a los mayores que lo oían narrar; tan profusa era su fuente como límpida su voz, trayendo a la vida las historias de los antepasados, mezcladas con las narraciones propias de Arabia y de las Indias, de Persia y de Catay.

Aquella mañana clara, a la hora del descanso escolar y después de una prolija clase de latín, refirió la historia del médico que curó a su hijo. Poseía el galeno una droga que había probado ser muy benéfica para restablecer la salud del alma y quiso dársela a su niño, que se hallaba a la sazón enfermo de un mal misterioso y resistente. Era una arcana receta que ideó su abuela Zvía, muchos años atrás, según dijo Ari. El médico tenía que administrar la droga a través de sus esclavos, de quienes desconfiaba, y dijo para sí: «Teniendo como tengo esclavos, tan malvados, si saben de esta droga tan poderosa que quiero dar a mi amado hijo, mucho les pesará y harán intentos de matarlo para poder tomársela». Entonces tomó un poco de la esencia del remedio y la puso en la boca de un zaque que allí estaba y llamando a sus esclavos les dijo: «Ya que os quiero tanto y confío tanto en vosotros, quiero daros una droga buena y poderosa que os pondrá a salvo de los males de desaliento que aquejan al alma y la arrebatan, sacándola de sí».

Entonces los perversos esclavos dijeron: «Veremos de qué se trata». Pero cuando empezaron a abrirla, presos de su encanto, y ante la luz del día, pensaron para sí: «Seguro que veneno habrá de ser y por ello nos la ofrece, puesto que recela de nosotros. Si esta droga se la da a su hijo, morirá y nosotros heredaremos todo». Y así se hicieron los bobos diciéndole: «Esta gran panacea conviene que la des a tu hijo y el salario que nos habías de dar en el tiempo en el que te servimos, dáselo a él como regalo, juntamente con la droga». Y así fue.

## Capítulo xxxi

Quiso la fatalidad que la enfermedad y la muerte arrebatasen a Portugal todo la posibilidad de realizar la ingente hazaña de cruzar la mar océana hasta tierras ignotas y magníficas. Así, en efecto, la veleidosa muerte hace que la partida de un solo hombre trunque, en ocasiones, los destinos de los pueblos y trastoque los cursos de la historia, haciendo cambiar de manos los frutos de la fortuna.

Enrique el Navegante, príncipe del reino de Portugal, murió en hora decisiva en el año del Señor de mil cuatrocientos sesenta sin haber podido auspiciar el viaje que Bartolomé Méndez-Pinto y Jácome Cresques le habían propuesto tiempo atrás en su recinto de Sagres, acerca de una expedición mayor hacia Poniente, cabalmente aperada y empujada por los inasibles vientos de travesía.

Había sido el príncipe durante todos sus años, un hombre audaz y astuto capaz de leer los sabios consejos que sus servidores le daban. Por la gloria de su padre y de su reino había favorecido las audaces travesías que descubrieron la isla de Madera y las ínsulas de Cabo Verde e incluso la tierra firme de la Sierra Leona. Sin su concurso, tales empresas se habrían quedado en simples quimeras y ni el dinero ni los hombres necesarios habrían sido dispuestos con prontitud, como el asunto lo exigía. Llegó incluso el Navegante a islas de extremo poniente que hubo de llamar «Azores», es decir, «Tierra de Halcones», por lo numerosos que eran sus nidos allí.

En efecto, los avezados técnicos de Sagres tenían planeado iniciar las expediciones a poniente desde aquel promontorio, elaborando para ello cartas nuevas y disponiendo los instrumentos para hallar, por fin, una ruta segura hacia las Indias, a las especias y al jengibre, que no tuviese que pasar por costas ni aguas de moros. Sabían estos hombres de mar, y el propio príncipe lo creía, que un gran escollo se interponía entre este destino y el reino de Portugal.

A la muerte del príncipe, los asuntos de mar continuaron bajo la égida de patrones hebreos ricos y perspicaces, pero bajo el aval del prosaico rey de Portugal; por ello triunfaron las expediciones que costeaban las tierras de los negros y se echaron al olvido las que pretendían embarcarse en los ágiles vientos de travesía, por creerlas producto de fantasmagorías de mentes delirantes.

## Capítulo XXXII

En las tierras de Castilla y de Aragón empezó a vislumbrarse la posibilidad de entrelazar a todas las Españas para siempre por medio de la alianza entre sus príncipes. El pacto de los Toros de

Servando selló la suerte de Fernando e Isabel, quienes se amaban tiernamente y eran virtuosos para sus gobiernos respectivos y amados por sus súbditos.

No se veía, desde hacía siglos, una boda tan conveniente y bien querida, y así fue como contrajeron nupcias en aquella tarde memorable para los reinos de las Españas. No se había visto tampoco tal empeño en fortalecer a unos reinos cuyo acicate fue la ruina y posesión del esplendente reino de Granada.

Ella y él, entregados en cuerpo y alma al propósito, y seguros de su buena fortuna, pusieron su confianza en probos y competentes tesoreros judíos y conversos; y los médicos de su corte y hasta sus alfayates habían sido de religión distinta a la de Nuestro Señor. Muestra ello y prueba que los hombres principales no prohíjan rencillas por asuntos de sangre, sino que llanamente se sirven de los mejores, sean quienes sean y vengan de donde vengan. Fernando de Aragón e Isabel de Castilla dispusieron de tropas y pertrechos tantos y tan cabales que bien pronto metieron miedo a las cortes de Francia y de Inglaterra, a los duques de Génova y Venecia, pues había nacido con ellos un reino grande y digno de atención, comparable tan sólo con el de los turcos otomanos que se habían enseñoreado de Constantinopla. Al parecer, las armas y la fuerza aunadas con la audacia y el talante son las llaves que abren las puertas de todas las fortalezas de los reinos. Y como no siempre puedes echar mano a la espada del vecino, lo correcto es tenerla al lado tuyo.

## Capítulo XXXIII

En una tarde otoñal del año del Señor de mil cuatrocientos ochenta, arribaban a la ínclita ciudad de Sevilla, Juan de San Martín y Miguel de Morillo, los dos primeros inquisidores que el rey aragonés había nombrado. Pese a que la joven reina de Castilla no quería malquistarse con sus súbditos por causa de tamaña empresa, pudo más la voluntad de Fernando, quien instigado por el fraile Tomás de Torquemada creía que los convertidos judaizaban en secreto y hacían perennes alianzas con sus antiguos correligionarios hebreos, retrasando de aquel modo el bautismo y la conversión del alma entera de España.

Pocos días después Juan Ruiz de Medina, miembro del Consejo Real, se unió a la inusual comitiva, alborotando a los conversos que veían en tal contubernio la alborada de grandes desgracias. Hubo quienes huyeron a tierras de Levante y presos de orgullo volvieron a ser judíos, pero hubo otros que hallaron protección cierta en los dominios del marqués de Cádiz, el conde de Arcos o el duque de Medina Sidonia. Incluso los hubo quienes secretamente se confabularon para amedrentar a los inquisidores y obligarlos a huir. El tribunal consiguió destapar la caldera y poner al descubierto a los responsables, porque Susana la Hermosa, de la estirpe hebrea de los Susan, hija del principal cabecilla de la conspiración, soltó la lengua indiscreta a su amante cristiano y con ello condenó a su padre y a quienes hubieran sido redentores de todos los tornadizos a una muerte terrible.

Desde aquellos días y sin cesar, los inquisidores tomaron brío para hacer arrestar y juzgar a cientos de conversos que judaizaban en efecto o eran sospechosos de judaizar.

En la zaranda cayeron muchas cabezas inocentes, cuyos únicos crímenes eran la ignorancia y la candidez. No bastaron las condenas que públicamente hicieron sabios y eruditos de aquel tiempo. La más señera fue la del ilustre protonotario Juan Ramírez de Lucena, quien demandaba indulgencia para muchas familias de buenos cristianos que nada tenían que ver con semejantes prácticas arcanas.

La furia de la Inquisición se desató como una tempestad repentina, que en realidad no mojaba sino que laceraba como una lluvia de fuego. Ya nunca más podría volver a verse astucia o clemencia que librase a los sospechosos del cruel castigo que aunque no acarrease siempre la muerte, habría de mantenerlos en vilo y despojarlos injustamente de honras y bienes. No ya hablar en ladino, sino incluso hablar con elocuencia y belleza se convirtió en signo siniestro y en lastre del que había que deshacerse con prontitud. Todos los hombres principales con sus familias, que habían cultivado en sus propias casas y con denuedo las artes de la oratoria y la prosodia, se vieron de pronto lacrados por ello y tuvieron que ocultarse entre las sombras de la noche que se cernía.

## Capítulo xxxiv

Era don Tomás de Torquemada sobrino del célebre prior fray Juan, autor del *Tractatus contra Madianistas et Ismaelitas* y quien tan eruditamente defendiese la sinceridad de los convertidos y su derecho a ser reconocidos como cristianos plenos. Distinto era el talante del sobrino, quien desde mil cuatrocientos ochenta y tres ostentara el título de Inquisidor General de Castilla y poco tiempo después el de Jefe Supremo del Santo Oficio de Aragón, con potestad plena para nombrar a los inquisidores delegados de los reinos.

Se trataba de uno de los cinco primeros, nombrados por el Papa Sixto iv; era dominico y mostró desde joven su rigor en la persecución de los malos pensamientos y los hechos pecaminosos de conversos y cristianos viejos, sin distingo alguno. Su talante era tan austero que se abstuvo siempre de comer carne; vestía con recato y únicamente con sayales de tosco lino; rechazaba cualquier honor que se le ofreciese, incluso el arzobispado de Sevilla que tantos hombres píos ambicionaban. No obstante, con las dádivas e indulgencias de los que lo admiraban tanto cuanto le temían, tuvo la entereza de construir el convento de Santa Cruz en Segovia y el de Santo Tomás de Aquino en la ciudad de la santa Teresa de Jesús. Era este hombre tan fervoroso que nadie osaba poner en duda sus designios ni vacilar ante sus mandatos, a pesar de tener reposada voz y un pregón tranquilo como el cauce del Guadalquivir.

Bajo su mando férreo, casi broncíneo, la Santa Inquisición indagó hasta en los más recónditos baúles y en las aturdidas mentes de seres acechados por una garra lóbrega que podía alcanzarlo todo. Parió tantas revelaciones y puso ante los candelabros tantos secretos mantenidos con astucia en la oscuridad, que a todos pareció que las Españas quedaban por fin limpias de inquina y falsía y que puesto que podían escudriñar en goznes y charnelas de almas y espíritus, semejaba una tarea bendecida por la luz intensa de Dios que todo lo ve y destinada a ser el signo refulgente de los tiempos gloriosos por venir.

## Capítulo XXXV

Bebiendo el *qawhé* que provenía de las tierras de Kaffa en Abisinia, ciudad que se hacía famosa por el cultivo del grano que permitía producir la bebida estimulante y aromática que aviva las mentes y las despeja del sueño, se habían reunido una vez más los cuatro hombres sabios de la ciudad de Cádiz. Durante casi todos los años de su vida Jaim y Benzion Cardozo, el rabino Hilal de cabellos de plata y el sosegado Elías Cañete se sentaron en el patio de la casa de los Lucena, que cambiaba de color y de vestuario según la estación del año.

Cuando callaban el agua se hacía sentir, produciendo el refresco de las mentes y las almas. En aquella ocasión los cuatro estaban graves por un asunto que los consumía. Habían llegado hasta sus oídos inquietantes noticias de los procedimientos del Santo Oficio, el celo de los inquisidores y la zozobra en la que todas las villas de las Españas se habían sumido por su causa.

Preocupado, el rabino Hilal comentó:

—Se valen incluso de tretas descorteses para acusar e incriminar a los desdichados apóstatas de nuestra raza. Admiten delaciones anónimas, como si de un juez sin rostro se tratara, y el acusado jamás conoce el nombre de los testigos, prestándose el proceso todo a los desmanes de la venganza; es deber de conciencia para los cristianos arrojar a los implicados al rigor del tribunal, incluso aunque se trate de parientes próximos. Por si fuera poco, la infamia de la condena pasa de padres a hijos, haciendo pagar culpas aun a almas inocentes y a su descendencia. Quiérenlos excluir de los cargos públicos y confiscar sus bienes, por el motivo de cambiar su religión pero no sus costumbres.

El rabino se detuvo de repente como si el peso de sus propias palabras lo hubiese paralizado. Jaim, que lo observaba, asintió y dijo:

—Está visto querido rabino que ni la muerte ni el encarcelamiento ni los azotes ni los destierros bastan a quienes envían a estos desdichados vestidos de modo infamante y proclive a escarnio, con un risible capuchón que ora llaman sambenito, ora saco bendito. Los que escapan a la muerte por estrangulamiento, consumidos por las llamas, quedan tan humillados que el resto de sus vidas se les va en esconderse y refugiarse en campos remotos, donde nadie los conozca.

Cañete, con semblante adusto y conmovido, con voz casi inaudible exclamó:

—El odio tiene un latido propio. Sólo al que mata o es muerto se le considera un verdadero ser, todos los demás son gusanos, pobres diablos. La paz les está prohibida para siempre, la tienen por el infierno; apenas duermen pensando a quién acusarán mañana de haber leído una Torá en secreto o de haber recitado los salmos de David sin añadir al final el *Gloria Patri*. El tribunal del Santo Oficio y su frenesí se han enquistado en las almas de los hombres y sus pústulas crecen y salpican a todos con su hedor y su inmundicia, como la marea alta que nadie puede detener ni atenuar, lo está anegando todo. No parece pía la obra del Dios que los conduce, ¿y si resultase que sí hay secretos para Dios?

El rabino, turbado, respondió:

—No blasfemes ni dudes de la omnipotencia del Dios único.

—Es cierto —dicen que dijo Cañete—, pero por veces pienso que Dios era cojo y creó al hombre para que le sirviera de bastón, y parece que se ha extraviado, puesto que todos le llaman a la vez desde todas partes.

El médico Benzion, al ver que la discusión estaba tomando un tinte oscuro como el del vino agrio, terció:

—Desde mucho tiempo ha sabemos que todo aquello que presume vestirse con ropajes de santidad, esconde entre sus pliegues las dagas de la perfidia. No es de extrañar entonces que este Santo Oficio, tan adusto y severo, lleve en su semblante la enfermiza ponzoña de algo contrario a Dios y su bondad, y que sea por ello por lo que no podemos descifrarlo. Pensemos, más bien, en lo que podremos hacer para evitar que su saeta nos alcance a nosotros.

Cañete, como saliendo del letargo, espetó:

—Tienes tanta razón, maestre, que recién caigo en cuenta de la urgencia por la que pasamos ahora, cuando todavía resta algún tiempo para ponernos todos a salvo. Días ha recibí la visita de un comerciante florentino que vino a Cádiz, acompañado de Giannetto Berardi, para disponer algunos negocios de la casa de moneda de los Medici. Su nombre era Amerigo Vespucci, docto amigo de Lorenzo el Magnífico y de su sobrino Lorenzo di Pierfrancesco. Departiendo con ellos, tuvieron a bien contarme de la existencia de un mapa que un sabio de Pisa de nombre Paolo Toscanelli ha delineado recientemente y que ha causado gran revuelo en las escuelas de cartografía de los Estados y principados de Italia. Si lo que el mapa prefigura es cierto, habría un continente inmenso a varios miles de millas a poniente de la isla de Madera, mucho antes de Catay y las Indias.

—En efecto —afirmó Jaim—, cuentan que existe una isla llamada Antilla en donde un grupo de cristianos, animados por siete obispos, hallaron refugio siglos atrás, desde cuando los moros tomaron posesión de gran parte de las tierras de Sefarad.

—Sí —asintió Cañete—, y el mapa lo muestra.

Hubo un silencio que atravesó todo el patio y dejó oír el agua, que atempera el pensamiento. El joven Ariel, de prodigiosa memoria, irrumpió en la escena tras haber oído la tesis de Cañete y dijo:

—Para los de nuestra raza no hay tesoro mayor que guardar el secreto y actuar presurosamente; ¿a qué esperamos, pues? Debemos partir hacia tierras ignotas, y tal vez la Antilla nos preste el mismo refugio que a los súbditos de los siete obispos.

## Capítulo XXXVI

Cuando el Santo Oficio pretendió enseñorearse de la ciudad de Toledo, el ínclito y venerado obispo Carrillo, arzobispo de la ciudad, se negó a ello y opuso resistencia. Fue el único capaz de contrariar los designios reales, pero poco tiempo después la muerte barrió su coraje y su sucesor, el cardenal Mendoza, permitió que el sayal ensangrentado del tribunal se posara sobre la ciudad.

La conjura que se tejió en Toledo para matar a los inquisidores el día del Corpus Christi de mil cuatrocientos ochenta y cinco fracasó y los implicados fueron ejecutados un día antes. El Oficio se instauró en la ciudad de sabios y traductores y no sólo los hombres, sino también los libros temblaron ante su llegada.

Se supo por aquellos días de un viejo párroco, prior del monasterio Jerónimo de la Sisla, llamado García Zapata, que pronunciaba blasfemos improperios en baja voz cuando consagraba las hostias. Los esbirros del tribunal y su corte de delatores lo persiguieron con saña y hallaron en su sacristía unos rollos de Torá. Aunque confesó, no se arrepintió, por lo que todo fue dispuesto en el Zocodover para su castigo. Se congregó una multitud de chismosos que llenó la plaza con sus murmullos y sus temores. El cura García Zapata, que había bautizado a algunos de los espectadores, muy pálido y montado en el patíbulo, profirió estas palabras antes de ser atado al palo de la hoguera:

—Sabed vosotros que el Dios único os mira con conmiseración, por lo estúpidos que sois y de estos tribunales que juzgan y condenan con tal obstinación, tan sólo dice ¡mal haya!

Las llamas consumieron su cuerpo lentamente, porque la lluvia había mojado los leños y el malhadado Zapata profería sus ayes mientras las lenguas del fuego lo lamían todo. El humo llenó la plaza de Toledo con la negrura de la noche que vivían las Españas y cuando por fin el cura marrano exhaló el último aliento, la multitud se dispersó confundida y presurosa como si un destino similar la acechara. Desolada que fuera entonces la plaza, un niño se acercó a los restos calcinados del ajusticiado y lloró sin consuelo, porque lo sabía su padre; hijo como era del finado converso y de la barragana Soledad, famosa en Toledo por sus turgentes pechos. Después de que cesaron los lamentos del pequeño, no pudo oírse en la ciudad ni el eco de un suspiro.

## Capítulo XXXVII

El viejo rabino Hilal, enfermo de gota y extenuado por sus muchos años de devota entrega a los suyos y a su Dios, sintió que moría. De entre sus discípulos escogió a Ariel, quien por recitar y comentar certeramente largos pasajes de los libros santos, parecía destinado por Dios mismo para conducir a los judíos de Cádiz por una senda de salvación, que por su entereza, su vigor y juventud, la dulzura de su voz y el brillo de su mirada era una esperanza viva para los hebreos de la aljama gaditana en un mundo tan incierto. Cuando hubo hecho lo preciso para que el joven Ari quedase a cargo de los asuntos etéreos que lo habían ocupado durante toda su vida, Hilal se retiró al aposento en que habría de pasar sus últimos días. Allí lo acompañaron sus tres eternos amigos, conversando durante muchos días sobre todos los temas que los habían ocupado durante años y algunos nuevos. Dulce y cordialmente, y casi sin darse cuenta, los tres contertulios pudieron percibir cómo la vida se apagaba en sus ojos despacio, como un candil que se consume sin prisa, pero ineluctablemente.

Por aquellos días, tan alegres y tan tristes, el rabino de la aljama de Cádiz confesó a sus amigos que las pasiones de toda su vida habían sido contemplar el mar infinito que azota las costas de su amada villa y los ojos zarcos de las bellas gacelas que en las mañanas le traían pan ácimo a su jardín. En el mar tanto como en los ojos de las bellas, pintados con el mismo color, se puede apreciar la presencia perenne del Dios creador.

Cuando murió, el cortejo fúnebre llegó hasta el cementerio cargado de presagios. Elías Cañete, profundamente compungido, pronunció las más conmovedoras palabras que Ariel habría de repetir toda su vida, incluso después de hacerse cristiano: «Esta tierra que te cubre, querido rabí, y que tendremos que abandonar para nuestra desgracia, sabe que fuiste santo y dechado de buen ánimo; en tu nombre conservamos ese aliento aun en nuestras horas de infortunio. No reconozco ninguna muerte; así, los que han muerto siguen vivos para mí, no porque me exijan nada ni porque les tema ni porque pudiera pensar que algo de ellos perdura, sino porque no debieran haber muerto. ¿Qué me importan los precedentes sin número? ¿Qué me importa que ni uno solo siga vivo?».

## Capítulo xxxviii

Isabel de Castilla, hermana del rey Enrique iv, el Impotente, era rubia y su cabellera resplandeciente, sus ojos garzos y sus pestañas largas y alegres daban vida a su pálido rostro. Era muy regia y su talante inspiraba un gran respeto en la corte a propios y a extraños. Desde el comienzo de su vida quería gobernar y reinar y tenía para ello más sentido y temple que su propio hermano.

El gran estratega Francisco Ramírez, llamado el Artillero, tomó como un gran honor el que su esposa Beatriz Galindo, la Latina, impartiese sus lecciones de lengua romana a Isabel de Castilla, quien aprendió a dominar el bello idioma con maestría y presteza.

A los pocos años de su edad pudo conocer al bizarro Fernando, príncipe de Aragón y de los reinos de Valencia y Barcelona, de quien quedó prendada de una vez y para siempre toda su vida. Casó con él en secreto, tras muchas peripecias, disfrazado el regio novio de mozo de mulas para burlar la oposición de los nobles de

Aragón. Era muy devota y firme en su fe, pero ello no le impidió relacionarse con hombres sabios y competentes que eran judíos o tornadizos, con médicos y alarifes moros. Amaba la sapiencia y la lucidez y sentía un gran orgullo por su noble origen y por la tarea a la que se creía destinada.

En su camino hacia el trono de Castilla tan sólo se interponía Juana, hija del rey Enrique. Quienes con mala laya lo apodaban el Impotente, sabían que en realidad era ella fruto de amores adulterinos entre doña Juana de Portugal, hija del rey don Duarte, y Beltrán de la Cueva, valido y ayudante del cuarto Enrique, hasta para estos menesteres. El rey Enrique había hecho merecida fama de no cumplir con sus deberes maritales, pues ya había estado casado con la desdichada Blanca de Navarra durante doce años, tras los cuales el matrimonio fue disuelto, quedando la princesa tal cual nació.

Su hija Juana, mujer de excepcional hermosura, fue defendida por la facción del arzobispo de Toledo y su sobrino el marqués de Villena, perenne consejero del cuarto Enrique de Castilla, mientras que Isabel lo era por la habilidad, entereza y buen juicio del cardenal don Pedro de Mendoza. Las intrigas y los desplantes dieron paso a la guerra fratricida, y lo que había comenzado siendo producto de disputas de alcoba y acusaciones de bastardía, terminó sembrando de cadáveres los campos de Castilla. Desde las nupcias, contraídas en mil cuatrocientos sesenta y nueve, Fernando de Aragón se convirtió en bastión y garante del ascenso a la corona de Isabel de Castilla y habría de ser para bien.

## Capítulo XXXIX

La esplendente corte de Castilla, rutilante de victorias y lujos, estaba ubicada en la villa serena de Valladolid, pero sus reyes gustaban de visitar durante luengas temporadas la ciudad de Segovia con su magnífico alcázar.

Segovia era para entonces una plaza fuerte que había sido ganada a los moros en franca lid y dotada del acueducto romano que la señaló desde antiguo como villa principal. El sol la riega con sus rayos de modo más generoso que a Valladolid y por ello los príncipes le eran afectos. Era villa señera en tanto que tenían la facultad de levantar pendón en las proclamaciones reales. No pocos judíos la habitaban y muchos convertidos dedicados a oficios principales y de gran utilidad para las cortes. De entre ellos se destaca la estirpe toda de los Arias Dávila, cuya cabeza Diego Arias Dávila había sido avalada por el valido del rey Juan II, don Álvaro de Luna. Familia conversa que alcanzaría gran lustre, a pesar de guardar todas las normas de la *kashrut* y seguir los ritos judíos con manifiesto celo.

Don Diego Arias Dávila, almojarife del reino, organizó el recaudo de todos los impuestos y fue merecedor de gran respeto por su honradez y eficacia en el ejercicio; se sirvió para ello de muchos hebreos y conversos que estaban al frente de las Alcabalas de las Zapaterías, de las Rentas de Plaza y Leña, de la Almonedas y Ropas Viejas y de las del Pan. Arrendadores probos que dieron riqueza y estabilidad al reino.

Los hijos de don Diego, Pedro y Juan, adquirieron tal ascendiente en la corte de Isabel que habrían de ser principales en el reino. El primero, don Pedrarias Dávila, destinado a sucederle en la contaduría y privanza, fue dotado del señorío de Torrejón de Velasco. Don Juan Arias Dávila se convirtió en colegial mayor de San Bartolomé en Salamanca y luego ocuparía la silla episcopal de Segovia. Para don Diego fue un honor casar a su hijo don Pedrarias con doña Marina de Mendoza, nieta del primer marqués de Santillana, gran retratista de su tiempo, y sobrina del primer duque del Infantado. Además consiguió para sí el marquesado de Puñonrostro y tal poderío que el anónimo autor de las Coplas del Provincial espetó en una de ellas:

*A ti Diego Arias puto,*
*Que eres e fuiste judío*
*E tienes gran señorío,*
*Contigo non me disputo.*

## Capítulo XL

Samuel Lainez, hijo de Bartolomé Méndez-Pinto y habitante de Lisboa, heredó la condición de gran capitán de la ilustre Casa de las Dos Estrellas que había florecido mucho en años recientes. Su nombre de converso era Alonso Méndez y era amigo fraterno de Isaac Abravanel, ilustrísimo judío del reino de Portugal. Conocedor de planos y portulanos, hacía copias para vender y algunas para su propio uso, en las que inscribía puntos en la mar e islas que no estaban en los mapas oficiales y de cuya existencia cierta no podía saberse más que por relatos imprecisos. Sus hermanas Raquel y Gadelha habían adquirido tal maestría y presteza en la elaboración de portulanos que el antiguo prestigio de Mallorca se difuminó a los dominios lusos.

A los cuarenta y un años contrajo matrimonio con doña Soledad Queiroz, preclara dama de la ciudad de Oporto, el muy sagaz Alonso Méndez. Dirigía expediciones, construía carabelas y recibía a navegantes y astrónomos. Desde su despacho lisboeta se divisaba el ancho mar; un ejemplar del mapa del gran cartógrafo Abraham Cresques reposaba en una mesa, como joya invaluable de la Casa de las Dos Estrellas. Al mapa, el mismo Yahuda Cresques, hijo de su autor, había añadido todos los hallazgos de islas y de costas que hasta entonces se habían descubierto y había dibujado la dirección de los vientos: incluyó, por ejemplo, el archipiélago de Islas Afortunadas que algunos llamaban Canarias, porque dicen que había en ellas muchos canes. Figuraban allí también las islas de Cabo Verde, a las que se podía navegar sin esfuerzo desde finales del estío, empujadas por los vientos de travesía, y las costas africanas. Era este mismo mapa el que desde los cuatro años escudriñaba con encanto el joven Fernão Méndez-Pinto, hijo mayor que fue de don Samuel y doña Soledad, y que lo hizo crecer con la ilusión de recorrer mares, con el ánimo de agregar islas y tierras ignotas al mundo navegado.

## Capítulo xli

La pertinacia atroz de la desgracia es proverbial. Las sombras de la noche y de la muerte no terminaban de descorrerse febrilmente en las Españas, pues los alborotos de Toledo de mil cuatrocientos sesenta y siete y, sobre todo, los de Córdoba siete años después, segaron la vida de hebreos y de miles de tornadizos que fueron acusados de judaizar impunemente y ejecutados sin el recurso de un juicio justo. El obispo Pedro de Córdoba y Solier, cardenal que fuera luego de Sant'Angelo, los odiaba en extremo y ambicionaba sus riquezas, por lo cual provocó hacia ellos la ira del pueblo cristiano y moro.

En aquella ciudad de Córdoba, que antaño fuera la capital del mundo y tan amada por los moros y moriscos, hubo iglesias, mezquitas y sinagogas que durante siglos permitieron a sus fieles acudir todos a la propia vera santa, sin negarse ni ignorarse mutuamente. Allí pues, tuvieron lugar los luctuosos hechos que hicieron ver a los nietos y bisnietos de quienes habían presenciado la masacre del año del Dios Celoso que aquella furia estaba viva e incólume.

No me propongo agotarlos con los detalles de esta otra desgracia que ahora tenía a los conversos como sus principales víctimas, ya que a estas alturas eran mucho más numerosos que los que profesaban el credo de Moisés.

Debido al infortunio de la limpieza de sangres y al rigor del Santo Oficio, nadie podía hacer una vida entera de despreocupación y alegría ni criar a sus hijos en medio de la paz y la concordia y los paraísos de antaño se habían tornado en infiernos de delaciones y desconfianzas sin fin. ¿Cuántos hombres justos, algunos de ellos cristianos viejos, cayeron en la ruina por haber despertado la envidia de su vecino o la ira de su lacayo? Acusados de judaizar terminaron sus vidas en lánguidos calabozos y mazmorras, marcado el cuello por el garrote y rojos los ojos por el poco dormir y el mucho sufrir. Y cuántos inocentes, cuyas vidas tan sólo importaban a sus seres queridos, terminaron exhibidos por calles y plazas vestidos con negros sambenitos y vejados en autos de fe por las burlas toscas de aquellos que los habían enviado al suplicio y cuya sórdida injusticia quedaría para siempre impune.

## Capítulo XLII

Hubo un hombre singular entre los muchos, que hizo lo que tantos hicieron y aprendió lo que muchos aprendieron y sin embargo fue distinto de ellos y su nombre y su gloria se han guardado para siempre. Navegante y cosmógrafo, amigo de mapas y de cartas de marear, no quiso acordarse de su origen, pero hay quienes dicen que había nacido en Génova en una familia de mercaderes provenientes de Savona. Como ocurre siempre con los grandes hombres, su vida ha sido interpretada por muchos y las habladurías lo hacen proceder ora de aquí, ora de allá, sin que se sepa nunca cuál es la verdad acerca de su prosapia.

Conocedor de los postulados cosmográficos de Ptolomeo y todos los que desde aquel tiempo estuvieron sumergidos en las aguas tempestuosas de la ciencia, su vida fue una búsqueda incesante de lo desconocido; lo añorado por muchos. Tras una inquietud de siglos, la preclara misión de este marinero vendría a mostrar que la tesis de Hicetas de Siracusa y Aristarco de Samos, según la cual la tierra es una esfera que se mueve alrededor del sol, secundada luego por Heráclides y Ecfanto, era cierta. Y la navegación de la misma era posible tan sólo con desarrollar el conocimiento adecuado y los instrumentos necesarios para recorrerla en todos sus puntos, sin tener lugar alguno por desconocido o inaccesible.

Cristoforo Colombo salió de la montaña ligurina, en la que dicen que había nacido, para buscar los medios y los hombres que tuviesen el temple y la audacia para acometer tamañas peripecias. Otros había habido antes que él con las cualidades necesarias para llevar a cabo la meta, pero no era aún el momento y se perdieron en el olvido. La tozudez que le endilgaron sus detractores fue la misma convicción que le atribuyeron sus defensores. Impaciente desde la cuna, tuvo que aprender a transigir y a esperar hasta que los signos mostrasen que era dado el camino, como un Agamenón que aguarda los indicios tangibles de los dioses.

Lector de Plutarco y Estrabón, conocía los límites del mundo, porque los había leído en los cielos como sus antecesores, pero ignoraba las magnitudes exactas y sabía que todos los cálculos son falibles y que toda empresa grandiosa puede fracasar por nimiedades.

Cuando visitó la Casa de las Dos Estrellas en Lisboa, en el año de mil cuatrocientos setenta y dos, quedó asombrado al ver que pudiera avanzarse tanto en el conocimiento de lo etéreo y por encima de todo, de la calidad de las naos y carabelas que el rey de Portugal había dotado de ligeros timones de codaste, buenas agujas imantadas y de alas de lino.

Hacedor de mapas desde su juventud y escrutador minucioso de cuantos se hacían en todos los puertos del mundo conocido, gustó de la gracilidad de los trazos de Raquel y Gadelha en las cartas de marear. Admiraba excelsamente el arte del cartógrafo, que consiste en levantarse de la tierra con la imaginación, para divisar y medir desde el éter esférico todos y cada uno de sus puntos. En ese vuelo intelectivo reconoce desde el aire la ciudad en la que vive y se aleja de ella para recorrer valles y montañas, ríos y praderas y hasta las ínsulas y las penínsulas que marcan la costa del mar, y gracias a sus estrellas y a sus líneas romboides mide con extraordinaria exactitud las millas y los nudos con los que su barco alcanzará algún día los puertos de la tierra. Dibuja en sus contornos las fuerzas de Eolo con sus direcciones y sus ciclos por medio de ángeles de mejillas infladas.

Sin haber sido superior a cuantos le acompañaron en la brega y cabiéndole las críticas y reparos que le hicieron muchos, tuvo una fe más alta que la de ellos y una sorprendente entereza para asimilar los reveses propinados por la rueda de la fortuna. Si no hubiera habido un hombre obseso en tal empeño, sólo el azar habría permitido descubrir otras tierras y otros cielos.

## Capítulo xliii

Una vez que Fernando e Isabel se hubieron desposado en secreto y causado con ello gran escándalo en sus reinos respectivos, la contienda por la corona de Castilla reclamó esfuerzos, dineros y tesón en grande medida. Los reinos pasaban cada noche agitados y los ejércitos prestos a la lucha con todos sus artilleros y ballesteros. El rigor de la guerra impuso graves penurias al pueblo e incluso algunas villas sufrieron hambre. Pero las batallas decisivas de Toro y Albuera pusieron en manos de los príncipes el trono de Castilla y León.

Cuando la batalla de Albuera hubo terminado y sus ecos se apagaban, el rey Juan ii de Aragón murió, con lo cual Fernando heredó el trono de aquel reino. Los reyes recién advenidos fundieron sus fuerzas y sus haberes para lustre de todas las Españas. Dio en ser aquel un reino poderoso de inmensa población que todos temían y respetaban.

En la hora de su gloria y su esplendor, estos herederos bien aconsejados y vigorosos de espíritu, avezados y rodeados de magníficos capitanes, se fijaron en sus sienes la empresa de conquistar el reino de Granada y expulsar de él a unos reyes y caballeros moros que con grandes ínfulas habían venido a ocuparlo ocho siglos atrás.

No se había visto desde entonces un reino de tamaña magnitud e importancia como el que acababa de nacer, por el cálculo político y los azares del mundo que van dando forma a la historia como si del moldeado de un ánfora se tratase. En realidad es muy poco lo que los hombres y las armas pueden, comparado con lo que pueden sus espíritus y el temple de sus almas. El mundo es una fragua inmensa y en ella se forja sin descanso cada destino; hasta el más pequeño de los clavos cumple allí una tarea sagrada, y cuando miles de ellos se unen y se funden forman la vara que sostiene la creación entera.

## Capítulo xliv

El dieciséis de mayo del año del Señor de mil cuatrocientos setenta y tres, en la trágica primavera cordobesa, la procesión de la Virgen atravesó un barrio de conversos. Quiso la mala suerte o tal vez la perfidia de alguno, que cayera sobre el velo blanco de la Virgen un poco de agua desde la casa de un cristiano nuevo. Un agitador gritó: «Mira que son orines que han caído sobre la santísima Virgen, arrojados por una infiel que arteramente insulta a la madre de nuestro Señor Jesucristo».

Bastaron estas palabras para que la turba se precipitase frenética sobre la casa de Vicente Herrera matando a todos sus habitantes, saqueando cada bien que allí había y prendiendo fuego; lo que el agua empezó, lo acabó la llama ardiente, y es casi seguro que todo fue una patraña urdida por enemigos del buen zapatero Vicente, que cumplía sus deberes para con su parroquia y que había criado a sus seis hijos en la fe de Cristo sin mácula alguna.

A las cenizas de la casa llegó la madre, que estaba ausente durante el incidente. Cuentan los que vieron, que se quedó muda y desde entonces no profirió palabra hasta su muerte. Como no tenía dónde vivir, se refugió para siempre en la capilla de la Virgen que había suscitado los hechos.

## Capítulo xlv

El cosmógrafo genovés Cristoforo Colombo recorrió desde su juventud muchos puertos de Europa y de África y en su errancia sufrió aventuras que pusieron en riesgo su vida; en todas demostró gran entrega, por estar dispuesto a pagar el precio de una ambición como la suya.

Al comando de una tripulación francesa y teniendo veinticinco años de edad quiso atacar una nao aragonesa frente a las costas del cabo San Vicente de Portugal. Los marinos extenuados querían rehuir el combate; pero él, astuto, los engañó invirtiendo la dirección de la aguja imantada, con lo cual en vez de huir fueron directamente al encuentro de su enemigo. Su barco fue destrozado y sus hombres diezmados; Colombo pudo salvar su vida aferrándose a un madero.

El marino genovés desde aquel día del año del Señor de mil cuatrocientos setenta y seis se puso a las órdenes de la corona portuguesa, que supo reconocer sus habilidades para el mar. De todos los viajes que realizó a partir de entonces, los más renombrados fueron los de Irlanda, Islandia y el golfo de Guinea.

En Islandia e Irlanda conoció a aventajados marinos, hábiles para encarar tormentas y probó sus agujas de marear que a la sazón llamaban agujas genovesas. Casi con seguridad conocía el mapa de Vinland, que había sido delineado en Basilea en mil cuatrocientos cuarenta. En él se veían las islas y las tierras de un extenso continente que Leif Ericsson había recorrido siglos atrás. Para arribar allí, las crónicas narraban que era preciso costear un mar de hielo, cuyos trozos solían flotar sobre el agua, con gran peligro para las naves. Leyendas de marineros rubios advertían acerca del frío invencible y de la sed que no se podía socorrer por el congelamiento de los odres; ciertamente, la travesía estaba salpicada de espectrales escenas que aterraban a los corazones más fuertes.

En Guinea, por el contrario, Colombo halló aguas tibias y hombres tostados por el sol, muy diestros en el manejo de las armas y súbditos de un gran rey que sabía controlarlo todo. A pesar de lo que Ptolomeo y Plinio habían escrito en sendos tratados de geografía, no era ésta una zona inhabitada, sino de negros de tiesos cabellos, torso poderoso, anchas fosas y oscuro mirar. ¿Por qué no, entonces, pensar que estos sabios de antaño podrían ignorar la existencia de tierras lejanas, como la Groenlandia de la que hablaban los islandeses?

Todo indicaba, para quien sabía verlo, que la anchura del mundo estaba revelando sus límites y que tan sólo había que pujar por alcanzarlos.

## Capítulo XLVI

Quienes con pasión aman el saber no se arredran frente a los escollos y las aporías y no cesan en su empeño por comprender el mundo, derrotar los males y alcanzar una oculta felicidad.

La familia Cardozo de Lucena, que se había negado valientemente a convertirse, seguía apegada a sus cribas y retortas, sus tratamientos y sus lentes. Algunos de sus miembros seguían traduciendo textos como en los días espléndidos de la escuela de Toledo, porque la sabiduría es perenne, aunque los hombres se ocupen de prosaicos menesteres.

Schlomo y Yizhak avanzaron en las investigaciones de su padre, mientras su hermano Ariel fue el único en convertirse a la religión cristiana por el convencimiento íntimo de que la distancia entre las dos religiones era superflua frente a la grandeza de Dios y que de ese modo salvaría a su familia de la indefensión absoluta en que se hallaba. Llegaría a ser obispo de la ciudad de Cádiz, dejando de ser el rabino más ilustre de la menguada aljama gaditana.

Los hijos de Golda y Jaim, Rubén, Šaprut, Ruth y Dalila, se ocupaban de las labores de traducción de tratados y los vendían a ciudades lejanas del Sacro Imperio Romano-Germánico, en donde eran más apreciados que en la España de entonces. Para ellos era claro que la gente cultivada de las Españas, antaño tan numerosa, se había desvanecido y que la sabiduría prolija que el hombre era capaz de crear estaba tomando un rumbo distinto, alejándose sin remedio de los cielos de Sefarad.

En el año del Señor de mil cuatrocientos ochenta y nueve la familia se reunió por consejo de Ariel, ahora llamado el obispo Ramón Lucena, para empacar sus líos y salir con rumbo a la villa de Tenerife de Canarias, antaño llamadas Islas Afortunadas. Allí había más sosiego para seguir sus vidas y la esperanza de alcanzar una tierra en donde reposar, ya fuese al poniente o ya al sur. Así se pusieron a salvo todos de la expulsión inminente, de la que los demás judíos no se percataban.

Elías Cañete marchó a Siena pocos meses después de la muerte del rabino y en sus cartas se leía el tono de la ventura, propio de quien presiente la llegada del reposo después de tantos reveses de la fortuna. En un trozo de su carta más conmovedora, que quiso el azar que mis ojos leyeran, escribió: «Fue salir de Sefarad, caros Jaim y Benzion, preciso para que los vientos se aplacaran; separados y dispersos como estaremos para siempre, nos será posible conservar la vida y seguir siendo quienes hemos sido. Aquella tierra bendita que fue la nuestra y nos protegió por tanto tiempo está perdida en el pasado. Podremos amarla y añorarla, pero ya no nos pertenece. Cualquiera que esté empeñado en descubrir una patria para los nuestros es un aliado, incluso si sólo la ambición lo anima.

La palabra que ella nos dio no deberá marchitarse nunca. Es verdad que hay cierta tristeza en las palabras desnudas, pero yo no soy sastre que pueda cubrirlas y antes que probarles un traje prefiero seguir triste. Toda palabra tiene sus víctimas sobre las que incide con violencia y yo soy víctima de todas ellas; sólo puedo librarme de aquellas que escribo puesto que me tranquilizan. Cuando esté muerto ya no me alterarán, pese a que entonces y sobre todo entonces estarán allí. Y en los momentos de desesperanza me gustaría no tener que explicar a nadie lo abandonado que uno se siente, tampoco a uno mismo.

Os deseo que en vuestras islas afortunadas no se apaguen el calor y las ilusiones, y no permitáis que nadie os prescriba el tono de la esperanza».

Elias Canetti

## Capítulo XLVII

El saber de cada hombre se nutre de trozos de la ciencia de los que lo antecedieron. El desmesurado Cristoforo Colombo escribió en mil cuatrocientos setenta y ocho una carta al gran cartógrafo florentino Paolo Toscanelli. En ella le preguntaba acerca de las investigaciones que lo habían llevado a incluir unas tierras en el extremo occidente, contrariando los postulados de Ptolomeo y Estrabón.

Lorenzo Birardi, comerciante florentino, quien había llevado al anciano cosmógrafo la carta de Colombo, trajo la respuesta. Cordialmente le exponía las razones por las cuales creía firmemente en la validez de su mapa y de sus cálculos y le enviaba una copia idéntica a la que años antes había enviado al favorito del rey de Portugal don Juan II, Fernão Martins. En este mapa se situaban al oeste de las Azores algunas ínsulas, comenzando por la Antilla por la que Colombo había preguntado a Toscanelli, y la isla de San Brandan y a dos mil quinientas millas más a poniente se hallaba Cipango.

«He delineado en el mapa —escribió Toscanelli— los lugares a los que arribarás y la distancia al polo o la línea equinoccial que debes guardar y cuántas millas debes navegar para alcanzar los lugares más fértiles llenos de todas las especias y joyas. No debe sorprenderte el que llame oeste al sitio donde están las especias y que usualmente es llamado este; porque estas landas son halladas por el navegante en el lado inferior de la tierra. Muchas cuestiones, tal vez, puedan expresarse con mayor exactitud, pero un pensador suspicaz será capaz de aclarar el resto por sí mismo. Adiós, mi muy caro amigo».

Paolo Toscanelli

La respuesta del sabio y el mapa que la acompañaba contribuyeron a elevar el ánimo y la excitación del genovés, no pudo menos que responder agradecido a su mentor, diciéndole que se consumía por emprender la travesía.

## Capítulo XLVIII

Un hombre oscuro de Aragón, de buen semblante, confiable en todo punto, probo en extremo, de nombre Luis de Santángel era el pilar del reino de Castilla y el brazo derecho de la reina desde su ascenso al trono. Casi siempre vale más el saber de un hombre que su ilustre linaje; por ello no sólo gobiernan los reyes, sino los hombres más competentes que pueden echarse sobre sus hombros, como Atlas fortísimos, el mundo todo.

Era Mosen Luis un judío converso, nacido al parecer en Calatayud, pero crecido en Zaragoza. Mereció la confianza de nobles, caballeros y procuradores desde su temprana juventud y se hizo famoso por hacer brotar el oro donde no lo había, como lo decía el rey don Fernando cuando lo hizo venir a la corte castellana. Al igual que muchos de los de su raza ejercía con celo las funciones de tesorero y superintendente de la Real Hacienda y del siempre odioso oficio de recaudador de impuestos.

Hombre culto y discreto, poseía una biblioteca latina y una hebrea, y desde su conversión asistía a misa con la misma regularidad con la que se encargaba cada día de los asuntos de Estado y de los negocios. No era noble y ni siquiera hidalgo, y gran parte de su vida era un misterio inaccesible; el caso es que este hombre se ganó de una vez y para siempre la confianza plena de los reyes y llegó a tener sobre ellos tal ascendiente que puede decirse sin vacilar que gobernaba con ellos en más de una forma y su astucia y honradez hicieron más grande a la España recién nacida.

Habitaba sin duda en dos mundos, uno claro y otro difuso, como correspondía a su equívoca condición y a su vergonzante origen. De voz suave y rasgos finos podía persuadir a todos sin apenas hacer esfuerzo; solía ser el más sereno y sobrio en los momentos de angustia o de agitación y a la vez el más sobrio y sereno en los momentos de alegría. Tenerlo como aliado era decisivo para sacar adelante cualquier encargo y especialmente si de maravedises se trataba.

Conocía los prolijos libros de los Lucena en medicina y cirugía; los escritos de Isaac Abravanel y Alonso de Cartagena; la defensa de los conversos de Juan de Torquemada; las santas escrituras hebrea y cristiana, en la célebre edición de la Casa de Alba. Pero también sabía leer los portulanos y los compases; los avatares de la navegación de altura y las mejoras a los barcos lo apasionaban secretamente. Durante los pillajes y matanzas a los judíos y conversos hizo cuanto pudo y envió dineros a cientos y a miles de viudas y huérfanos que le rogaban protección.

Su tiempo lo consumía pensando minuciosamente en los asuntos del Estado y en la suerte de los suyos, puesto que se veía en cada uno de los infamados y vejados y porque tenía por cierto que ayudándolos se ayudaba a sí. Tal vez había hombres más preocupados que él por hallar un refugio cierto para judíos y conversos más allá de Sefarad; ninguno sin embargo hizo más que él por propiciar la forma de librarlos de castigos y prisiones, sambenitos y autos de fe.

## Capítulo xlix

Durante el invierno la ciudad de Lisboa contempla el mar. Cercana la natividad, Cristoforo Colombo, que ya gozaba del auspicio del rey Juan ii, se allegó a la sede de la Casa de las Dos Estrellas, que se hallaba magníficamente bañada por la luz de la mañana. Fue recibido con calidez por don Alonso Méndez, quien conocía sus hechos y sus méritos. El genovés alto y vigoroso le contó el motivo de su visita: quería conocer todos los detalles que constasen en los libros de la Casa acerca de la expedición de Giaccomo Ricciotti-Doria, en naos construidas y calafateadas en los talleres mallorquines que entonces regentaban Efraim y Benjamín Méndez-Pinto.

Don Alonso comentó al marino ligur que el último que había venido a preguntar por tales libros y hechos no había sido otro que don Abraham Cresques, cartógrafo sin par y autor del Atlas Catalán. Realizó tan minucioso examen de los documentos que durante tres días apenas durmió, pues no salía del zócalo en el que se podían ver las más preciosas agujas de marear y los más esmerados mapas. Sorprendido por aquello, escribió con frenesí en su bitácora los cálculos de días de navegación que la expedición de marras había previsto y las millas náuticas que había estimado.

Leyó Colombo un pliego de apuntes, que pudo presumir eran del propio Ricciotti-Doria, en el que se anotaban los pormenores de una conversación sostenida años atrás con un sabio llamado Ibn Albalia, de la expedición que habría de emprenderse bajo su mando. Decía que la longitud de la expedición a Catay y Cipango era de setenta y cinco jornadas, siempre y cuando los vientos de travesía empujasen las naos de manera constante a once nudos; pero a la mitad del viaje se encontraría un continente longitudinal que sería preciso escamotear para continuar hacia el Maluco y las Indias. Absorto por un momento, pudo constatar que la tesis de Toscanelli era refrendada por otras fuentes.

Una vez hubo revisado códices y archivos y satisfecho con lo que allí encontró, propuso a Samuel Méndez-Pinto que solicitasen audiencia con el rey Juan, para exponerle el proyecto de enviar hacia el poniente parte de las expediciones que había enviado al sur. Pareciole correcto al patrón de la Casa que reunía la estrella de David con la más luminosa del éter, disponer todo con prisa para llevar a cabo tal quehacer.

## Capítulo L

La historia de todo reino se asemeja al curso de un astro que despega en el cielo y recorre la bóveda con brillo, alcanza su cenit y se difumina y se opaca en su ocaso. El reino nazarí de Granada fue el más lustroso y brillante de los reinos árabes que durante ocho siglos alumbraron a España con su fulgor, pero fue también el último y toda su historia tiene luz de atardecer. Hacía siglos ya que el califato de Córdoba, ornato del mundo, se había dividido en taifas y que sus filósofos y poetas lamentaban la ausencia de la gloria que se había perdido. Sus palacios y sus casas, sus vegas florecidas y sus campos tenían naranjas y aceites de olivas, bayas y dátiles y todas las flores que fuera posible imaginar, incluidas muchas especies de rosas. Sus artesanos pulían el cuero, la piedra, el mármol y la arcilla con persistente maestría, producindo la mayólica, las sillas de montar, las ballestas y los guadamecíes.

Sus guerreros estaban tan pulidos y sus caballos fueron tan airosos que daba pena en verdad combatir contra ellos. Orgullosos y astutos fueron criados para lograr sus fines con toda suerte de artes y pericias; sus espadas brillaban al sol y eran de un acero indestructible. La gloria de sus hechos y de sus gentes fue tan lustrosa y contundente que los derrotaron primero la vanidad y las pendencias internas, antes que sus cabales enemigos.

Después de los taifas y de las guerras, el país de al-Ándalus fue cayendo en manos cristianas y los musulmanes que antaño cobraban los impuestos, tornados ahora en moriscos, tenían que pagar entonces las pechas y cultivar la tierra. Tan sólo el reino de Granada quedó para resistir y dar testimonio de esta menguada grandeza. Las soberbias fortalezas y ciudadelas del reino nazarí, las estancias y las ciudades, las calles y las vegas, las fuentes y los campos de Granada testimoniaron durante siglos la voluntad firme de no retroceder del todo y conservar algún bastión en España con la esperanza de renacer un día.

El tiempo pasó y el añorado renacimiento no llegó. El último rey moro, Boabdil, azotado por los vientos aciagos de la mala fortuna y enclaustrado entre los muros de sus lujos y ambiciones, no pudo detener lo inevitable. Los reinos cristianos, muchos y cada día mejor armados, lo rodearon y en especial Castilla y Aragón, que habían hecho coalición incluso de sangres para derrotarlo y dispersar a sus súbditos o incluso lanzarlos a la conversión forzada.

En el mes de octubre de mil cuatrocientos noventa y uno en la batalla de Lanjarón se selló la suerte de los moros: perdieron aun teniendo más hombres, mejores caballos, mayor destreza con las armas y experiencia guerrera. Pero les faltaban la fe y una causa feliz por la cual luchar. En los meses siguientes Boabdil firmó la rendición, cambiando la humillación por la vida de sus súbditos y la suya propia que ya no valía nada. Cuando en el invierno, el segundo día de enero de mil cuatrocientos noventa y dos el rey nazarí, destronado, entrega las llaves de Granada a Isabel y Fernando, les da el regalo más grande que habían soñado: el señorío de la Alhambra con sus palacios y sus estancias de ensueño, con sus tapices y sus artesonados, infinitamente más bellos que los austeros recintos de Castilla y Aragón. Pero además la gloria de vencer a ejércitos legendarios, de recoger perfumes, sedas, especias y otras tantas maravillas que eran moneda corriente entre los nazaríes. Baños de vapor sobre ebúrneos pisos y los trajes más vistosos y las losas más preciosas sobre las cuales habían caminado los pies descalzos de reyes y concubinas del serrallo; era ésta una vida sorprendente que los castellanos y aragoneses sólo conocían por las historias que andaban de boca en boca acerca de su magnificencia y ornato.

El campamento de Santa Fe, construido en forma de cruz, desde el cual los reyes redactaron y firmaron la capitulación de Boabdil, simbolizaba el poder extraordinario que la religión de Cristo había alcanzado sobre la de la media luna y el ocaso en España de la convivencia de distintos credos. La profanación y demolición de las mezquitas era un acto terrible y los reyes se abstuvieron de llevarlo a cabo, pero la suerte de tales lugares santos se hizo lánguida, igual que la de las sinagogas judías que muy pronto estarían proscritas sin remedio y para siempre.

Boabdil, cuitado por la pérdida de su amada Granada, de su cetro y de su gloria, se paró en la colina del Albaicín a mirar el cortejo de sus súbditos abandonando las casas y las calles en las que habían nacido, los amados rincones laberínticos y los patios floridos en los que cada quien tenía un recuerdo de su infancia y de sus hechos.

Su madre lo había reprendido dolorosamente por esa mezcla de incompetencia y cobardía que paraliza incluso a los capitanes más valientes en las horas de su desgracia. Al ver a las tropas cristianas franquear las puertas de la ciudad y a sus toscos jamelgos ciscarse sobre las losas de su palacio, las lágrimas sacudieron sus ojos sin querer. Era toda su vida la que yacía bajo aquella boñiga y la de su pueblo y la de su religión.

exonerar a nadie de cumplir con el deber que todos en este reino tenemos. Si lo pido a cualquier caballero, con mayor razón lo reclamo de mis amados hijos. Por ello, debéis iros a hacer bondades según lo que venga de vuestra mano con ánimo elevado y sincera intención».

Partidos que fueron en un bajel a las tierras remotas del Sudán, topáronse con una isla en medio de la mar. Había en ella una huerta muy grande y a la entrada tres guardianes. El primero de entre ellos, un hombre muy viejo, les dijo:

—Entrad hijos míos pero sabed que al cabo es imperativo que salgáis de ella, puesto que no es posible quedaros allí por siempre.

Un segundo guardián —muy llagado y lleno de sarna— exclamó:

—Comed y bebed de lo que halléis en este jardín hasta que os hartéis, mas sabed que no podéis llevar con vosotros bien alguno de los que allí se atesoran. El tercero era un hombre mediano ni viejo ni mancebo y era muy hermoso. Él les dijo:

—Mirad, hijos míos, que escojáis la fruta madura y no comáis aquellas que el tiempo ha estropeado.

Los tres hermanos entraron en la huerta y allí vieron árboles más frondosos que los que nunca habían visto y probaron frutas más apetitosas que las de cualquier banquete del reino de su padre. Había también muchos ríos y fuentes de agua muy dulce y mucho oro y plata y piedras preciosas. Estuvieron complacidos por días y comieron y bebieron hasta olvidarse de la nave y del regreso. Al cabo se separaron los hermanos y tan grande era la huerta que ninguno tuvo noticias de los otros. Uno de ellos metió todo su tino en comer y beber y en nada más pensaba. El segundo puso su empeño en atesorar riquezas tantas que hinchó con ellas su peto y sus faldriqueras. Al otro día se despojó del sayo e hizo con él un saco para mejor guardar joyas y monedas de oro y de plata. Y así fue durante muchos días, que cuanto más tenía, mucho más quería pues más despojado se sentía; y no se hartaba de ir tomando y guardando, tanto así que se desnudó todos los vestidos y se quedó en carnes y de toda su vestimenta hizo tulas e iba cargando con ellas caminando por la huerta, hasta enmagrecer su fuerza y menguar su salud, porque no comía ni bebía; tanta era su codicia.

Pero el tercer hermano era el más sesudo y se dedicó a estudiar cómo era posible organizar una isla de modo tal que la prosperidad reinase en ella tan certera y profusamente. Y se maravilló de ver que las fuentes abrevaban a los árboles y a las verduras cada día en su hora, como si alguna persona lo estuviese rigiendo con cumplida mano. Y decía para sí:

—Estos milagros no son fruto del azar y ha de ser cierto que el patrón de esta isla es en todo punto sabio y entendido.

Caminaba admirado y procurando desentrañar los secretos del buen gobierno que veía florecer a su alrededor. Comía lo preciso para conservar su fuerza y cuando topaba alguna joya muy fina se la guardaba en el pecho, pero de resto no codició nada distinto de saber quién era el regidor de tan magnífica isla y cómo había logrado armonía tal.

Tras largo tiempo se encontraron por fin los hermanos y vieron a un esclavo que traía una carta en la mano que del rey su padre procedía y en la que podía leerse: «Debéis veniros, puesto que vuestro lapso para realizar hazañas ha terminado y es tiempo de ver en mi palacio todo cuanto habéis aprendido. No os detengáis». Y así se aparejaron para irse de allí en aquella hora.

El primer hermano que había gastado sus empeños en comer y beber y gustar, en cuanto salió de la huerta se le fue apocando la salud y todo alimento le hacía daño; de este modo, en pocos días, enfermó y murió en medio del camino. El segundo iba cargado de oro y plata y joyas y penó mucho y su trabajo fue grande en caminar por toda aquella huerta desnudo y cargado como un caballo. Cuando se acercó a la puerta vinieron los guardianes y lo despojaron de todo, lo vejaron y lo deshonraron y se fue de allí sin nada y hasta lo que llevaba mejor escondido se lo quitaron. Pero el tercero se acordó de las hablas que le dijo el guardián de la huerta: que comiese cuanto quisiese y que no pusiese joya alguna en su pecho; así, aquellas joyas finas que había tomado las quitó de su pecho y las guardó debajo de la lengua y salió de la puerta a gusto, lo saludaron los guardianes y lo acompañaron, viendo que afirmó su palabra de no codiciar bien alguno.

Se fueron caminando los dos hermanos y entraron en la ciudad. Cuando se acercaron al palacio, vieron que uno estaba muy desfigurado, que su cara parecía una máscara, que de la aflicción que recibió y de los golpes que le propinaron los guardianes estaba tan magullado que daba asco verle la cara, y no le dejaron entrar en el palacio y que por mucho que lloró con voz amarga y les dijo «yo soy el hijo del rey que hace años mandó por el mundo y ahora mandó carta para que volviera presto», no lo recibieron y le dieron la espalda y lo arrojaron entre los caballos.

Después de esto alzaron los ojos y vieron venir a un mancebo cumplido cuya figura semejaba la del hijo de un rey. Se fueron corriendo y lo reconocieron y lo llevaron al palacio con gloria y consideración. Le contó a su padre lo acaecido diciéndole:

—Señor mío: aquel lugar al que me enviasteis es muy pródigo y los bienes que hay en aquella huerta no los hay en todo el mundo.

Y quitó de su boca aquellas joyas finas diciéndole:

—Mira si esto se encuentra en algún reino. Todo el tiempo que allí estuve lo empleé en saber y conocer quién sería el artífice del esplendor de aquel lugar y en nada más me ocupé.

El rey lo recibió con gusto grande y lo besó y lo abrazó y tomó aquel presente que le trajo y le complació mucho ver el buen talante de su hijo y comprobar que no se había refugiado detrás de patrañas. De esta guisa actuó y respondió todas sus preguntas y le dio a entender quién era el regidor de la isla. Y después lo subió en grandeza, según lo merecía.

Lo mismo ocurre en el reino de este mundo, que el Dios bendito, que es rey y patrón de todo el orbe, manda a las almas de los cielos para que hagan un viaje en esta vida para realizar buenas obras y bellas acciones y con esto merecer ventajas; y el cuerpo se asemeja a una nave, que dentro de él está el alma. Y esta es la ley que ha de regir siempre y que recompensa, para bien o para mal, los quehaceres de los hombres; pero la enjundia del secreto de la creación estriba en cumplir la voluntad del Señor y afirmar su comando y que no las hagamos para tener buen pago.

El buen Ramón quedó un rato en silencio tras narrar la historia, mientras sus parroquianos se solazaban en el aura benéfica que emana de tales ejemplos, que son el retrato del mundo.

## Capítulo LIII

Los judíos de Castilla y Aragón se sentían confiados con el advenimiento de don Fernando y de doña Isabel, puesto que con ellos disfrutaban de mayor protección y más libertad de movimiento que durante los gobiernos de reyes pusilánimes.

No obstante, el triunfo que siempre da en acrecentar la confianza y atraer la soberbia hizo que los augustos soberanos pensasen en la conveniencia de proscribir para siempre la religión de Moisés en las tierra de España. Aquel hilo que había durado veinte siglos en Sefarad, según cuentan los viejos rabinos, iba a ser cortado. Ya no podría haber sinagogas ni rezos en lengua hebrea. Los templos en donde los rollos de Torá eran leídos con reverencia serían ocupados a partir de entonces por crucifijos e imágenes de santos. Ni las fiestas del tabernáculo ni las pascuas del cordero podrían celebrarse nunca más.

Las aljamas, antaño gloriosas y llenas de hombres estudiosos y sabios y de mujeres diligentes y hermosas, serían desde aquel año abandonadas en pro de que una sola religión colmase las almas de los súbditos de España.

Instigados también por el canónigo del convento de santo Tomás de Aquino, fray Tomás de Torquemada, quien consideraba que la incesante connivencia y el contacto entre conversos y judíos menguaba la fe de aquéllos, adelgazaba la obra evangelizadora de los frailes y sembraba la confusión en los sinceros corazones.

El ejercicio del Santo Oficio había enseñado a Torquemada que la única manera de hacer singular a Dios y único en las almas de los fieles, consiste en no mencionar a los ídolos ni permitir que se les adore. ¿Cómo podrá un niño crecer en su fe y alcanzar la plenitud bienhechora de la gracia si a su lado otros oran con devoción a un Dios presunto?

## Capítulo LIV

He aquí la carta de cómo los reyes, nuestros señores, mandan salir fuera de sus reinos y señoríos a todos los judíos que hay.

*Marzo 31 de mil cuatrocientos noventa y dos.*

*Granada.*

*Don Fernando y doña Isabel, por la gracia de Dios rey y reina de Castilla, de León, de Aragón, de Sicilia, de Granada, de Toledo, de Valencia, de Galicia, de Mallorcas, de Sevilla, de Cerdeña, de Córdoba, de Córcega, de Murcia, de Jaén, de los Algarbes, de Algecira, de Gibraltar y de las islas de Canaria, conde y condesa de Barcelona, señores de Vizcaya y de Molina, duques de Atenas y de Neopatria, condes de Rosellón y de Cerdeña, marqueses de Oristán y de Gociano.*

*Al príncipe don Juan, nuestro muy caro y amado hijo, y a los infantes, prelados, duques, marqueses, condes, maestres de las órdenes, priores, ricos hombres, comendadores, alcaides de los castillos y casas fuertes de los nuestros reinos y señoríos; y a los concejos, corregidores, alcaldes, alguaciles, merinos, caballeros, escuderos, oficiales y hombres buenos de la muy noble ciudad de Toledo y de todas las otras ciudades y villas y lugares de su arzobispado y de los otros arzobispados y obispados y diócesis de los nuestros reinos y señoríos; y a las aljamas de los judíos de la dicha ciudad de Toledo y de todas las dichas ciudades y villas y lugares de su arzobispado y de todas las otras ciudades y villas y lugares de todos los dichos nuestros reinos y señoríos, y a todos los judíos y personas singulares dellos, así varones como mujeres de cualquier edad que sean; y a todas las otras personas de cualquier ley, preeminencia o dignidad que sean, a quien lo siguiente en esta nuestra carta contenido atañe o atañer puede en cualquier manera. Salud y gracia.*

*Bien sabéis o debéis saber, que porque nosotros fuimos informados que en estos nuestros reinos había algunos malos cristianos que judaizaban y apostataban de nuestra santa fe católica, de lo cual era mucha causa la comunicación de los judíos con los cristianos, en las cortes que hicimos en la ciudad de Toledo, el año pasado de mil y cuatrocientos y ochenta años, mandamos apartar los dichos judíos en todas las ciudades y villas y lugares de los nuestros reinos y señoríos y darles juderías y lugares apartados en que viviesen, esperando que con su apartamiento se remediaría. Y además hemos procurado y dado orden de que se hiciese inquisición en los dichos nuestros reinos y señoríos, la cual, como sabéis, ha más de doce años que se ha hecho y hace, y por ella se han hallado muchos culpantes, según es notorio y según somos informados de los inquisidores y de otras muchas personas religiosas eclesiásticas y seglares. Consta y parece el gran daño que a los cristianos se ha seguido y sigue de la participación y conversación y comunicación que han tenido y tienen con los judíos, los cuales se prueba procuran siempre, por cuantas vías y maneras pueden, de subvertir y atraer de nuestra santa fe católica a los fieles cristianos y los apartar della y atraerlos a su dañada creencia y opinión; instruyéndolos en las ceremonias y observancias de su ley; haciendo ayuntamientos donde les leen y enseñan lo que han de creer y guardar, según su ley; procurando de circuncidar a ellos y a sus hijos; dándoles libros por donde rezasen sus oraciones, declarándoles los ayunos que han de ayunar y juntándose a leer y enseñar las historias de su ley; notificándoles las pascuas antes de que vengan, avisándoles de lo que en ellas han de guardar y hacer, dándoles y llevándoles de su casa pan cenceño y carnes muertas con sus ceremonias; instruyéndolos de las cuestiones que se han de apartar, así en los comeres como en las otras cuestiones, por observancia de su ley; persuadiéndolos, en cuanto pueden, que tengan y guarden la ley de Moisés, haciéndoles entender que no hay otra ley en verdad, salvo aquélla. Lo cual todo consta por muchos dichos y confesiones, así de los mismos judíos como de los que fueron pervertidos y engañados por ellos, lo cual ha redundado en gran daño y detrimento y oprobio de nuestra santa fe católica.*

*Y como quiera que de mucha parte desto fuimos informados antes de ahora y conocimos que el remedio verdadero de todos estos daños e inconvenientes estaba en apartar del todo la comunicación de los dichos judíos con los cristianos y echarlos de todos nuestros reinos, quisímonos contentar con mandarlos salir de todas las ciudades y villas y lugares del Andalucía, donde parecía que habían hecho mayor daño, creyendo que aquéllo bastaría para que los de las otras ciudades y villas y lugares de los nuestros reinos y señoríos dejasen de hacer y cometer lo susodicho. Y porque somos informados que aquéllo ni las justicias que se han hecho en algunos de los dichos judíos, que se han hallado muy culpantes en los dichos crímenes y delitos contra nuestra santa fe católica, no basta para entero remedio para obviar y remediar como cese tan grande oprobio y ofensa de la fe y religión cristiana, porque cada día se halla y parece que los dichos judíos crecen en continuar su malo y dañado propósito adonde viven y conversan. Y porque no haya lugar de más ofender, así en los que hasta aquí Dios ha querido guardar como en los que cayeron y se encomendaron y redujeron a la santa madre iglesia, lo cual, según la flaqueza de nuestra humanidad y astucia y sugestión diabólica que continuo nos guerrea ligeramente, podría acaecer si la causa principal desto no se quitase, que es echar los dichos judíos de nuestros reinos. Y porque cuando algún grave y denostable crimen es cometido por algunos de algún colegio y universidad, es razón que tal colegio y universidad sean disueltos y aniquilados, y los menores por los mayores y los unos por los otros punidos; y que aquéllos que pervierten el bien y honesto vivir de las ciudades y villas y por contagiar puede dañar a los otros, sean expelidos de los pueblos, y aun por otras más leves causas que sean el daño de la república, cuanto más por el mayor de los crímenes y más peligroso y contagioso como lo es éste.*

*Por ende, nos, con consejo y parecer de algunos prelados y grandes caballeros de nuestros reinos y de otras personas de ciencia y conciencia del nuestro Consejo, habiendo habido sobre ello mucha deliberación, acordamos de mandar salir todos los dichos judíos y judías de nuestros reinos, que jamás tornen ni vuelvan a ellos ni a alguno de ellos. Sobre lo cual mandamos dar esta nuestra carta, por la cual mandamos, a todos los judíos y judías de cualquier edad que sean que viven y moran y están en los dichos nuestros reinos y señoríos, así los naturales dellos como los no naturales que en cualquier manera y por cualquier causa hayan venido y están en ellos, que hasta en fin del mes de julio primero que viene deste presente año salgan todos de los dichos nuestros reinos y señoríos, con sus hijos e hijas y criados y criadas y familiares judíos, así grandes como pequeños, de cualquier edad que sean. Y no sean osados de tornar a ellos ni a estar en ellos ni en parte alguna dellos, de vivienda ni de paso ni en otra manera alguna, so pena que, si no lo hicieren y cumplieren así fueren hallados estar en los dichos nuestros reinos y señoríos o venir a ellos en cualquier manera, incurran en pena de muerte y confiscación de todos sus bienes para la nuestra cámara y fisco, en las cuales penas incurran por ese mismo hecho y derecho sin otro proceso, sentencia ni declaración.*

*Y mandamos y defendemos que ninguna ni algunas personas de los dichos nuestros reinos, de cualquier estado, condición, dignidad que sean, no sean osados de recibir ni recetar ni acoger ni defender ni tener, pública ni secretamente, judío ni judía, pasado el dicho término de fin de julio en adelante para siempre jamás, en sus tierras ni en sus casas ni en otra parte alguna de los dichos nuestros reinos y señoríos, so pena de perdimiento de todos sus bienes y vasallos y fortalezas y otros heredamientos y además de perder cualesquier mercedes, que de nos tengan, para la nuestra cámara y fisco. Porque los dichos judíos y judías puedan durante el dicho tiempo, hasta el fin del dicho mes de julio, mejor disponer de sí y de sus bienes y hacienda, por la presente los tomamos y recibimos so nuestro seguro y amparo y defendimiento real, y los aseguramos, a ellos y a sus bienes, para que durante el dicho tiem-*

*po, hasta el dicho día fin del dicho mes de julio, puedan andar y estar seguros y puedan vender, trocar y enajenar todos sus bienes, muebles y raíces, y disponer dellos libremente a su voluntad. Y que durante el dicho tiempo no les sea hecho mal ni daño ni desaguisado alguno, en sus personas ni en sus bienes, contra justicia, so las penas en que caen e incurren los que quebrantan nuestro seguro real. Y asimismo, damos licencia y facultad a los dichos judíos y judías que puedan sacar fuera de los dichos nuestros reinos y señoríos sus bienes y haciendas, por mar o por tierra, con tanto que no saquen oro ni plata ni moneda ni los otros bienes vedados por las leyes de nuestros reinos, salvo en mercaderías que no sean bienes vedados o en cambios.*

*Y además, mandamos a todos los concejos, justicias, regidores, caballeros, escuderos, oficiales y hombres buenos desa dicha ciudad de Toledo y de todas las otras ciudades y villas y lugares de los nuestros reinos y señoríos, y a todos nuestros vasallos, súbditos y naturales, que guarden y cumplan y hagan guardar y cumplir esta nuestra carta y todo lo en ella contenido, y den y hagan dar todo el favor y ayuda que para ello fuere menester, so pena de la nuestra merced y de confiscación de todos sus bienes y oficios para la nuestra cámara y fisco. Y porque esto pueda venir a noticia de todos, y ninguno pueda pretender ignorancia, mandamos que esta nuestra carta sea pregonada por las plazas y lugares acostumbrados desa ciudad y de las principales ciudades y villas y lugares de su arzobispado, por pregonero y ante escribano público.*

*Y los unos ni los otros no hagáis ni hagan nada distinto por alguna manera, so pena de la nuestra merced y perdimiento de sus oficios y confiscación de sus bienes para la nuestra cámara y fisco. Y mandamos al hombre que vos esta nuestra carta mostrare, que los emplace que parezca ante nos en la nuestra corte, do quier que nos seamos, del día que los emplazare hasta quince días primeros siguientes, so la dicha pena. So la cual, mandamos a cualquier escribano público, que para esto fuere llamado, que dé nada distinto al que la mostrare testimonio signado con su signo, porque nos sepamos en cómo se cumple nuestro mandado.*

*Dada en la ciudad de Granada, a treinta y un días del mes de marzo, año del nacimiento de nuestro Salvador Jesucristo de mil cuatrocientos noventa y dos años.*

*Yo, el rey. Yo, la reina.*

*Yo, Juan de Coloma, secretario del rey y de la reina, nuestros señores, la hice escribir por su mandado.*

*Registrada, Cabrera. Almazán, chanciller. Y sellada.*

## Capítulo lv

Abraham Seneor o Senior, que en esto no hay diferencia, rab mayor de Castilla, y su yerno Meir Malamed y todos sus familiares recibieron el bautismo el quince de junio de mil cuatrocientos noventa y dos, cuando recién se daba a conocer el edicto de expulsión de los judíos. La solemne ceremonia se llevó a cabo en el monasterio de Guadalupe y los propios reyes oficiaron como padrinos de hebreos tan principales.

El señor Seneor o Senior, rico comerciante de gran estima entre los suyos, vaciló poco ante la idea de seguir disfrutando de sus privilegios y honores. Convertirse al credo cristiano estaba para él plenamente justificado por los hechos y los tiempos. Su talante y su astucia le hacían ver la situación resuelta, al menos durante algún tiempo. Los más creyentes y fervientes judíos veían su credo de otra manera: renunciar a todo, por tener riquezas y cargos, era un precio demasiado alto, para lo vasto de sus convicciones; a Abraham Senior y los suyos, en cambio, la vida que llevaban les resultaba irrenunciable.

Don Abraham supo llamarse desde entonces Fernán Núnez Coronel y su yerno dio en llamarse Fernán Pérez Coronel; tomando ambos su nombre de pila del rey su padrino. No sólo las aguas bautismales fueron salvoconducto para permanecer en España, sino que poco después don Fernán Núñez Coronel fue nombrado regidor de Segovia, miembro del Consejo Real y contador mayor del príncipe don Juan.

Querían los reyes con el edicto procurar el tránsito hacia una única fe en el reino, convirtiendo a todos los judíos a la suya y expulsando al resto. Para ello enviaron legados y párrocos de aljama en aljama y de ciudad en ciudad, para que convencieran a los hebreos de tornarse cristianos en lugar de partir para siempre de la patria que tanto amaban. Se produjo entonces entre los más ricos y cultos y entre quienes llevaban una vida seglar y cómoda, un sinnúmero de conversiones, como las ciento tres que sucedieron en la villa de Teruel, en el transcurso de una sola mañana.

Fue costumbre, entonces, tener por padrinos a los más principales de la ciudad; a tal punto, que Diego de Hermosilla, en su *Diálogo de los pajes*, diera cuenta luego de que «los más de los judíos y moros que se convertían a nuestra santa fe católica tomaban por padrinos de pila a los hidalgos y caballeros más principales que había en los lugares en donde se bautizaban, y éstos les permitían por honrarlos que tomasen sus apellidos. Y venidos en su poder, hállanse también con ellos que los publican y señalan por suyos, mayormente donde no los conocen».

Pero hubo quienes supieron resistir. El eminente Isaac Abravanel no prescindió de su fe, sino supo escoger la renuncia a su patria y se embarcó para el reino de Nápoles con su hijo León Hebreo. Esta tierra supo hacer renacer en su alma el aire español que había perdido con su partida de Portugal, tras la expulsión de los judíos de este reino, en el año del Señor de mil cuatrocientos noventa y cinco.

Los distintos espíritus saben procurar respuestas diferentes a una misma amenaza. Algunos son más refinados en sus respuestas y otros más prosaicos; unos privilegian las heredades sutiles del cielo y los otros las riquezas tangibles de la tierra; hay quienes gozan con los inasibles placeres del alma y el albedrío para degustarlos y hay quienes sucumben ante la solidez de la materia; es inútil juzgarlos por haber escogido un camino u otro, puesto que la senda ya estaba trazada en lo profundo de su corazón. Baste decir tan sólo que esa divergente inclinación habría de escindir para siempre a los que por centurias habían vivido tan unidos.

## Capítulo lvi

Seguía su curso, el para judíos y moros, infausto año de mil cuatrocientos noventa y dos y que para los reyes y sus súbditos resultaba muy al contrario promisorio, cuando el marinero Cristóbal Colón fue recibido en la corte de quienes por su gracia eran llamados ahora Reyes Católicos.

Después de haber medrado en Portugal y esperado sin éxito una respuesta del rey Juan sobre una expedición a poniente por la mar océana, se presentó ante ellos y les expuso con lujo de detalles el color de su empresa. Sucedía esto después de todas las diligencias que Colón y sus amigos hicieran al cabo de años de peticiones y comparecencias, comisiones de sabios, astrólogos y filósofos que habían sido consultados sin descanso. El caso es que el marinero y su hermano Bartolomé habían hecho ya hasta lo imposible por convencer al rey Juan II de Portugal acerca de la tan mentada expedición, pero éste desechó el proyecto poco después del retorno de Bartolomé Díaz a Lisboa con la noticia de haber hallado un cabo que llamó de la Buena Esperanza y desde el cual alcanzar sin obstáculo la tierra de las Indias.

Los intentos en España también llevaban ya largo tiempo de consultas, idas y venidas, cuando por fin los reyes soliviados de todas las otras cargas supieron oír a Cristóbal su cantilena largamente repetida.

—Se trata —dijo Colón— de emprender una navegación de cuarenta y cinco jornadas a poniente, con viento de travesía y buenos pertrechos. Tras lo cual podrán ser halladas ínsulas y costas que serán vuestras y que, sobrepasándolas, permitirán el arribo a las Indias por una ruta asaz distinta a la de los portugueses.

—¿Y cuánto estimas que cuesta la empresa toda? —inquirió la reina.

—Un poco más de dos millones de maravedís. Tengo buena parte prometida por banqueros genoveses y florentinos.

Vaciló el rey:

—No es poco lo que pedís, ¿lo vale vuestra quimera?

—A mi fe que lo vale, os lo digo con toda humildad —respondió.

El rey Fernando, que había crecido entre faenas marineras y bajo el abrigado cielo del Mediterráneo, no encontró otra objeción, a pesar de que el consejo de los peritos de la Universidad de Salamanca había sido adverso a la solicitud.

La ilustre reina, por su parte, se mostraba más renuente, como si le faltaran aún razones para otorgar su consentimiento.

—La travesía —dijo— podría tomar varios años en disponerse y, por lo demás, no dejan de ser duros ciertos sobre postulados inciertos.

—Sí— exclamó don Luis de Santángel—, tesorero, recaudador mayor del reino y consejero principal de los reyes de Castilla, Aragón y Granada—, pero lo que podéis ganar es tanto con este pequeño esfuerzo que vuestro propio lustre y el de vuestros reinos y señoríos sería recompensado con creces por los tiempos por venir si este empeño llega a feliz término. Todo ello mientras sus ojos vislumbraban en la penumbra la oportunidad de hallar tierras nuevas, anchas y libres de los largos brazos de la Inquisición para miles de tornadizos como él o cientos de hebreos como sus abuelos, que sólo buscaban la paz y el reposo.

La reina, llevada por el remordimiento, acicate perpetuo de las almas piadosas, pensó para sí que esta podía ser la ocasión para prestar refugio a los judíos que acababa de expulsar de sus reinos, pues no podía mostrarse tan ingrata para con quienes durante siglos habían sido cimiento y semilla de España.

Mientras se hacía el silencio en la entrevista y todos estaban cabizbajos y ensimismados en la espiral de sus propios pensamientos, el converso Santángel tuvo a bien decir:

—Otrosí, considerad Vuestras Excelencias que en aquellas tierras de las Indias hay muchas almas mondas y buenas, esperando por la noticia de la verdadera religión y en verdad no es justo que los condenéis al limbo, privados del beneficio de la palabra y de la gracia redentora de las aguas del bautismo que dan la vida.

Tal vez esta sea la misión más importante de vuestro reinado y la de allegar riquezas tan sólo un superfluo complemento.

La reina, ante estas palabras certeras del consejero, se sonrojó tenuemente. Los cuatro tuvieron unos minutos para contemplar en el silencio de sus almas los beneficios que un empeño tal podría traer, no tanto ya para los reinos de las Españas, sino para cada uno de ellos en particular. El rey Fernando pensaba con deleite en opacar el brillo que había empezado a emanar de la corte portuguesa; y en la riqueza, que no cae mal a nadie. Cristóbal Colón veía brillar los blasones del escudo de armas que habría de merecer y los títulos nobiliarios y las muchas panoplias que no cabrían ya en su futura mansión. La reina Isabel, pergeñaba, mirando hacia el Albaicín, la cantidad de gentes ganadas y de fieles que habría de atraer para sí y que le servirían y rezarían por la salvación de su alma llegada la hora de su muerte. Luis de Santángel, por su parte, dejaba ver en el rictus de su boca la esperanza de que estos hallazgos, todavía inciertos, fueran la ocasión para llevar a salvo a toda su grey, como un nuevo Abraham.

Ciertamente, los destinos de los hombres se entrecruzan y van formando una densa retícula sobre la cual camina presurosa la humanidad entera, sin saber cómo pudo ser arrastrada hasta orillas tan insospechadas pero finalmente tangibles.

## Capítulo LVII

*Mayo 15 de 1492.*

*Santa Fe.*

*El rey y la reina.*

*Nuestro almirante mayor de la mar, o vuestros lugartenientes, dezmeros y portazgueros y aduaneros y alcaldes de sacas y bienes vedados y arrendadores y recaudadores y fieles de cualesquier puertos de la costa de la mar destos nuestros reinos y señoríos, y otras personas cualquiera y a cada uno de vos. Sabed que para algunos asuntos cumplideros a nuestro servicio, nos enviamos a Cristóbal Colón con ciertas fustas de armada a las partes del mar Océano.*

*Por ende, nos vos mandamos, a todos y cada uno de vos, que le dejéis y consintáis libremente sacar y llevar todas las vituallas y mantenimientos y pertrechos y jarcias y otras cualesquier cosas, que el dicho Cristóbal Colón comprare o quisiere comprar para el dicho viaje, sin demandarle ni llevar por ellas derecho alguno, por cuanto nuestra merced y voluntad es que no las pague.*

*Y no hagáis nada distinto, so pena de la nuestra merced y diez mil maravedís, para la nuestra cámara y fisco, a cada uno que lo contrario hiciere.*

*Fecha en la villa de Santa Fe, a quince días de mayo de noventa y dos años.*

*Yo, el rey. Yo, la reina.*

*Por mandado del rey y de la reina, Juan de la Parra.*

***

Fin de La esperanza

# PARTE IV

## El olvido

Dejemos a los troyanos,
Que sus males no los vimos,
Ni sus glorias;
Dejemos a los romanos, aunque oímos y leímos
Sus historias;
No curemos de saber
Lo de aquel siglo pasado
Qué fue de ello;
Vengamos a lo de ayer,
Que también es olvidado
Como aquello.

*Coplas a la muerte de mi padre*
Jorge Manrique

*Así como se edifican ciudades nuevas sobre las ruinas de las antiguas y brotan flores de frutos ya corruptos y de la mies pisoteada surge un blando, nutritivo y sabroso pan, todas las penas y dolores, humillaciones y vejaciones se adormecen y los gemidos que los cuitados habían proferido, callan. También es olvido la memoria, puesto que omite lo más terrible y ya no recuerda la hora de su atribulada desesperanza, como en un fresco en donde las caras de horror se atenuaran tras la niebla.*

*El alma se cura de sus infortunios, provista de otra sangre y de otro nombre, bañada por la luz de otro cielo y por el brillo de otro sol. Cuando los años corren con premura, sin apenas permitir detenerse, el rastro de aquellos sufrimientos estorba el fluir de los corpúsculos del fuego que vienen a iluminarlo todo con una nueva luz, aunque quedan huellas entre las pavesas deformes o quizás imprecisas, pero siempre presentes, que susurran al oído de los corazones que quieren escuchar. Para quien pretende olvidar del todo y para siempre, es menester rastrear las trazas de su dolor y su perplejidad y contarlo, como si al desembarazarse de ello se librase de un fardo muy pesado que, oprimiéndolo, hubiese llevado por tan largo tiempo hasta considerarlo parte de sí. La palabra y el silencio se asemejan, porque los dos son buenos para olvidar.*

## Capítulo I

Cristóbal Colón fue nombrado Almirante de la mar Océana y con tal blasón hizo zarpar las naves, al servicio de los católicos reyes, el sombrío primero de agosto de mil cuatrocientos noventa y dos: dos carabelas y una nao debidamente aparejadas y apertrechadas, con maderos que alguna vez fueron encinas y robles en los bosques de España. De mayor calado, la nao era el barco más grande y principal, aunque no el más veloz. Combinaban todas las naves una arboladura de vela latina con vela cuadra del norte; había en ellas cocinas bien provistas de sus tinajas y sus toneles, y una despensa con provisiones para quince meses de travesía y agua para seis. Llevaba pocas piezas de artillería, reducidas a unas pocas bombardas aptas más para asustar incautos o para hacer señales que para tomar por asalto barcos o puertos. Su expedición contaba con capitanes y pilotos, los debidos maestres y contramaestres, alguaciles, despenseros, toneleros, calafates y carpinteros; un cirujano y algunos barberos, no pocos de los cuales eran tornadizos.

Todo viaje es un salto hacia el abismo, pero éste lo era en más alta medida; por ello, el almirante contaba con todos los instrumentos que en su tiempo podían ayudar a ubicar la senda que llevaría las naves derecho hacia su puerto de destino. ¿Pero cuál era este puerto? Esto no lo sabía nadie, ni siquiera don Cristóbal con certeza; por ello tenía en su bargueño cartas de marear diversas y secretas, incluido el mapa que Samuel Méndez-Pinto le regalara, con aquellos trazos del maese Jácome Cresques en el que se leían los probables cursos elípticos de los vientos de travesía. Además, tenía varios pares de compases y cuadrantes, astrolabios de bronce y de madera y una ballestilla que lo había llevado con bien a Islandia. Para completar el ajuar de instrumentos, llevaba tres agujas de marear y varias ampollas para medir con rigor el tiempo de la mar.

Además de las bitácoras que cada nave debía llevar y que estaban a cargo del escribano, Colón tenía la suya en la que apuntaba con prolijidad cada cota, cada golpe de viento y cada posición de la nave, aunque audazmente componía los guarismos para evitar producir cualquier alarma en los avezados marinos, previendo el peligro de que se incubase un motín; aunque, como es apenas usual en tales travesías, las pendencias y refriegas son inevitables.

## Capítulo II

El hecho de partir para dejar a los suyos, tal vez para siempre, conmovía a cada quien hasta la fibra más honda; era éste un viaje total, desmesurado donde los hubo, en el que hasta el grumete más humilde apostaba su vida y todo lo ponía en juego. Por esto se respiraba inquietud y de cada alma emanaba, junto a su esperanza, el vaho secreto del sacrificio y el néctar del olvido.

Había entre ellos algunos que incluso querían morir y los había quienes estaban enajenados por oír, aunque fuera en su última hora, el canto ledo de las sirenas. Por ello los tres esquifes al alcanzar el puerto de las Islas Afortunadas, para renovar la provisión del agua y descansar los cuerpos antes de emprender la quién sabe qué tan larga travesía, lucían como un cortejo espectral y casi inverosímil. Frágiles y caedizos, eran a los ojos de los escépticos que les auguraban desgracia, más bien una expedición de orates de la que era un privilegio estar ausente; para otros, iba atada a las vergas de las naves la adelgazada esperanza, a veces desfalleciente, de hallar cualquier tierra o cualquier ínsula en la cual ponerse a salvo de insoportables martirios e incesantes persecuciones.

Desde hacía siglos se venían tejiendo historias y fábulas que helaban la sangre, acerca de los peligros del viaje y de los hallazgos presuntos que le eran propios: monstruos nacidos de las mitologías marinas o incubados por mentes que jamás habían subido al puente de un barco, animales gigantes que salían al paso de los asombrados marinos o mujeres hermosas que dejaba ver sus pechos generosos a ras del horizonte, mientras cantaban enloquecedoras melodías. Nada de esto habían hallado, pero muchos temían que existiese cada especie. Tan sólo enfilar hacia poniente las agujas y mantener el rumbo hacía quebrar la voz y atenazaba un nudo en la garganta.

Colón, camino de la Gomera, pasó derecho la isla grande de Canaria, presuroso, y el domingo doce de agosto la alcanzó, aunque con ánimo de los diablos, por los continuos retrasos de la Pinta.

Luego, un volcán hizo erupción en Tenerife y toda la expedición vio el fuego furibundo del centro de la tierra caer sobre el mar, con un asombro que paralizaba; unos lo interpretaron como mal augurio y otros, muy por el contrario, como auspicio y señal de muy buena ventura.

Durante los días siguientes puso a todos los marinos que pudo a la labor de calafate para sanear de manera especial la Pinta que hacía agua desde que partió de Palos.

Por fin el jueves seis de septiembre, el ínclito almirante se adentró a Poniente, sin dudas en el alma ni acerca de las rutas ni acerca de los vientos; llevaba consigo la fe toda de su vida, el preciado mapa de Toscanelli y la certeza discreta de saber a dónde se dirigía y el modo en que habría de alcanzar las anheladas tierras ignotas.

## Capítulo III

Morían en los puertos unos hebreos el día de nuestro Señor del dos de agosto que correspondió al nueve del mes de Ab, cuando se conmemora la destrucción de Jerusalén por los romanos; partieron muchos más de los que los reyes esperaban y buscaron refugio en África, Asia, Grecia y Turquía. Aunque no todos supieron llegar a sus destinos: los hubo que cayeron bajo las piedras y los puñales de iracundos seres; algunos desfallecieron en la azarosa travesía; y, por fin, quienes no alcanzaron a tomar la ruta de la huida con plena decisión, por creer que el edicto de expulsión de reyes tan benevolentes, no era más que una escaramuza para amedrentar a pálidos corazones.

Muchos judíos, resignados ante su sino errante, quisieron explicar la desdicha que los embargaba como justo castigo de su Dios por no haber sabido orar con devoción y por estar más preocupados por los bienes de la tierra que por la salud del alma, trayendo como resultado una nueva diáspora que se vislumbraba como prolegómeno de futuros dolores.

La ira santa, desatada en forma de exilio perpetuo se veía en las arbitrariedades de los marinos genoveses, en la descortesía de la primera alborada en puertos lejanos, en la pérdida de bienes y de haciendas, en el saqueo a las bolsas y a las honras y en todas aquellas desventuras de viajes abigarrados y siniestros que el destino les había deparado, sin tener idea de cuándo sería posible encontrar un poco de alivio para sus devastadoras tribulaciones.

## Capítulo IV

En efecto, los vientos de travesía eran elípticos. Tras las peripecias y temores Colón halló una tierra inmensa y pletórica de verdor, poblada por hombres sin malicia que van desnudos por el mundo. Dejando treinta y nueve hombres en el fuerte de la Natividad, en la que habría de llamar isla de la Española, se apresuró a volver a España impulsado por los mismos vientos que lo habían empujado hasta el confín oriental de las Indias.

Eran estas Indias harto distintas de las que había cantado Marco Polo y por más que buscó no pudo encontrar las cúpulas de oro de los palacios ni el gobierno pétreo y pertinaz del gran Khan de Catay.

Apurado por volver a España para narrar lo visto y preparar una expedición mucho más grande, zarpó en la Niña, pues la Santa María encalló en un banco de arena al mando de un grumete a quien Juan de la Cosa, contramaestre de la carabela, había encargado del mando; y la Pinta continuaba rezagándose.

El retorno fue difícil; con dos naves agotadas, el frío del invierno y el eco de tempestades. Para colmo, el calafate de las naves se reveló insuficiente para la travesía de la Pinta que navegaba mal a la bolina, pues ya no podía izar las velas en el mástil de su trinquete que se hallaba en muy mal estado. Los marineros acertaron a atrapar un tiburón y algunos atunes, lo cual fue una suerte porque las provisiones ya se agotaban.

El diez de febrero, la nave capitana, la Niña, creyó haber avistado las Azores pero era una ilusión y el día catorce las olas alcanzaron proporciones aterradoras. La horrible tempestad las hizo padecer durante tres horas y los barcos quedaron derrelictos, pues no había otra forma de salvarse. Su timón casi no podía maniobrarse porque había perdido todo su lastre y tampoco la Pinta podía mantener un rumbo fijo hacia levante. Por fin el dieciocho en la mañana avistaron la isla de Santa María en las Azores, completando un mes bien cumplido en el viaje de regreso.

Pero, para colmo de males, los habitantes de la isla los tomaron presos, pues, propiedad de Portugal como era, no reconocían ni al rey ni a la reina de Castilla, ni sus cartas ni salvoconductos. Tras arduas y sofísticas negociaciones, abandonó el Almirante las Azores el veinticuatro con fuertes vientos y una mar encrespada. El tres de marzo un súbito huracán arrancó todas las velas, como si una fuerza arcana quisiese impedir que arribase al continente para dar cuenta de sus peripecias y presentar sus pruebas.

Al día siguiente, al romper el día, reconocieron el peñón de Sintra y entraron al estuario para anclar en el puerto de Rastelo, cerca de Lisboa. Allí fueron bien recibidos, pese a que no lo esperaban. Por fin el quince de marzo la Niña solitaria arribó a Palo a los siete meses y medio de su partida, con el orgullo de no haber perdido un solo hombre y haber arribado a las Indias por el extremo confín del Oriente. La Pinta había llegado a las costas gallegas unos días antes, con todos sus hombres a bordo.

La ruta de Catay estaba abierta, bastaba ahora con buscar la morada del gran Khan, explorando sus litorales y recorriendo sus vericuetos. Sería cuestión de meses crear una ruta alterna para las especias, eludiendo el gravoso peaje de los turcos. O al menos eso creía Cristoforo Colombo, navegante genovés, y desde entonces gran Almirante del mar Océano.

## Capítulo v

Los Méndez-Pinto, ahora Lainez, se enriquecieron de un modo extraordinario en Portugal, al financiar las expediciones de los navegantes bajando por la costa africana hacia el sur, sus negocios prosperaron y la Casa de las Dos Estrellas construyó más de ciento quince naves y la profusión de portulanos y nuevos mapas los obligó a contratar a treinta y siete cartógrafos que trabajaban sin descanso en los talleres de Lagos, de Sagres, de Oporto y de Mallorca.

Portugal se apresuraba a disponer factorías al sur del cabo Mogador, en las costas de Guinea y en las bocas del Congo y aun en las áreas adyacentes al cabo de la Buena Esperanza, descubierto por Bartolomeu Dias en mil cuatrocientos ochenta y siente.

Desde cuando la nave de Colón recabó por error cerca de Lisboa, después de una tempestad que estuvo a punto de borrar todo rastro de sus hazañas, los Méndez-Pinto comenzaron a vislumbrar la posibilidad de habitar una ínsula libre de los azares de la persecución. La noticia del éxito de la expedición de Colón llenó secretamente de alegría y de esperanza a los conversos Lainez y ese bálsamo los consoló del dolor de ver llegar a los expulsados sin bienes y sin apenas una ilusión, a tierras de Portugal.

Tras la deliberación concienzuda, don Alonso decidió poner a punto seis barcos para navegar a poniente con tantos de su raza como fuera posible. Andarían con él hacia esta nueva tierra, que sabían ciertamente muy distante de Catay, doña Soledad y sus hijos Esperanza y Leonardo, mientras que Fernão, hijo mayor de Samuel Méndez-Pinto, permanecería en tierras portuguesas, regentando los asuntos de la Casa de las Dos Estrellas.

Una puerta nueva, a través de cuyo postigo entraba deslumbrante la luz esperanzadora del porvenir, se había abierto de pronto para todos; incluidos por fin los judíos, si acaso podían descifrar certeramente los avatares de los tiempos.

## Capítulo vi

Una invención fabulosa, que había hecho un orfebre alemán llamado Johannes Gensfleich, que luego habría de ser conocido como Gutenberg, sirvió para dar a conocer con rapidez el texto del breve relato que Cristóbal Colón había escrito a los reyes narrando el corazón de su aventura. Gracias a la impresión en Barcelona primero en Castellano y a las ediciones latinas posteriores en Roma, París, Amberes y Basilea tan sólo unos meses después de su arribo, la empresa de Colón hizo mella y despertó el más vivo interés y las más encendidas pasiones incluso en lugares más remotos del mar del Norte, entre los suecos y los noruegos, los suabos y los bohemios.

Todos tuvieron que ver con la empresa y los grabadores y maestros de aguafuertes usaron el buril y el pincel para representar ampliamente las escenas de Colón en La Española y los mapas de sus descubrimientos. La tinta que corrió en los tipos móviles a raíz de su descubrimiento hizo vibrar los goznes de la dormida cristiandad, que una vez empezó a agitarse ya no habría de detenerse nunca.

## Capítulo vii

*Julio 22 de 1492.*

*Valladolid.*

*Don Fernando y doña Isabel, por la gracia de Dios rey y reina de Castilla, de León, de Aragón, de Sicilia, de Granada, de Toledo, de Valencia, de Galicia, de Mallorcas, de Sevilla, de Cerdeña, de Córdoba, de Córcega, de Murcia, de Jaén, de los Algarbes, de Algecira, de Gibraltar y de las islas de Canaria, conde y condesa de Barcelona, señores de Vizcaya y de Molina, duques de Atenas y de Neopatria, condes de Rosellón y de Cerdeña, marqueses de Oristán y de Gociano.*

*Al príncipe don Juan, nuestro muy caro y amado hijo, y a los infantes, duques, marqueses, condes, ricos hombres, maestres de las órdenes y a los de nuestro Consejo, oidores de la nuestra Audiencia, alcaldes, alguaciles de la nuestra casa y corte y Chancillería, y a los priores, comendadores y subcomendadores, alcaides de los castillos y casas fuertes y llanas, y a todos los concejos, corregidores, asistentes, alcaldes y alguaciles y veinticuatro caballeros, regidores, oficiales y hombres buenos de todas las otras ciudades y villas y lugares de los nuestros reinos y señoríos; y a cada uno y cualquier de vos a quien esta nuestra carta fuere mostrada o el traslado della, signado de escribano público. Salud y gracia.*

*Sepáis que nos somos informados que muchas personas de nuestros reinos en ofensa de Dios, nuestro Señor, y de nuestra santa religión cristiana dicen muchas veces: «Descreo de Dios» y «pese a Dios» y otras semejantes palabras. Y que por esto no se les ha dado ni da pena alguna, diciendo que según las leyes de nuestros reinos no merece pena otro, salvo el que reniega de nuestro Señor, y porque la continuación de estas palabras es traída en costumbre dañada mayormente por no ser punida ni castigada.*

*Y a nos, como rey y reina y señores, pertenece proveer en la honra de nuestro Señor y de su santo nombre, y punir y castigar éstas y otras semejantes palabras, mandamos dar esta nuestra carta y pragmática sanción, con acuerdo de los prelados y grandes que en nuestra corte están y de los de nuestro Consejo, la cual queremos y mandamos que haya fuerza y vigor de ley, como si fuese hecha y promulgada en cortes.*

*Por la cual, ordenamos y mandamos que ninguna ni algunas personas de nuestros reinos, cualquier estado y condición, preeminencia o dignidad que sean, no sean osados de decir: «Descreo de Dios», ni «despecho de Dios», ni «mal grado haya Dios», ni «no ha poder en Dios», ni «pese a Dios», ni lo digan de nuestra Señora la Virgen María, su madre, ni otras tales y semejantes palabras que las susodichas en su ofensa, so pena que por la primera vez sea preso y esté en prisiones un mes; y por la segunda, que sea desterrado del lugar donde viviere y más que pague mil maravedís, la tercia parte para el que lo acusare y la otra tercia parte para el juez que lo juzgare, y la otra tercia parte para los pobres y para los presos de la cárcel del lugar o acaeciere; y por la tercera vez, que le enclaven la lengua, salvo si fuere escudero u otra persona de mayor condición, que la pena sea destierro y dé dineros doblados de la segunda. Y porque lo susodicho sea notorio y ninguno dello pueda pretender ignorancia, mandamos que esta nuestra carta sea pregonada por todas las plazas y mercados de las dichas ciudades y villas y lugares por pregonero y ante escribano público.*

*Y los unos ni los otros no hagáis ni hagan nada distinto por alguna manera, so pena de la nuestra merced y de diez mil maravedís para la nuestra cámara. Y demás, mandamos al hombre que vos esta nuestra carta mostrare, que vos emplace que parezca ante nos en la nuestra corte, doquier que nos seamos, del día que vos emplazare hasta quince días primeros siguientes, so la dicha pena. So la cual, mandamos a cualquier escribano público, que para esto fuere llamado, que dé nada distinto al que vos la mostrare testimonio signado con su signo, porque nos sepamos en cómo se cumple nuestro mandad. Dada en la noble villa de Valladolid, a veintidós del mes de julio, año del nacimiento de nuestro Señor Jesucristo de mil cuatrocientos y noventa y dos años.*

*Yo, el rey. Yo, la reina.*

*Yo, Juan de la Parra, secretario del rey y de la reina, nuestros señores, la hice escribir por su mandado.*

*Y en las espaldas decía:*

*Don Álvaro. Acordada. Johannes, doctor. Andrés, doctor. Franciscus, licenciatus. Petrus, doctor. Registrada, Pérez. Y sellada.*

## Capítulo VIII

Y el español Rodrigo Borja fue nombrado sumo pontífice con el nombre de Alejandro VI, tras azarosa intimidación y la muerte de más de doscientas personas. Apoyado por los Reyes Católicos y por la corte de Francia, el astuto Rodrigo, sobrino de Alfonso Borgia —canonizador de fray Vicente Ferrer—, mediante el uso indiscriminado de coimas puso al Sacro Colegio de su lado hasta que manó humo blanco de las chimeneas vaticanas. Los cardenales enriquecidos con más de medio quintal de oro cada uno, entronizaron el sábado once de agosto al español de Játiva que a la sazón contaba sesenta años y era amante de la hermosa Vanozza Caetaní y tenía cuatro hijos; el nuevo pontífice envió mensajeros a todos los confines para propagar la noticia de su advenimiento e hizo acuñar ducados con su efigie.

Su papado fue fastuoso y la Iglesia, bajo su mando, conquistó más tierras que almas devotas y recaudó tesoros tan fabulosos como los de los sultanes turcos. El papa se ocupaba más de los asuntos terrenales que de los divinos y aun en éstos se sentía el vaho de su ambición y de su villanía. Como no quería enemistarse con ningún rey contemporizaba con todos, con magnífico cinismo y todos los cetros de Europa pagaban cumplidamente bulas y simonías.

También, valga decir, el equívoco mundo recién descubierto quedó dividido en dos gracias al Papa Alejandro y a las maquinaciones del rey de Portugal; en Tordesillas se marcaría una frontera imaginaria a unas pocas leguas de poniente de Madeira, que luego sería corrida convenientemente, para incluir en los dominios lusos lo que sería llamado luego la costa del Pau Brasil.

En efecto, y como puede colegirse de todas estas veleidades, los límites del mundo y las fronteras entre los reinos son el producto del capricho de unos pocos y el resultado de la extraña confluencia de sus intereses; cual marionetas, hombres doctos o santos, tan sólo refrendan lo que la antojadiza voluntad de los hombres al mando ha moldeado.

## Capítulo ix

Luis de Santángel, favorito de los Reyes Católicos, no sólo se alegró por la nueva, sino que puso de inmediato a cientos de judíos y conversos al corriente de las promesas que ofrecían la ruta descubierta y sus islas intermedias.

Se puso al mando de la organización de la segunda expedición, mucho más grande que la primera, y reunió para ella a todos los ínclitos constructores, pilotos, cosmógrafos y hombres de armas que la empresa requería. Con maña y con paciencia consiguió que los reyes pensasen que respondían a su propio beneficio y al de la cristiandad y a ningún otro, aumentando el número de gentes en tierra.

Pese a la vacilación de los reyes, que sólo habían visto humildes indios legañosos y no las especias y las riquezas prometidas, Santángel supo exaltar las bondades de haber arribado al confín oriental de las Indias. Superado el obstáculo de la ignorancia, los reinos podrían emprender tantas expediciones de conquista como fuera posible hasta alcanzar el centro del imperio y hasta clavar sus banderas al lado de las de reyes y príncipes de leyenda. Debían además comenzar una nueva cruzada, la obra de expansión de la religión verdadera de Cristo por todo el mundo, cuyos beneficios serían retribuidos no sólo en esta vida, sino incluso más allá de la muerte.

Amén, dicen que dijo el rey Fernando cuando le presentaron la relación de la flota de diecisiete navíos prestos para partir desde Cádiz con quinientos marineros y setecientos pasajeros, bajo el mando del Almirante de la mar Océana.

## Capítulo x

En cuanto se tuvo por cierto en la Iberia que la expedición de Colón había regresado con éxito, y que algunos maliciosos pudieron comprobarlo al ver en las naves criaturas provenientes de las lejanas Indias, se produjo un denso asombro mezclado con regocijo. El ancho mundo podía ser recorrido por todos los confines y la esfera no tenía los abismos y monstruos que habían cantado los rapsodas antiguos.

Se trataba de huir, y quienes las sabían nuevas tierras, las sabían también refugio seguro, por estar al margen de la veleidad de canónigos y prelados. Conservar el decoro, a la vez que el recato, se imponía como la más apremiante estratagema de supervivencia para judíos y tornadizos.

Portugal se dio cuenta de que su carrera por las costas de los negros había servido poco más que para gastar las velas de las naos y derrochar las energías de las tripulaciones; pero que sus logros eran nimios comparados con lo que podía ofrecer la proverbial riqueza de un mundo totalmente nuevo e insondablemente vasto. Aunque los relatos eran imprecisos y muy pronto fueron objeto de machacona tergiversación, en ellos se traslucía el eco de una esperanza inmensa; la alborada de tiempos nuevos en los que la consolación y el sosiego serían posibles.

Los Méndez-Pinto recibieron la noticia de un mundo nuevo con júbilo, por lo que tenía de promesa para las mentes audaces y para una estirpe bien dispuesta cuyo trasegar había sido la procura de tamaños hallazgos. Los Lucena, por su parte, aunque tranquilizados por la existencia de estas tierras, no por ello perdieron su acostumbrada cautela. Antes bien, desde Canarias, oteaban con ánimo reflexivo los afanes en los que estaban involucrados los más entusiastas y esperaban, a la chita callando, la oportunidad precisa para tantear senderos y destinos.

## Capítulo XI

Un poco antes incluso de que los augustos reyes de Castilla avalasen una segunda expedición del gran Almirante, seis barcos bien dispuestos y éstos sí muy bien calafateados, partían de Lisboa hacia las Azores durante el verano de mil cuatrocientos noventa y tres. La tripulación se debatía entre la saudade por tener que abandonar las suyas tierras inmemoriales y la esperanza cierta de hallar otras que los pusiesen al abrigo de los males de las antiguas.

Dotados de los mismos mapas e instrumentos, los cristianos nuevos Lainez escogieron a quinientos seis hebreos y tornadizos para atravesar el mar de occidente hasta la Antilla, enfilando la proa hacia el sur y luego al sur suroeste; las seis carabelas partieron de Azores en agosto de mil cuatrocientos noventa y tres, navegando a la bolina y grácilmente montadas en las olas de la mar e impulsadas por recurrente viento de travesía que soplaba a doce nudos cuando bien y a nueve cuando mal en tal dirección. Siguieron en todo punto las prescripciones consignadas en los archivos de la Casa de las Dos Estrellas, de la expedición de Giaccomo Ricciotti-Doria. Con sigilo y sin apenas hacer ruido, partieron bajeles y almas inundados de ilusiones.

Al cabo de treinta y tres jornadas, las naves encontraron los sargazos y las aves anunciaban la tierra próxima, y los tripulantes no pudieron menos que llenarse de contento y reunirse en los sollados para elevar una emocionante plegaria de acción de gracias a Yahvé, el Dios único que tras haberlos puesto al borde del abismo por sus pecados, los proveía ahora de una tierra prometida, verde y ancha, en dónde buscar la paz y el sosiego de cuerpos y espíritus y tal vez reconstruir la gloria de días lejanos.

## Capítulo XII

Se había vuelto difícil moverse hacia las Indias porque la Inquisición sospechaba que los tornadizos pudieran usarlas como refugio para continuar con sus ritos y hacer revivir sus creencias. Mas he aquí que de repente, tras la muerte de Benzion, los Lucena quieren partir hacia tierras seguras, pues el aire de las Canarias se había vuelto irrespirable.

Quieren partir cuanto antes, pero aún no es tiempo de marchar, puesto que deben procurarse el pasaje y el permiso real para viajar allende el mar de occidente. El más reputado entre ellos, el anciano Jaim, solicita en una carta al gobernador de Canarias que interceda ante las cortes, para que les sea permitido a él y a los suyos tomar rumbo a las Indias para adelantar allí investigaciones médicas con las nuevas plantas que en dichas tierras se hallaban y de las que le habían llevado algunas muestras.

Aunque Benzion y Jaim Lucena y sus esposas e hijos residían en la isla de Tenerife con recato y buen aire, adelantando sus investigaciones y viviendo humildemente del oficio de médicos y farmaceutas, llegó el edicto de expulsión a las tierras de Canarias en julio de mil cuatrocientos noventa y dos. Perplejos al principio, supieron sin embargo muy pronto qué era lo que había que hacer.

Visitaron la tumba de León Cardozo en la Gomera y construyeron una casa en Maspalomas en la orilla del desierto en la que habitaron por dieciocho años como judíos furtivos, rodeados del más estricto silencio.

El nuevo ajetreo político hizo que los Lucena, reputados galenos, se ocuparan menos ahora de la investigación de curas que de la fabricación de panaceas, ungüentos y remedios. Tenían, pues, que huir. Poseían la virtud crucial de curar cuerpos y almas, así que procuraron, en diversas expediciones, hacerse nombrar barberos de a bordo, ora como médicos, ora como cirujanos, ora como dentistas. Lo consiguieron con tal prontitud, que en un solo año pudo reunirse la familia entera. El arribo fue para todos ellos un amanecer y ocasión de solaz hasta el punto de que se llegó a considerar bendición lo que al principio fue tormento.

## Capítulo xiii

El segundo viaje del gran Almirante estaba aderezado con la presencia de hombres ilustres y también de intrépidos capitanes. Amerigo Vespucci, de cuarenta y dos años de su edad, partiría para las Indias con el ánimo de medir y avalar de la hazaña tan sólo aquellos aspectos que los hechos pudiesen probar. Culto, pero escéptico, pretendía este mercader florentino comprobar el tamaño de la hazaña y traer de regreso una relación certera y justa de todo lo hallado y de sus posibilidades efectivas.

Durante su vida se había desempeñado como agente comercial del reputado banco de los Medicis de Florencia y era gran amigo del magnífico Lorenzo y sobre todo de su sobrino Lorenzo di Pierfrancesco. Aunque no había sido navegante, llegaría un día a ser tenido entre los mejores. En virtud de los muchos libros leídos y de la fría serenidad que impone el rigor de los negocios, estaba más dispuesto a escudriñar el tamaño de las riquezas y la magnitud de los logros que el propio Colón.

Cuando partió el segundo viaje el veinticinco de septiembre de mil cuatrocientos noventa y tres del puerto de Cádiz, pudo percatarse Vespucci de cómo trescientos doce imprevistos pasajeros se habían escondido como polizones en bodegas y pañoles y alguno, incluso, en un tonel, aumentando considerablemente el tamaño de la expedición de manera subrepticia y con ello los riesgos de la misma. Eran setecientos nueve según quedó en los registros de los reyes, pero en realidad viajaban muchos más, como habría de ser usanza en las expediciones por venir.

¿Quiénes eran éstos?, se preguntaba el comerciante florentino. Sin duda, aquellos que tenían más comprometido su destino en las Españas; los primeros que se dirigían al confín extremo de las Indias para no volver. Los mismos que habrían de abandonar el barco discretamente pocas leguas antes de su destino de arribo, para enriquecer los dominios del rey con cristianos de confesión reciente. Entre ellos, Vespucci observó a no pocos clérigos: el culto de quienes así viajaban estaba en manos de unos de su misma jaez. Tal vez pensaron —concluyó quien habría de ocupar el cargo de «Cosmógrafo real y catedrático de matemáticas para el dominio de la esfera»— que trasegando por las periferias del imperio, pasada que fuese la tempestad, podrían regresar a sus amadas ciudades a recorrer los pasajes que guardaban sus más entrañables recuerdos; tesoros de su propia memoria, que es el alma, y la de sus ancestros.

## Capítulo xiv

Montado desde Canarias tan sólo en los vientos de travesía, el Almirante atravesó el océano velozmente hasta hallar una isla que llamó Dominica, por haber arribado en día domingo hasta ella. Un copioso archipiélago la rodeaba y por ese camino llegó hasta el puerto de la Natividad, en donde halló muertos a los treinta y nueve desdichados. Este infortunio no sería el único que habría de hallar a su paso la inmensa expedición de la que existen muchos puntos oscuros acerca de pasajeros y polizones; sus nombres y sus suertes. Pero la exploración de las islas se hizo con minucia y se determinaron con precisión los lugares y las costas de la Española y Cuba, Isabela y San Salvador, que habían sido halladas en el primer viaje. Gracias al trazo de este nuevo mapa, Américo Vespucio, que así lo llamaban en España, pudo inferir que Colón había hallado un continente nuevo y no el confín oriental de las Indias como creía.

Sobrepasadas estas tierras tenía que haber un nuevo mar cuya travesía estaba por emprenderse, tras el cual hallar por fin las Indias verdaderas en vez de estas apócrifas.

## Capítulo xv

No fue baladí el renombre que alcanzaron los navegantes que vinieron en estas dos expediciones. Pedro de Medina, Alonso de Ojeda, Martín Yáñez Pinzón, gran piloto y Juan de la Cosa ya eran hombres ilustres, pero el brillo de su empresa dio en acrecentar su fama.

Ninguna reputación había de ser tan grande, sin embargo, como la de Vespucci. Las cartas que escribió a sus antiguos patrocinadores narran con delicadeza y detalle los inconvenientes del viaje y la magnitud de los hallazgos. Desde el comienzo su autor pone en claro que las riquezas soñadas y la magnificencia aun no han sido halladas y que no será posible todavía vivir del producto de su abundancia. Narró también las costumbres de los nativos semidesnudos que había visto, le impresionó vivamente la rusticidad epicúrea de su trato y algunas costumbres del todo inusuales, como cuando presenció a un energúmeno engullir a su esposa y a sus hijos.

En mil quinientos cuatro una carta de Amerigo Vespucci a Lorenzo di Pierfrancesco di Medici se habría de imprimir en Florencia bajo el título de Mundus Novus; lo era en efecto y el florentino lo sabía. Se mostró el opúsculo más popular que las crípticas y atormentadas cartas del navegante genovés Cristoforo Colombo, a tal punto que su texto fue traducido a muchos y muy variados lenguajes. Clamaba Vespucio haber encontrado un inmenso continente y como consecuencia los mapas debían ser trazados nuevamente.

El primer cartógrafo que dibujó un nuevo mapa que incluía los recientes descubrimientos en el marco convencional del mundo fue el florentino Giovanni Matteo Contarini, cuya obra fue fundida en cobre en mil quinientos seis. No obstante, un cartógrafo de San Die en Lorena, llamado Martín Waldseemüller, al servicio del cardenal Renato II de Lorena, confeccionó un mapa del globo que incluía todos los territorios descubiertos y sus ínsulas, aunque asombrosamente omitía algunas de ellas, localizadas en las Antillas menores y que el gran Almirante había visitado. El mapa separa las tierras por un ancho piélago del Catay y el Maluco y de ese modo muestra la existencia de otro gran océano. Llama al continente descubierto por Colón, América, siguiendo la forma latina del nombre del comerciante Vespucio, aunque reconoce la soberanía de los reyes de Castilla sobre toda la provincia recién descubierta: «Tota ista provincia inventa est per mandatum regis Castelle».

La esfera de la Tierra parecía empezar a completarse; las medidas del mundo y los mapas que las representaban habían logrado describirlo con inusitada perfección. Las naves para recorrerlo por todos sus confines estaban listas y España y Portugal se habían lanzado en una carrera por no dejar apenas un sitio sin visitar y conquistar.

## Capítulo xvi

La expedición secreta de los Méndez-Pinto había arribado a las Islas Antillas, las mismas que las naves españolas también habían visitado. Temerosos de ser vistos o perseguidos, continuaron hacia el suroeste hallando pronto un gigantesco continente en el que desembocaban ríos más grandes que los que jamás pudieran imaginarse; sus estuarios eran tan inmensos que las naves tardaban horas en atravesar sus riberas, luchando contra la poderosa corriente.

Por fin llegaron a un paraje abrigado en el que consideraron oportuno recluirse para descansar, fundando allí discretamente un poblado al que pusieron por nombre Bahía de la Ventura, cerca del actual puerto de Olinda, en tierras del Pau Brasil. No los consoló, por cierto, la promisoria riqueza de esta tierra sin estaciones, sino la inmensa magnitud de sus baldíos habitables y la diversidad de soles y neblinas, de valles y montañas, que podían avistarse desde las proas de los bajeles.

En verdad, su conquista suponía un derroche titánico y de luengos alientos, que habría de comprometer las fuerzas todas de quienes allí arribaban. Pero, para hebreos y conversos, acostumbrados al constante trabajo y a las pingües ganancias, producto de esmerada labor, la descomunal empresa que les esperaba no sólo no los atemorizaba, sino que conminaba a sus espíritus y a su imaginación, con una mezcla de emoción y pasmo. Ahora era cierto que habían logrado abandonar la península y para poder renacer tenían que olvidar lo que habían sido y plantar las raíces de una vida nueva en esta tierra ignota.

Las tierras recién descubiertas fueron un refugio y una recompensa para generaciones enteras acechadas por desvelos y dolores; judíos y tornadizos, encubiertos por el anonimato y la distancia, empeñados en labores de fundación —muchas veces peligrosas— hallaron aquí una razón para sentirse parte de aquello que los marginaba.

Los conversos se toparon con la ocasión de descansar del infortunio de la estirpe de Sefarad y del odio que su raza había acarreado pesadamente desde hacía siglos. Más que un lugar añorado, el hallazgo fue visto como promesa para reunir a los que estaban dispersos, consolar a quienes habían perdido la esperanza y procurar un futuro a los que parecían no tener ninguno.

La incansable Casa de las Dos Estrellas estuvo atareadísima, llevando y trayendo expediciones furtivas desde Lisboa, Faro, San Lúcar de Barrameda, Cartagena y Mallorca. Cientos de viajes discretos traían judíos y conversos, que allende los mares volvían a nacer bajo un nuevo nombre. El costo del pasaje, casi desprovisto de lujos, era alto para los judíos y conversos adinerados y bajo, en cambio, para los hebreos y tornadizos más pobres. Al llegar podían darse el inusual lujo de escoger la corona bajo la cual querían ampararse. Ambas, empero, defraudaban a estos seres suspicaces, puesto que el poder es efímero y sus hilos atan a todos de un modo o de otro, embadurnándolos con su baboso influjo y plantando barreras para la felicidad.

Habían oído que las buenas tierras y los climas benévolos no sólo eran abundantes, sino también propicios para edificar y comenzar de nuevo lo que en Sefarad habíase vuelto ruina. Sabían, además, que las garras del águila imperial no lograrían sujetarlos allí con la fuerza con la que lo hacía en las Españas, y que sólo auspiciados por esta posibilidad podrían olvidar el horror de tiempos idos, creer en el advenimiento de esperanzados horizontes y conformar naciones nuevas. El océano intenso e infinito llenaba el alma de consuelo y hacía pensar en la inmensidad de Dios. Arrastrados como por un hado invisible, por fin benévolo, y deslizando al compás de los vientos de travesía, anhelaban la aparición de una tierra modesta pero libre de tormentos. Y por ello viajaban intrépidos por mares sin mácula, dejando tras sí deleznables estelas en la mar.

## Capítulo XVII

*Octubre 30 de 1492.*

*Barcelona.*

*Don Fernando y doña Isabel, por la gracia de Dios rey y reina de Castilla, de León, de Aragón, de Sicilia, de Granada, de Toledo, de Valencia, de Galicia, de Mallorcas, de Sevilla, de Cerdeña, de Córdoba, de Córcega, de Murcia, de Jaén, de los Algarbes, de Algecira, de Gibraltar, conde y condesa de Barcelona, señores de Vizcaya y de Molina, duques de Atenas y de Neopatria, condes de Rosellón y de Cerdeña, marqueses de Oristán y de Gociano. A vos, los mercaderes y otras personas genoveses, así de las ciudades de Burgos y Sevilla y Toledo y Murcia y Cartagena, como de las otras ciudades y villas y lugares de nuestros reinos y señoríos, y a cada uno y cualquier o cualesquier de vos a quien esta nuestra carta fuere mostrada o su traslado, signado de escribano público. Salud y gracia.*

*Bien sabéis o debéis saber cómo al tiempo que mandamos que los judíos de nuestros reinos saliesen fuera dellos por nuestras cartas y provisiones, firmadas de nuestros nombres y selladas con nuestro sello, mandamos expresamente y defendimos que no pudiesen sacar ni sacasen ni hiciesen sacar para fuera dellos oro ni plata ni moneda amonedada ni otros bienes vedados, so ciertas penas y premias.*

*Y somos informados que, contra nuestro defendimiento, los dichos judíos y otros por ellos sacaron e hicieron sacar mucho oro y plata y otros bienes vedados, por lo cual perdieron y merecieron perder cualesquier bienes y maravedís que dejaron en los dichos nuestros reinos y señoríos y con que les había de ser acudido, así por cédulas de cambio como en otra manera. Y porque a nos es hecha relación que los dichos judíos y algunos dellos hicieron y concertaron con vos, los dichos genoveses, o con algunos de vos, algunos cambios para que les fuese por vosotros acudido con algunas cuantías de maravedís; y dello hubieron levado y levaron vuestras cédulas de cambios y otras cédulas y obligaciones quedaron suyas, en poder de alguno de vos, para cobrar por ellos de otras algunas personas algunas cuantías de maravedís. Y para cumplir los dichos cambios quedó que habíais de dar otras algunas cédulas para ser pagados de los maravedís de los dichos cambios. Y asimismo, nos es dicho que los patrones y marineros y capitanes de las carracas y navíos donde pasaron los dichos judíos, les tomaron algunas de las dichas cédulas de cambios, que así de vosotros o de alguno de vos levaban, y las tienen para aprovecharse dellas y cobrar por ellas los maravedís y otros bienes que ellos habían de haber.*

*Y porque por haber sacado el dicho oro y plata y moneda y otros bienes vedados fuera de los dichos nuestros reinos han perdido sus bienes y los maravedís de los dichos cambios, y aquello pertenece a nos y a nuestra cámara y fisco, y acordamos de mandar dar esta carta cerca dello para vos en la dicha razón, por la cual o por el dicho su traslado, signado como dicho es, vos mandamos que del día que vos fuere notificado hasta diez días primeros siguientes digáis y declaréis, por ante escribano público, ante los corregidores y alcaldes de cualquier desas dichas ciudades y villas y lugares, o ante la persona que nos enviamos con nuestra provisión a hacer pesquisa cerca de lo que toca a los bienes vedados que de los dichos judíos se sacaron, o ante cualquier dellos, los cambios y concierto de hacienda, que así hicisteis con los dichos judíos, y les deis y entreguéis las cédulas que para ello tenéis y las escrituras y cédulas que ellos vos dejaron para cobrar cualesquier cuantías de maravedís y otra cualquier cuenta y razón, que con ellos o en su nombre de alguno dellos hicisteis, y cerca de los dichos cambios o en otra manera. Que nuestra merced y voluntad es que todo lo que así manifestareis y pagareis o saliereis a pagar y dieres dello fianzas, dentro de los dichos diez días, hayáis para vos la quinta parte dello libremente.*

*Y vos mandamos que, por virtud de las dichas cédulas de cambio que así disteis ni en otra manera alguna, no deis ni paguéis bien alguno, certificándoos que cuanto de otra guisa diereis y pagareis y se supiere que de lo susodicho habéis encubierto o encubriereis, lo pagaréis con el cuarto tanto. Y porque lo susodicho sea público y notorio y ninguno ni alguno de vos podáis ni puedan dello pretender ignorancia, mandamos a las dichas nuestras justicias que hagan pregonar esta dicha nuestra carta por las plazas y lugares y otros mercados acostumbrados desas dichas ciudades y villas y lugares por pregonero y ante escribano público. Y de cómo vos fuere notificada y la cumplieres, mandamos a cualquier escribano público, que para esto fuere llamado, que dé nada distinto al que mostrare testimonio signado con su signo, porque nos sepamos en cómo se cumple nuestro mandado.*

*Dada en la ciudad de Barcelona, a treinta días del mes de octubre, año del nacimiento de nuestro Salvador Jesucristo de mil y cuatrocientos y noventa y dos años.*

*Yo, el rey. Yo, la reina.*

*Yo, Ferrand Álvarez de Toledo, secretario del rey y de la reina, nuestros señores, lo hice escribir por su mandado.*

*El comendador mayor. Rodrigo de Vlloa. Rodericus, doctor. Registrada, Pérez. Francisco de Badajoz, chanciller.*

## Capítulo xviii

*Marzo 30 de 1493.*

*Barcelona.*

*Don Fernando y doña Isabel, por la gracia de Dios rey y reina de Castilla, de León, de Aragón, de Sicilia, de Granada, de Tole-*

*do, de Valencia, de Galicia, de Mallorcas, de Sevilla, de Cerdeña, de Córdoba, de Córcega, de Murcia, de Jaén, de los Algarbes, de Algecira, de Gibraltar y de las islas de Canaria, conde y condesa de Barcelona, señores de Vizcaya y de Molina, duques de Atenas y de Neopatria, condes de Rosellón y de Cerdeña, marqueses de Oristán y de Gociano. A todos los concejos, corregidores, asistentes, alcaldes, alguaciles, veinticuatros, regidores, caballeros, escuderos, oficiales y hombres buenos de todas y cualesquier ciudades y villas y lugares de los nuestros reinos y señoríos, y otras cualesquier personas nuestros súbditos, naturales y no naturales, a quien lo de yuso en nuestra carta contenido atañe o atañer puede en cualquier manera, y a cada uno cualquier de vos. Salud y gracia.*

*Sepáis que nos nuevamente hacemos hecho descubrir algunas islas y tierra firme en la parte del mar Océano, a la parte de las Indias. Y porque podría ser que algunas personas quisiesen tentar de ir a las dichas islas a tratar en ellas y traer algunas mercaderías y bienes de los que allá hay, lo cual nos no queremos que se haga sin nuestra licencia y especial mandado para ello, mandamos dar esta nuestra carta en la dicha razón. Por la cual, o por su traslado signado de escribano público, mandamos y defendemos que ningunas ni algunas personas, de cualquier estado y condición que sean, no sean osados de ir ni vayan a las dichas islas y tierras de ni a alguna dellas, ni tratar en ellas ni en ninguna dellas, sin nuestra licencia y especial mandado, so pena de muerte y de perder cualesquier navíos y fustas y mercaderías que llevaren y todos los otros sus bienes que en nuestros reinos y señoríos tuvieren, lo cual todo, por el mismo hecho sean confiscados y aplicados a nuestra cámara y fisco. Y mandamos a vos, las dichas nuestras justicias, y a cada uno de vos, que ejecutéis y hagáis ejecutar todas las dichas penas en las personas y bienes de los que fueren y pasaren contra lo contenido en esta nuestra carta. Y porque lo susodicho venga a noticia de todos y ninguno dello puede pretender ignorancia, mandamos que esta nuestra carta sea pregonada públicamente, por las plazas y mercados y otros lugares acostumbrados, de la muy noble ciudad de Sevilla y de algunas de las ciudades y villas y lugares y puertos de mar de sus comarcas, por pregonero y ante escribano público.*

*Y los unos ni los otros nos hagáis ni hagan nada distinto por alguna manera, so las dichas penas. Y demás, mandamos al hombre que vos esta nuestra carta mostrare, que vos emplace que parezcáis ante nos en la nuestra corte, doquier que nos seamos, del día que vos emplazare a quince días primeros siguientes, so la dicha pena. So la cual, mandamos a cualquier escribano público, que para esto fuere llamado, que dé nada distinto al que vos la mostrare testimonio signado con su signo, porque nos sepamos en cómo se cumple nuestro mandado.*

*Dada en la ciudad de Barcelona, a treinta días de marzo, año del nacimiento de nuestro Señor Jesucristo de mil cuatrocientos y noventa y tres años.*

*Yo, el rey. Yo, la reina.*

*Yo Ferrand Álvarez de Toledo, secretario del rey y de la reina, nuestros señores, la hice escribir por su mandado.*

*Registrada. Alfonso Gutiérrez, chanciller. Y sellada.*

## Capítulo XIX

A pesar de las tempranas disposiciones reales en Castilla y Aragón, la Casa de las Dos Estrellas supo enviar expediciones a granel hacia las Indias y en especial durante los años de la franquicia regia para pasar allende los mares. Desde Mallorca y desde Cádiz salían barcos con rumbo a La Española y La Isabela, pero algunas de las naves que componían las travesías se desviaban llevando familias conversas con el propósito de unirse a las expediciones portuguesas que el tratado de Tordesillas había autorizado, para recorrer la costa del Pau Brasil. Normalmente, las tripulaciones y pasajeros de aquellas expediciones hacían escala durante largo tiempo en la hospitalaria isla de Curazao, en donde los nuevos habitantes criaban con esmero ganados de cabras, ovejas y, por si acaso, porcinos que los ponían al abrigo de toda sospecha.

La Casa de las Dos Estrellas recibía bienes cuantiosos, en joyas y especias, a cambio del pasaje de personajes que estaban urgidos por salir de las Españas. Por ejemplo, ciento sesenta y siete familias del viejo call mallorquín, chuetas que habían sufrido la pena de verse despojados, humillados y relajados en efigie, hallaron un destino y un refugio en estas inusuales y arcanas caravanas, que con sorna algunos llamaban juderías errantes.

No obstante, subidos ya en las naves y al abrigo de las maledicentes lenguas, sentían renacer sus cuerpos y sus almas, y el frescor de los alisios, como se llamó después a los premonitorios vientos de travesía, hacían volver en sí a estirpes transidas de inquietud durante años sin cuenta; años aciagos, ciertamente, que pretendían ser olvidados entonces y que lo fueron en efecto con una fuerza que los viajantes por aquellos días no sospechaban.

## Capítulo xx

Iban muchos a hacer la carrera de las Indias de todas clases e intereses en los barcos que surcaban el mar océano. Desde la fundación de la Casa de Contratación de Sevilla en el año del Señor de mil quinientos tres, los reinos de Castilla y de Aragón trataron de controlar rigurosamente el tráfico de pasajeros y de bienes hacia las tierras de poniente.

Alonso de Ojeda había fundado varias villas tanto en las islas como en tierra firme; como la numerosa prole de los conquistadores daba comienzo a pueblas ora aquí, ora allá, para luego abandonarlas, no habrían tenido destino alguno si no hubiese habido gentes dispuestas a echar raíces allí, estableciéndose de modo permanente. Eran abundantes entre aquellos, cristianos nuevos que lo habían perdido todo en las Españas y cuyo nombre o apellido seguía siendo objeto de sospecha o persecución.

Tan desesperada era su situación y tan grande su ansia por hallar una tierra protectora, que cuando no lograban hacerse con un pasaje, se ocultaban hábilmente en los lugares más insospechados de la nave. Si eran descubiertos durante la travesía, bastábales con pagar considerables sumas de dinero para obtener el permiso del capitán y el derecho a ser alimentados hasta el término del viaje. Había sin embargo algunos extremosos jefes de navío que arrojaban al mar a los polizones, por lo cual se hizo preciso comprar su consentimiento desde el puerto de salida y no pocos capitanes se enriquecieron gracias al tráfico.

Puesto que siempre había imprevistos que arteramente se escondían, los folios reales de la Casa de Contratación solían registrar en la partida menos pasajeros de los que resultaba haber en la llegada. Y así, paulatinamente, se fue poblando la América.

## Capítulo xxi

También mueren los médicos. Después de curar a tantos, y tras larga lucha, Benzion Cardozo de Lucena, anciano atacado por la ciática, se precipitó al abismo de la muerte en estas nuevas tierras, considerando que la misión de su vida estaba lograda. Su muerte fue premonitoria, como todos los sucesos de aquellos años. La Lucena en que había nacido ya no era tierra nazarí ni los judíos podían practicar su religión allí. Todo lo que quedase de ella debía haber huido o mutado, hasta hacerse irreconocible. La transición en Tenerife también había culminado. Solamente reyes, caballeros e hidalgos quedaban en los parajes amados y las ciudades bendecidas.

Las Islas Afortunadas, que le habían dado cobijo en sus últimos días, lo eran para él porque brindaban un refugio temporario a los suyos, mientras hallaba la ruta de la huida.

Aunque enfermo y anciano, su muerte tomó por sorpresa a toda la familia. Jaim su hermano, médico de almas como había sido, administró a Benzion en la hora de su tránsito el último aliento y las palabras finales que difícilmente salían de su boca y que sirvieron de consuelo al moribundo y a los familiares, pero en nada ayudaron a mitigar su propio dolor. Fueron éstas: «Piensa querido hermano que ya nadie podrá perturbarte ni despertarte en la noche para hacerte acudir a salvarlo o a aliviarle los dolores. Tu familia está bien, íntegra y llena de buenos augurios. Ninguno podrá calumniarte ni zaherir tu memoria ni la de tus antepasados. Nos resta, para paliar el dolor de tu partida, la nepentes que atenúa todas las penas; a ti, la gloria de una recompensa que tal vez no buscabas pero que mereces por habernos conducido sabia y honradamente a la cumbre de un destino que ya divisa hacia dónde ir y cuántos pasos le faltan».

Cuando terminó de hablar Jaim, su hermano ya estaba muerto; la casa de la isla estalló en lágrimas.

## Capítulo xxii

Los hijos de Isabel y de Fernando, Juan y Juana, crecieron a la sombra de la gloria de sus padres los católicos, bien dispuestos para gobernar un próspero reino, unificado y bien poblado, a pesar del desangre y la parálisis momentánea que supuso la nueva diáspora. La suerte, otrora huidiza, estaba de su parte, hasta el papa era español y favorecía a los súbditos de estos reinos con sus equívocas bendiciones. Pero la fortuna no resistió la seguidilla de victorias de unos reyes ahora legendarios y les propinó algunos reveses que empañaron sus últimos años.

Juan de Austria murió siendo joven y la heredera al trono, Juana, pronto habría de ser reputada de loca e inepta para cualquier gobierno, incluso el de sí. El cardenal Gonzalo Jiménez de Cisneros, llamado también el tercer rey, gran inquisidor y confesor de la reina Isabel, que asperjaba con agua bautismal al pueblo para erradicar de él todo brote de herejía, quemaba los manuscritos árabes, con excepción de los tratados de medicina, se hizo regente del reino durante la minoría de edad de Carlos, hijo de Juana y nieto de los ilustres reyes.

Da tantas vueltas el mundo que incluso en la vejez, la obra de toda una vida puede vacilar y hacer sufrir hasta a los que más gozaron. Un reino se destruye en un minuto. Cuando la reina murió en mil quinientos cuatro, piadosamente asistida por Cisneros, el destino de España, no obstante, ya estaba sellado.

## Capítulo XXIII

Francisco Mendes, hijo de Raquel Méndez-Pinto y de Semah Benveniste, cuyo nombre cristiano era Luis Pereira da Silva, mostró, desde muy joven, inusuales dotes para el acrecentamiento de la fortuna de la familia, por lo cual fue designado por los suyos como gran tesorero del emporio naviero.

Arribó el día en el que sintió llegado el momento de contraer nupcias con la bella Beatriz de Luna, llamada por los hebreos como Hannah Nasí, es decir, Gracia por la traducción latina de su nombre.

Por una relación de años con la corte lusa, y por las hábiles intercesiones de don Francisco Mendes, la Casa de las Dos Estrellas adquirió los derechos sobre el tráfico de las especias a las que el reino de Portugal tenía acceso desde la llegada de sus hombres a las Malucas y a Catay. Sería engorroso contar la multitud de sus riquezas, baste decir que podían hacer préstamos a los reyes de Portugal y de Inglaterra por más de cuatrocientos mil florines y que su banco tenía sede en Amberes, en Londres, en Ferrara y en Salónica.

Vivían en la mansión lisboeta, protegidos por el rey, Francisco y su esposa Gracia, y Diogo Mendes. Pero acusado Diogo de herejía, la familia toda huyó primero a Bruselas y luego a Amberes, en donde trabajaban puliendo diamantes y otras joyas muy preciadas una miríada de judíos españoles que dieron en formar las juderías de Flandes y de Holanda, en las que habría de brillar fugazmente, como la estela de un cometa, la filosofía, el arte y la ciencia sefardíes.

## Capítulo xxiv

Por cédula del rey Fernando el Católico dada en Burgos el nueve de septiembre de mil quinientos once, se dio permiso para pasar a las Indias a todos cuantos lo tuviesen a bien ya para las islas o para la tierra firme sin solicitar información y con solo anotar sus nombres.

Los Cardozo o Lucena, que rápidamente se enteraron de la real disposición y que en vano habían procurado el permiso regio durante varios años, se apresuraron a viajar a Sevilla con unos pocos haberes para inscribir sus nombres haciéndose llamar los Nieto como homenaje a su abuelo Mordecai, del que se sentían todos orgullosos herederos.

Embarcáronse en una de las naos del capitán Fernando de Moya que se dirigía a La Española, pero que habría de recalar en la isla descubierta por Alonso de Ojeda en mil cuatrocientos noventa y nueve, de nombre Corazón. Allí se quedaron los Nieto por haber oído que el propio Luis de Santángel había enviado a tal lugar a la mayor parte de sus familiares. Estando como estaba esta tierra misteriosa y única entre los dominios del rey portugués y los del español, pero suficientemente lejos de ambos, al abrigo de las persecuciones, para labrar en ella un destino.

## Capítulo xxv

La Inquisición metía miedo a los cristianos nuevos, verdaderos o falsos, que permanecieron en las Españas, obligándolos a mudar muchas costumbres y a olvidarse de la mayor parte de sus tradiciones. Es cierto que seguían siendo judíos, pero la costumbre de ocultarse, de callar o de sentirse traicionados por un gesto, dejó en ellos una huella imperecedera; la poderosa marca del sigilo.

Conservaban algunas costumbres ancestrales, pero generalmente reducidas a sus expresiones más externas, olvidando el sentido y la historia que las había hecho nacer. Fueron éstas las que llevaron los judíos y conversos a América. Mas estando allá establecidos y pretendiendo hacer una vida nueva al margen de toda sospecha, les fue difícil conservar aquello que sus ancestros tan diligentemente habían preservado durante milenios. No pudieron circuncidarse ni cocer los alimentos como lo prescribe el rito del Levítico ni guardar siempre y en todo punto la vigilancia de las ceremonias.

En esta nueva tierra en la que vinieron a morir los mayores, los jóvenes tuvieron que hacer alarde de prodigiosa adaptación. Se desvanecían con aquellos ancianos algunas de las más tutelares tradiciones y sus palabras y herramientas se perdieron entre los ecos de un mundo nuevo que imponía los rigores de la supervivencia antes que las formas de la tradición. Aunque no quisieran dejar de ser judíos y se empeñasen en respetar los requerimientos hechos por sus padres, la enorme distancia y la luz de estas tierras no permitían medir el tiempo como en Sefarad. No había estaciones que hicieran precisa la medición del calendario y el celo puesto en no despertar ninguna sospecha les impidió cumplir con los preceptos y las fechas del calendario judío. Como no era posible medir el tiempo, tampoco lo fue observar el desarrollo de las fiestas en los días debidos.

Era preciso trabajar todos los días para terminar de levantar, de la nada, las villas y pueblas que habían dado en fundar. Los encuentros con los indígenas y la obligación de usar armas de fuego y espadas los habían familiarizado con el acto de matar y apenas quedaba tiempo para la exigente oración y la elaboración cuidada de genealogías.

Después de algunas generaciones no tuvo ya sentido guardar la mayor parte de las prácticas de sus mayores, puesto que ya no valían las condiciones de antaño que les dieron origen. Comer cerdo en público, frente a todos, sin recato alguno y sin pensar que con ello se ofendía al Dios de los antepasados, se volvió moneda corriente, al igual que cortar la cabeza del pollo y cocinar con aceite como habían comenzado a hacerlo ya sus abuelos en España.

Por último, olvidaron la lengua hebrea y hasta la forma de leer las inscripciones de las tumbas o los rollos de Torá. Si eran judíos o moros, moriscos o mozárabes, mudéjares o muladíes, lo cierto es que ya no lo parecían, fundidos todos en una misma caldera. Muerta la lengua, fenece también dolorosamente el espíritu y el talante de un pueblo, como los regatones que incapaces ya de aparejar el todo, venden al mejor postor los trozos y las partes. La lengua es el vehículo del mundo y allí donde ella viaja, viaja entero el cosmos que su espectro ha perfilado; quien la olvida muere sin saberlo y hace morir a sus hijos en el marasmo, incluso antes de haber nacido.

El mundo se había ensanchado tanto que las costumbres de cristianos, moros, judíos e indios se referían preferentemente al sitio en el que estaban viviendo y no a la usanza del lar del que fueran nativos.

## Capítulo xxvi

Algunos están mejor muertos que vivos; tal fue el caso del gran Almirante Cristóbal Colón, que tras haber sido coronado de gloria, fue despojado de casi todo prestigio y tratado con desdén. En sus últimos años se le vio iracundo, asediando a las cortes con sus recriminaciones y casi totalmente despojado de sus blasones, que, en todo caso, habían enmohecido en el silencio.

Tras sus viajes hubo muchos otros que envilecieron la hazaña y la convirtieron en algo casi banal, con lo cual su antiguo lustre se opacó, pero sus colonos y marineros siguieron siendo fieles al almirante hasta el último día de su vida. Ya envejecido terriblemente por la desazón y los fracasos —y todas las vidas los tienen—, encontró la muerte el diecinueve de mayo de mil quinientos seis. Los legados reales le hicieron el honor de asistirlo en sus últimas horas, cuando redactó su codicilo ante el notario de la cámara de Sus Altezas y escribano de la provincia en su corte y cancillería.

Con su muerte volvió a brillar su gloria y sus aliados y protegidos fueron de nuevo poderosos y dignos de consideración. No había sido efímera la empresa que lustros atrás pergeñara el navegante genovés; antes bien supo mostrar la ruta a un nuevo mundo y sus descubrimientos fueron inventariados detalladamente: La Española, Cuba, Jamaica y otras setecientas dos islas, trescientos treinta y tres leguas de tierra firme al sur y al oeste y ciento siete al norte. El heredero de su mayorazgo, su hijo Diego, pudo llevar y constituir para sí rentas personales de un millón de maravedises, además de otras muchas heredades y rentas por causa del mayorazgo y dos millones más para su hijo Hernando.

Quienes sucedieron al gran marino no hicieron más que profundizar en la empresa que él había iniciado: Gonzalo Jiménez de Quesada, fundador que sería de la villa de Santa Fe; Francisco Pizarro, conquistador del Perú; Pedrarias Dávila, fundador de Santa María la Antigua del Darién; Hernán Cortés, natural de Medellín y conquistador del gran imperio azteca; Vasco Núñez de Balboa, descubridor del mar del Sur. Todos forjadores de un mundo —acompañados por cristianos nuevos— cuyas puertas habían sido abiertas por Cristoforo Colombo.

## Capítulo xxvii

A la muerte de Francisco, doña Gracia Nasí buscó destino en la corte de Ferrara para administrar desde allí la fortuna inmensa de su marido y para continuar con los muchos viajes y expediciones que salvaguardaban la vida y la honra de miles de judíos y convertidos y que les ayudaron a instalarse en más de treinta puertos; desde Esmirna hasta Fez, e incluso desde Edimburgo hasta el cabo de la Buena Esperanza.

Fue esta mujer excepcional artífice de un imperio de mercaderes, banqueros y navieros sefardíes y marranos procedentes de tierras muy lejanas; cosacos, yemeníes, etíopes y persas. Su temple y su señorío, así como la fuerza de sus blasones y la lealtad de sus funcionarios, sirvieron para proveer salidas y fundaciones a varios miles de seres desesperados que huían de España y Portugal o que eran esclavizados por turcos o moros, o sometidos a prisiones injustas; pueblas y villas muy lejanas que ella jamás conoció fueron fundadas con dineros de sus arcas.

Creó redes inmensas que durante siglos fueron el sustento del comercio del Mediterráneo, pero cuyos agentes alcanzaban todo el mundo. Fue su espíritu la égida y antorcha de un pueblo entero y la fortaleza de su alma sirvió para encarnar una proeza de supervivencia y de grandeza que la historia ha dado en reconocerle. No sólo en Constantinopla se lloró su muerte, sino en el Mediterráneo entero; sus deudos esparcidos por el mundo sabían que con ella se derruía una columna más del templo de Salomón.

## Capítulo XXVIII

El médico Méndez Nieto tuvo no pocas pendencias con sabios y eruditos de su tiempo, como es apenas lógico entre hombres cuya vida está tejida con los invisibles hilos del pensamiento. Este talante era poco frecuente entre los convertidos, dados a la prudencia y al deseo de mimetizarse hasta tornarse invisibles, rayanos en el umbral de la insignificancia.

Tengo en mi poder un libelo que revela el carácter arrojado de Juan Méndez Nieto, hijo de la estirpe de los Lucena y también de la Casa de las Dos Estrellas. En virtud de su tinta corrosiva, nunca llegó a publicarse, aunque corrió de mano en mano firmado bajo el pseudónimo de Proteo el de las Indias. Quiero compartir, caro lector, los apotegmas más punzantes y hasta felices de tan inusual opúsculo.

«De las muchas y muy hondas impresiones que producen las Españas a los visitantes extranjeros, la más inmediata es la de la aspereza. En todo punto España es ruda y se regodea en su rudeza; se enorgullece de aparecer desafiante, resuelta, audaz.

Mas lo que percibe el peregrino es la altivez, la desfachatada procacidad y la bravuconería que destila una inútil ferocidad. Muchos no lo notan y los pocos peninsulares que se percatan de esta aspereza la justifican como tinte de una España nueva, alegre, segura de sí y renovada; pues bien, eso es innegable: se trata de un reino vigoroso y próspero, pero grosero. Su gente grita y gesticula, habla incesantemente y vocifera mientras se interrumpen unos a otros sin permitir llegar al fin de una idea; no toleran a los que no hablan como ellos, aunque su discurso sea más melifluo y grácil y su ánimo exaltado está en la frontera de la impaciencia y el desdén. Y no se trata de que no posean genio o, algunos, matices loables: se trata de que lo esconden todo en un traje huraño, provisto de una bellaquería aparentemente indomable.

Se me ha dicho que tras el largo trato esta aspereza desaparece y se convierte en pura alegría de vivir, salero y donaire; no obstante, resulta difícil conocerlos mejor cuando hasta en las conversaciones de tabernas y de ventas y entre compinches se les ve tan impenetrables, recelosos y llenos de resquemores. El habla explota en su garganta, como el detonar repentino de un arcabuz, y cuesta mucho en verdad comprender cada palabra que profieren sus labios. La gelidez austera del trato de los de Castilla no presta aire cálido a los que se les acercan y más de una vez fruncen el ceño y tuercen la cerviz con jactancia. En el roce con aquellos que hablan con claridad y donosura, es bien sabido que se les admite, pero no se les recibe, se los administra hábilmente, por acción de su comercio o de su inusual presencia, pero se les mantiene a raya de los ministerios cotidianos.

La ilusión de calidez de que España disfruta en los reinos del norte se debe más a su clima que a sus gentes; el español amable y jovial zarpó y con él la hospitalaria laya que se le debe al huésped. La rudeza ha cubierto el cielo incluso de la Andalucía, como un nubarrón tempestuoso y la vieja y austera hospitalidad campesina de las dulces criadas de Aragón yace en ruinas. Es bien seguro que no hay perfidia en ello y Dios lo sabe, pero los humores de esta jaez, que no deliberados, son el fruto de una riqueza recién lograda que va tiñendo todo con su halo presuntuoso. El aire de suficiencia que adoptan siempre los presuntos forjadores de un imperio, es el resultado del tufillo de difusas hidalguías y fantasmales mayorazgos, de aires de sangre limpia, aunque revuelta sea desde siempre; prohijando en todos la sabihondez y la sed ancestral de decir siempre la última palabra, como reyezuelos de una taifa deleznable. Una triste idiosincrasia que no es tristeza, sino la mascarada cruel de un alma cruda».

## Capítulo xxix

Fernão Méndez-Pinto, navegante nacido en Montemor el viejo en el reino de Portugal, en mil quinientos diez, llegó a Goa en las Indias por la ruta del cabo de la Buena Esperanza. Tras recorrer durante cinco años todas las costas y las islas de los mares de Banda y Catay, en mil quinientos cuarenta y dos arribó al Cipango, que se hallaba azotado por los tifones y por una cruenta guerra intestina, librada, fatalmente, con mosquetes portugueses. Escribiría una relación llamada *Peregrinação de Fernão Méndez-Pinto*.

Su vida aventurera lo llevó por todos los confines y en las cartas a sus padres les contaba fantásticas historias sobre multitudes de movimientos guerreros, manadas de elefantes conducidos por soldados, cortejos con cientos de miles de peregrinos y tesoros inmensos perdidos en naufragios.

Fue de la orden jesuita hermano laico y anduvo con Francisco Javier en la misión de convertir a los japoneses durante tres años. Volvió a Portugal en mil quinientos cincuenta y ocho para trabajar en la Casa de las Dos Estrellas como jefe de bastimentos y la regentó con probidad durante toda su existencia.

En una sola vida se puede condensar el recorrido de un imperio. Cuando Fernão envejecía en su retiro, escribió una carta a sus familiares de América en la que, nostálgico, les decía: «Queridos míos: os saludo cuitado; aquí todo se apaga, como el candil en el que se agota el aceite y la llama claudica a su compás. Si a nuestra estirpe vieja de navegantes le queda algún destino que cumplir estará todo en esa tierra nueva en que vosotros vivís. Os puedo decir después de haber recorrido los puntos cardinales del mundo, que ya no quedan muchos sitios en los que nos sea dado vivir en paz y gozar dulcemente del consuelo del canto de los pájaros al amanecer o de la dulzura de la estación florida. La esfera de la tierra se hace más pequeña mientras más la pisan los botines de los hombres. En estos días de desconsuelo y soledad en los que en mi vejez me achaca, anhelo volver a ver a algunos de vosotros, amigos míos de juventud, para estrecharos un momento y después morir».

## Capítulo xxx

Las tierras de América, como llamaron desde entonces a las Indias los eruditos y cosmógrafos, no eran avaras en dificultades. Hasta en el paraíso siente el hombre la desazón y la maldad.

La colonia de la Bahía de la Ventura, cerca de la villa portuguesa de Olinda, prestó refugio a los sefardíes que tempranamente habían huido de las Españas. Pero cuando el rey de Portugal en mil quinientos veintiocho amenazó con instaurar por primera vez la Inquisición, para perseguir a los que judaizaban y también a los luteranos en su reino, fue preciso dejar el enclave para buscar una tierra nueva en donde guarecerse de las uñas ensangrentadas de la mano del inquisidor.

La Inquisición española, por el contrario, había aligerado un poco su rigor, por influencia de Erasmo de Rótterdam y de Carlos v. Inquiría con energía, como lo hacía desde sus comienzos, pero casi no condenaba a la relajación sino a multas. Por esta razón, los Lainez decidieron trasladarse a Curazao, enclave que sirviera durante largo tiempo como frontera entre los vastos dominios de los dos imperios ultramarinos.

En Curazao hallaron abrigo y amistades de gentes de bien. Todos eran tornadizos, sin excepción alguna, y se protegían unos a otros ora hablando portugués, ora castellano sin profesar abiertamente la más leve brizna de la religión de Moisés, porque, a decir verdad, la habían olvidado casi por completo. En esta isla de playas asombrosas de color de plata, en donde jamás ha habido invierno y en donde el sol y la brisa marina labran incesantemente cada piedra y cada brizna, los años pasaron con delicada dulzura; los torrentes descendían de las montañas entre peñascos, regalando un agua prístina que lavaba por igual los dolores y las culpas. Vestidos con ropas ligeras, recogían frutas variopintas observados tan sólo por animales fabulosos cuyas formas no habían sabido imaginar.

Los descendientes de los farmaceutas de Lucena, por su parte, hallaron provisión de plantas y de hierbas para continuar con la farmacopea que sus ancestros iniciaran. Veinte años llevaban los Nieto en Curazao cuando Ruth, soltera aún, halló marido en el buen Leonardo Lainez, hijo de Samuel Méndez-Pinto y Soledad. Era Leonardo un hombre discreto y taciturno y aunque hijo de una familia muy pudiente, vivía con gran moderación en una casa en las afueras de la villa, en la cual se instalaron desde su arribo. Allí fue a vivir la bella Ruth, grávida ya, en donde la cuidaron hasta la hora de su alumbramiento. Cuando nació Juan Méndez Nieto, en el año de mil quinientos treinta y uno, su padre dispuso para él un destino de letras y la misión de ser un hombre principal. A los siete años de su edad lo acompañó en un viaje secreto hacia Lisboa y desde allí, Leonardo lo envió a Salamanca en donde estudió juiciosamente la medicina del cuerpo, incluyendo su práctica de un año en Astudillo. También aprendió en Salamanca gramática y latines, que perfeccionó en años postreros con la ayuda de dos compañeros africanos venidos de Coimbra. Lo hablaban los tres amigos con tal perfección que los llamaban los ciceronianos.

Alguna vez escribió en una carta a su madre que en aquel tiempo —que era el año de mil quinientos cuarenta y ocho—

todo era barbarie en aquella ciudad de Salamanca y no había quien se atreviese a hablar diez palabras en latín y todos los catedráticos de todas ciencias leían sus lecciones en buen romance.

Con la licencia de su padre, don Leonardo, estudió teología para hacerse clérigo y luego estudió leyes, pero sería la medicina la ciencia a la que dedicaría su vida.

Méndez Nieto, adquirida su ciencia, libró a los vecinos de Arévalo de una epidemia de tabardillo y curó con profusión opilaciones y cuartanas. Su fama llegó a oídos del influyente Ruy Gomes da Silva, príncipe de Éboli, a quien también curó de cuartanas, provocándole vómitos con eléboro.

Para cortar de tajo intrigas y persecuciones de los protomédicos de Felipe II, Olivares, Gálvez y Cornelio, pidió licencia por medio del príncipe de Éboli al rey para partir a las Indias. Después de corta estadía en Sevilla, contrajo nupcias con Doña Marta Ponce, doncella noble, próximo a pasar luego a las Indias por Santo Domingo.

Destino singular ciertamente éste de Juan Méndez Nieto, que afirmaba haber nacido en la frontera de los reinos en Miranda del Duero para ocultar su origen dudoso en Curazao y la costumbre inveterada de ser al mismo tiempo súbdito de dos reyes. Preparado como estaba para la clerecía, discutía con tanta sapiencia los asuntos teológicos, como con fruición los avatares médicos. Hablaba dulcemente con un encanto hechicero que habría de perderse para siempre de las Españas. En la ciudad de Cartagena de Indias, en donde se estableció desde mil quinientos sesenta y nueve, escribió el primer tratado médico de tierra firme. Allí curó a tantos y tantos, enfermos de calentura y de peste, que el gobernador de la Real Audiencia Fernández de Bustos tuvo a bien requerirlo en Santa Fe en mil quinientos setenta y cuatro para curar a unos pacientes que aguardaban por su pericia. Curó también al arzobispo fray Luis de Zapata; y en fin, cauterizó heridas, cortó y suturó a tantos y con ello sanaron casi todos, que su fama se derramó por todo el imperio.

El sabio médico Juan Méndez Nieto, de talante firme y resoluto, poco antes de morir escribió: «Abundan con pena los hombres zafios entre nosotros y muchos de ellos pretenden dirigir nuestros días y nuestros pasos. Cumplida muestra de sabiduría ha sido hacerles creer que lo hacen, cuando en verdad hacemos nuestra voluntad, nos burlamos de ellos y nos gobernamos con largueza a nosotros mismos».

## Capítulo xxxi

Yo, Efraín Pinto, oriundo de Zapatoca, en las tierras de San Gil, las de Colombia —hasta hace poco Virreinato de la Nueva Granada—, que fue la única parte de las Américas que rindió homenaje al descubridor, he escrito estas páginas para que los míos se acuerden de la estirpe de la que provienen y del tronco que los une, por su lengua, por su sangre y por su talante.

Siendo niño encontré en la casa de mis abuelos un arcón enterrado que contenía rollos escritos en letras misteriosas, un vestido muy viejo y un candelabro de siete brazos. Luego comprendí que había hallado los rollos santos de una Torá, un efod que usan los rabinos y una menorah, signo inequívoco de la religión del pueblo hebreo; también encontré muchas cartas en ladino que habían pertenecido a mi abuela Rebeca, amén de una Biblia, que hoy la sé la de la Casa de Alba.

Todos estos objetos silenciosos que me fascinaron en la infancia, dieron color a los relatos que solía contar a sus nietos mi abuelo Jesús Pinto, sentados en corro, cabe la lumbre de la chimenea. Sus fábulas y recuerdos y los objetos del arcón me fueron narrando, lentamente, la historia arcana y lejana de mi prosapia toda. Los destinos de una familia a través del tiempo dejan leer los destinos del mundo, sus caídas y sus triunfos, intercalados con sus alegrías y sus dolores. Son la materia prima con la que hemos construido a nuestra vez la vida que llevamos a cuestas.

Esta tierra montañosa y ruda en donde nos hemos establecido y que nos acogió generosa, es ahora la nuestra y la amamos; pertenecemos a ella con la misma certeza con la que nuestros antepasados creían pertenecer a Sefarad. Ya nadie nos recuerda en Lucena ni en Mallorca, en Cádiz ni en la Gomera de Canarias, pero esta tierra americana nos ha permitido a todos seguir dentro de los límites de su imperio, si bien en la periferia, gozando de la lengua y el talante que sin descanso serán los nuestros y los de nuestros hijos.

No he pretendido exaltar en modo alguno las proezas de las familias Méndez-Pinto y Cardozo que son las mías, sino tan sólo seguir su tránsito a través de los siglos con cálamo justo y ánimo sosegado, para que sepamos lo cierto que decía el manco sano en *El ingenioso hidalgo don Quijote de la Mancha*: «Te hago saber, Sancho, que hay dos maneras de linajes en el mundo, unos que traen y derivan su descendencia de príncipes y monarcas, a quien poco a poco el tiempo ha desecho, y han acabado en punta, como pirámide puesta al revés; otros tuvieron principio de gente baja, y van subiendo de grado en grado, hasta llegar a ser grandes señores. De manera, que está la diferencia en que unos fueron, que ya no son, y otros son, que ya no fueron».

Y a ti, caro lector, que has trasegado ya estas líneas como paciente navegante que atraviesa las leguas de la mar, salud en el Señor.

Efraín Pinto

Terminado en la villa de Zapatoca a los nueve días del mes de junio de mil y ochocientos once.

## Colofón

Hay una brecha que las palabras no penetran, un halo que no atrapan, pero el intento denodado por dar cuenta de lo que se ha ido es siempre un logro y una conquista. Bucear en el pasado como en las profundidades del océano no deja de proveer algunas perlas, por escasas o magras que parezcan. Y el brillo que de ellas se desprenda dará luz a los que vivimos hoy y a los que vivirán mañana. Es misión de la literatura retratar con mano justa, traer al presente y hacer nítido lo que estaba helado detrás de las escombreras del tiempo. Puesto que la historia del mundo es la historia nuestra y el dolor que dejara transidos a los espíritus de otrora es el mismo espanto que nos conmueve y nos conduele hoy, sus ecos perdurarán traspasando los siglos como lamento proferido desde el nacimiento del mundo.

Las historias no narradas, los sentimientos acallados y las sórdidas huellas del odio y de la angustia, del miedo y del desdén, quedaron enterrados en el jardín del silencio, y las letras son postigo e instrumento que despierta el vaho de seres que creíamos dormidos o de otros que hemos inventado para recordar a los que pasaron sin dejar apenas huella tangible o perdurable. Las almas no siempre callan porque no sepan de su suerte, sino porque han sabido y les ha pesado y algo en ellas ha preferido ignorar las raíces de su desasosiego, refundiéndolas entre laberintos neblinosos.

Como somos así, así fuimos o así pudimos haber sido; qué más da si nuestro camino no coincide exactamente con la senda que siguieron, si se acerca tanto y nos produce tan entrañable certeza, ya que siempre las pasiones son las mismas. Humildes o sabios, judíos, mudéjares, moros y moriscos de Sefarad y de al-Ándalus, que habitaron por suficientes siglos esta tierra entrañable hoy tan lejana, tuvieron que irse sin ruido, cambiados sus nombres y sus credos, y haciendo que sus hijos recordaran mal lo que antaño tanto los había enorgullecido; y de tal dolor y tal silencio escasamente quedan huellas difíciles de rastrear, como no sea con la ayuda de crónicas y códices empolvados y vetustos, y no pocas veces del agudo encanto de la fantasía y la imaginación. En consecuencia, valgan estas páginas.

## Glosario

**Ab**: Mes del calendario judío que coincide con los meses julio y agosto del calendario gregoriano. Los meses del calendario hebreo son lunares, de allí que cada dos o tres años se añadan algunos días con el fin de adecuar el cómputo de los meses lunares al año solar.

**Adafina o adefina**: Plato típico de los sefarditas que se cocina a la brasa desde el viernes en la noche para consumirse el sábado.

**Adar**: Mes del calendario hebreo que coincide con los meses de febrero y marzo del calendario gregoriano.

**Bar mitzvah**: Ceremonia judía en la que se celebra el paso de la infancia a la adolescencia o mayoría de edad de los varones de la comunidad. Generalmente, se celebra el sábado que sigue al decimotercer cumpleaños del varón.

**Ben**: Palabra hebrea que significa «hijo de».

**Berit Milá**: Ceremonia judía en la que se practica la circuncisión al varón recién nacido, incorporándolo a la comunidad.

**Bint**: Palabra hebrea que significa «hija de».

**Cadiš o kadiš**: Véase *kadiša.*

**Call**: Palabra mallorquina o, de manera más general, catalana que corresponde a la voz española calle. Ambas palabras encuentran su raíz en la latina *callis,* que significa sendero o camino.

**Casida**: Del árabe *qasida*, que quiere decir composición poética. Se trata de una composición poética de temas variados de la tradición árabe y también persa.

**Chueta**: Voz con la que los mallorquines designan a los marranos o judíos conversos.

**Efod**: Prenda sacerdotal de lino, corta y sin mangas, de uso exclusivo del rabino.

**Ghena**: Lugar de la cosmogonía judía adonde se dirigen las almas a sufrir eterno tormento.

**Hanuka**: También conocida como fiesta de las luminarias. Festividad judía en la que se conmemora la victoria de los Macabeos sobre la dominación siria y sobre Antíoco Epifanes, gobernador griego que había prohibido la práctica del judaísmo. Significa inauguración, pero también luminaria, de tal forma que se celebra la reinauguración del Templo de Jerusalén y se enciende una candela o luminaria en un candelabro (*hanukía*) de ocho brazos; cada noche se enciende una luminaria, de manera que al final de la celebración, las ocho se iluminan.

**Ibn**: Voz árabe que significa «hijo de».

**Iyar**: Mes del calendario judío que coincide con los meses de abril y mayo del calendario gregoriano.

**Kadiša**: Oración fúnebre que se pronuncia en honor del difunto. También se le conoce como *Kadiš*.

**Kashrut**: Dícese de las prescripciones alimenticias de obligatorio cumplimiento para el judío.

**Kipur**: Voz judía que significa perdón.

**Malík**: Título dignatario entre los árabes que se asemeja, en términos generales, a rey.

**Menorah**: Candelabro judío de siete brazos.

**Midrash**: Glosa de los libros bíblicos que integra abundante material hagiográfico y legendario.

**Ner Tamid**: Significa «Luz Eterna». Candelabro que siempre se encuentra encendido en la sinagoga en frente del Arca Sagrada, en donde se guardan los rollos santos de la Torá.

**Pésaj**: Pascua judía en la que se conmemora la salida de Egipto de los judíos, guiados por Moisés.

**Qanun**: Instrumento musical semita de cuerdas.

**Rab**: Palabra hebrea de donde viene la voz española rabino y significa «maestro de Torá».

**Rihla**: Voz árabe que significa libro o relato de viajes. Dícese de un género literario de la tradición árabe en el que los viajeros consignan sus impresiones del viaje, tanto como las costumbres, tradiciones y curiosidades de los lugares que visitan.

**Šabbat**: Día santo para los hebreos que se le dedica a la oración y en el que está prohibido trabajar o realizar actividades diferentes de la devoción a Dios. De aquí proviene la palabra española sábado.

**Séfira**: Véase *Sefirat Haómer*.

**Sefirat Haómer**: Lapso de cincuenta días que median entre el *pésaj* y la festividad siguiente, que es el *shavuot* (promulgación de la ley). Período que corresponde a la salida de Egipto y el recibimiento de la Torá. En la historia judía evoca nefastos sucesos, por lo que es un período de duelo en el que no están permitidas la celebración de bodas o ceremonias joviales.

**Sucot**: También llamada fiesta de los tabernáculos o las cabañuelas. Se celebra del 15 al 22 del mes de *tišri* y conmemora la salida de Egipto del pueblo de Israel y el tiempo que anduvo errante. Contrario al *Roš Hašaná* (festividad del comienzo del año judío) y al *Kipur*, se trata de una celebración festiva. El ramillete del *sucot*, que cada peregrino tenía en su haber, tradicionalmente lo componían cuatro especies, a saber: palmera, cítricos, mirto y sauce.

**Talmud**: Libro sacro de la tradición judía que reúne la *Mišná* (ley de transmisión oral que los sabios judíos incorporaron en la tradición hebrea) y *Guemará* (comentarios realizados a la *Mišná*).

**Tišri**: Mes del calendario judío que coincide con los meses de septiembre y octubre del calendario gregoriano.

**Torá**: Libro sacro de la tradición judía que corresponde a los primeros cinco libros de la Biblia cristiana o Pentateuco.

**Yom kipur**: Llamado también Día del Gran Perdón, se trata de la celebración más solemne del calendario judío. Se conmemora el diez de *tišri* y marca el fin de los diez días de penitencia que comienzan con *Roš Hašaná*. Se dedica el día a la oración y a pedir perdón y purificación por los pecados y las faltas cometidas. Jornada, pues, de confesión y expiación de culpas.

## ÍNDICE

Seix Barral


**España**
Av. Diagonal, 662-664
08034 Barcelona (España)
Tel. (34) 93 492 80 36
Fax (34) 93 496 70 58
Mail: info@planetaint.com
*www.planeta.es*

P.º Recoletos, 4, 3.ª planta
28001 Madrid (España)
Tel. (34) 91 423 03 00
Fax (34) 91 423 03 25
Mail: info@planetaint.com
*www.planeta.es*

**Argentina**
Av. Independencia, 1668
C1100 ABQ Buenos Aires
(Argentina)
Tel. (5411) 4124 91 00
Fax (5411) 4124 91 90
Mail: info@eplaneta.com.ar
*www.editorialplaneta.com.ar*

**Brasil**
Av. Francisco Matarazzo,
1500, 3.º andar, Conj. 32
Edificio New York
05001-100 São Paulo (Brasil)
Tel. (5511) 3087 88 88
Fax (5511) 3087 88 90

**Chile**
Av. 11 de Septiembre, 2353, piso 16
Torre San Ramón, Providencia
Santiago (Chile)
Tel. Gerencia (562) 431 05 20
Fax (562) 431 05 14
Mail: info@planeta.cl
*www.editorialplaneta.cl*

**Colombia**
Calle 73, 7-60, pisos 7 al 11
Bogotá, D.C. (Colombia)
Tel. (571) 607 99 97
Fax (571) 607 99 76
Mail: info@planeta.com.co
*www.editorialplaneta.com.co*

**Ecuador**
Whymper, N27-166, y A. Orellana,
Quito (Ecuador)
Tel. (5932) 290 89 99
Fax (5932) 250 72 34
Mail: planeta@access.net.ec
*www.editorialplaneta.com.ec*

**Estados Unidos y Centroamérica**
2057 NW 87th Avenue
33172 Miami, Florida (USA)
Tel. (1305) 470 0016
Fax (1305) 470 62 67
Mail: infosales@planetapublishing.com
*www.planeta.es*

**México**
Av. Insurgentes Sur, 1898, piso 11
Torre Siglum, Colonia Florida, CP-01030
Delegación Álvaro Obregón
México, D.F. (México)
Tel. (52) 55 53 22 36 10
Fax (52) 55 53 22 36 36
Mail: info@planeta.com.mx
*www.editorialplaneta.com.mx*
*www.planeta.com.mx*

**Perú**
Av. Santa Cruz, 244
San Isidro, Lima (Perú)
Tel. (511) 440 98 98
Fax (511) 422 46 50
Mail: rrosales@eplaneta.com.pe

**Portugal**
Publicações Dom Quixote
Rua Ivone Silva, 6, 2.º
1050-124 Lisboa (Portugal)
Tel. (351) 21 120 90 00
Fax (351) 21 120 90 39
Mail: editorial@dquixote.pt
*www.dquixote.pt*

**Uruguay**
Cuareim, 1647
11100 Montevideo (Uruguay)
Tel. (5982) 901 40 26
Fax (5982) 902 25 50
Mail: info@planeta.com.uy
*www.editorialplaneta.com.uy*

**Venezuela**
Calle Madrid, entre New York y Trinidad
Quinta Toscanella
Las Mercedes, Caracas (Venezuela)
Tel. (58212) 991 33 38
Fax (58212) 991 37 92
Mail: info@planeta.com.ve
*www.editorialplaneta.com.ve*



Grupo Planeta  Seix Barral es un sello editorial del Grupo Planeta  www.planeta.es